寺岡　寛
Teraoka Hiroshi

近代日本の自画像

作家たちの社会認識

信山社
SHINZANSHA

はしがき

経済政策に限らず、政策全般にもいえるのだが、一般的に、政策には〈問題発生↓問題認識↓解決策の模索↓解決のための制度の構築↓政策の実施など〉という過程がある。こうした問題発生からその認識に至るまでのメカニズム、さらには解決のための制度設計へとつながるメカニズムは国や地域によって異なる。なぜなら、認識の背景にある社会的価値観――政治感覚も含め――が必ずしも国によって同一ではないからだ。

発生した問題への認識やその解決意欲の前提には、個人の範囲において「そうであるべきだ」というある種の個別的理想像――個人的規範――がある。そして、個人の集合体である社会に対しても、人びとは「社会とはそうであるべきだ」というある種の理想的社会像――社会的規範――を持っている。社会の集合体である国家に対しても、人びとは「国家とはそうであるべきだ」というある種の理想的国家像――国家的規範――をもっているのである。

さらにこうした国家を超えた地域に対しても、人びとはある種の共同体としての理想像をもっている。わたしたちが「アジア的」とかいう場合、あるいは欧州の人たちが「欧州市民」などという場合にも、そこにはある種の理想像なりが想定されているのである。つまり、わたしたちというのは、四つの次元――「個人」、「社会」、「国家」、「地域」――の理想像に取り囲まれて生活している存在なのである。だが、そこで描かれるのはあくまでもある種の理想像であって、眼前にある現実像では必ずしもない。

こうした理想像と現実像との間には当然ながら、ある種の隔たりとそれゆえの据わりの悪さがある。つまり、個人においても「内なる像——みずからそうでありたいという願い——」と「外なる像——まわりの人があなたはそのような人であるという印象——」、「いまの像」と「むかしの像」、「いまの像」と「これからの像」というように社会の理想像といってもいろいろとあるのである。必然、個別的理想像を構成する社会像や地域像は日本においてすら一様ではないのは当然である。ましてや、わたしたちが、岡倉天心のように「アジアは一つ——Asia is one——」といっても、アジアにおける地域的な多様性の存在は否定しようもない。

だが、社会、国家、地域に関わる理想像と現実の姿の間にあるこの隔たりこそが、個人をしてその自画像を追い求めることを促してきたのではあるまいか。比較中小企業政策論を専攻して、各国の中小企業政策史をその背後にある人びとの歴史的社会観の視点から研究しているうちに、すくなくともわたしはそのように考えるようになった。わたしのような研究者が、この種の本を書くことになった経緯からその意味と動機を考えてみたら、こうした点に行き着いた。

「いま、世界は大きく動いている」などといわれる。しかし、世界はいままでも動いてきたのであって、歴史の転換点ごとにこの種の表現だけが飛び跳ねてきた。こうしたなかで、国家と地域との間にある隔たりは、過去において極端なナショナリズムを醸成したこともあった。むろん、日本のみならず各国においても、である。これらのナショナリズムはしばしば実現不可能と思えるような理想像を伴ったことで、個人に対してもナショナリズムの分身ともいえる「自画像」の確立を知らず知らずのうちに促した。この理想像と現実像との隔たりが大きければ大きいほど、わたしたちは自画像——セルフアイデンティ

――なるものを追い求めざるをえなかったのではないだろうか。

では、わたしたちにとって、「自画像」とは一体何であるのか。自画像を追い求めることにおいて、もっとも敏感な感性をもっていたのは、「書く」ことを職業とした作家たちやこれに連なる評論家たちではなかっただろうか。むろん、そこには、意識的あるいは無意識的なものがあったにせよ、作家たちは個人の無意識レベルでの認識を意識レベルでの言語表現に転換するエネルギーにおいて秀でた人たちである。換言すれば、作家とは人びとが心のなかでもやもやして説明しづらいこと――暗黙知――を、ことばで表現すること――形式知――ができた人たちであった。

この意識、無意識ということでは、作家たちとは別の視角で、わたしのような社会科学系の研究者は、しばしば無意識的なものを意識的に排除しつつ――それは論証不可能とか科学的ではないといいながら――、それぞれの学問的分野の方法論によって、社会や国家そして地域の現実的な自画像を追い求めてきたとはいえまいか。これはある種の部分的均衡世界でもあった。

だが、部分的均衡世界をそのまま積み上げても全体的均衡が保障されているわけでは決してない。自画像とはあくまでも総体であって、その一部分を切り取ったり剥ぎ取ったりしたもので示せるものではない。それは、ある人の特徴を言い表すのに、眼だけとか、口だけの特徴を挙げてもその人の全体像はわからないのと同じではないだろうか。

他方、作家たちは細部の部分的均衡ではなく、その対象自体の全体像にこだわってきた人たちではないだろうか。比喩的にいって、学者の論文は望遠レンズである一点に焦点を絞った写真のようなもの、あるいは顕微鏡で捉えられたミクロ的世界だとすれば、作家たちが写そうとしたのは広角レンズによる社会全体をとらえた風景画のようなものではないだろうか。

経済政策分野の研究者であるわたしにとって、経済政策の暗黙知的な最終目的とは雇用の創出や物価の安定などを通して人びとの「幸福」の増進の達成にあるとすれば、米国の経済学者ポール・サミュエルソンが『経済学』で示した幸福関数なる概念は興味深いものである。サミュエルソンは、かつて経済学徒の世界的標準テキストとなったこの本でつぎのように幸福関数を紹介する。

人びとの幸福度＝所得／欲望

この単純な恒等式によれば、人びとの幸福の増進とは所得を引上げるか、欲望を引き下げるかによって可能となる。もっとも幸福と感じるのは、所得も引きあがり、同時に人びとが欲望を抑制した場合である。だが、やっかいなのは欲望である。欲望とはきわめて主観的なものである。人びとの幸福観（感）はその人たちの欲望のあり方そのものに強く左右されているからである。そして、欲望とはその人が自らの生き方にどのような自画像を描くかに拠っている。

さらに欲望は、同時に、個人ではなく、その個人の集合体である社会あるいは国家などが描いた理想像がどのような欲望観（感）をもつのかに拠るのである。そして、その模範解答はその国の「近代化」のあり方に大きく依拠してきた。経済学は欲望の集合体としての消費とこれに応える生産力の均衡分析に、それなりの役割を果しても、実際のところ欲望そのもののあり方を明らかにできるものではない。

ある所得層の人びとが給与に不満であり、二〇パーセントの賃金引き上げを求めたとする。経済学は、それが実現されれば経済全体にどのような効果を及ぼすのかを推計できる。しかし、その人が来年はいまの所得の四〇〇倍を望んでいるとすれば、それは経済学ではなく社会学や心理学の領域なのである。

この場合、経済学はあまりにも非力である。

いうまでもなく、わたしたちの社会は「近代化」をめざしてきた。多くの人びとにとって直感的には、「近代化」とはある種の欲望史でもあった。近代化の内実をより精密に明らかにするには、全体像としての近代社会の風景画こそが重要ではないだろうか、とわたしは考えるようになった。経済学的な接近方法が部分的均衡であれば、作家たちの作品などは総体的あるいは全体的均衡なるものである。

もちろん、経済学的接近方法だけが個人のより深い内面にある精神性や社会の編成原理などをすべて明らかにできるものではない。人はパンなしに生きることなどできない。だが、人はパンのみにて生きるにあらず、という存在でもある。両方が真実である。「パンにて生きる」という論理と意識が経済学の対象であるならば、「パンのみにて生きるにあらず」という論理と意識はどうであろうか。

一九世紀の半ばをすこし経たころに、日本社会は近代化を迫られた。この方向性は「和魂洋才」という表現に象徴された。洋才において「人はパンにて生きる」途が模索された。他方、和魂においては江戸期以来の精神性へのこだわり――歴史的慣性――があった。

そこでは和魂を残しつつ洋才を為し遂げる理想像としての自画像が掲げられた。だが、和魂の寿命はどうであったろう。江戸精神をもった明治の知識人たちが大正期には退場し、明治期の性急な近代化の下で育ったつぎの世代が大正期に登場し、彼ら、あるいは彼女らが担わざるを得なくなった「近代化」とその自画像は明らかに変質しつつあった。では、その自画像とは一体何であったのか。さらに、それは昭和期そして現在にまでどのように継承され、あるいはどのように継承されていないのか。

この場合の近代化精神は何であったのか。明治の知識人や政策官僚たちが描いた理想像としての和魂洋才は、大正期以降において、日本人にどのような自画像を描かせ、そして、いまに至っているのだろうか。

考えてみれば、大正期というのは、さまざまな価値観のぶつかり合いの時期であり、そのぶつかり合ったエネルギーのはけ口を求めたのは昭和戦前期ではなかったろうか。この放出エネルギーが日本社会を第二次世界大戦へと押し出したといえないこともない。このエネルギーはどのような自画像を生み出したのか。

わたしは、大正期から昭和期の「近代日本社会」の自画像を、当時の日本人たち、とりわけ、大正期前後や大正期、そして昭和戦前期、戦争を挟んだ時期に精神形成が行われた作家や文芸評論家たちが近代日本社会のどのような自画像を描いたのか。それを、わたしは知りたくなった。本書では、一九〇〇〜三〇年代、あるいはこの前後に精神形成が行われた日本の作家たちの描いた近代日本の自画像を取り上げたいと思っている。

本書では作家という範疇をきわめて広くとらえている。作家（writer）とは文字通り文書を「書く人」であって、そこには小説家や詩人、文芸評論家などだけではなく、経済評論家や経済学者――economic writer――、政治評論家や政治学者――political writer――、科学評論家や科学者――scientific writer――も含まれて当然である。

第五章で取り上げる小田実は、元政治家で「作家」でもある中山千夏との対談「ベトナムから遠く離れて」（一九九一年七月）で、ドイツの小説家の友人から指摘され、「作家と小説家の違い」――ギュンター・グラスは小説家（ノーウベリスト）でハインリッヒ・ベルは作家（ライター）――を考えさせられたという。小田はつぎのような発言をしている（小田実『西宮から日本、世界を見る』所収）。

「日本文学で言えば、谷崎潤一郎なんかはノゥベリストで、夏目漱石はおそらくライターでしょうね。で、日本にはライター的存在というのは非常に少ないと思う。大体、西欧社会にはたくさんライターがいる。（中略）他の国では、文学が社会の中に入っている……日本の文学は始めからは社会の外にあるから問題ないけど、朝鮮も含めて世界の文学は社会の中にある。だから文学者というのは非常に大事。」

本書では、小田実の見方と一致しないまでも、社会のあり方に強い関心と関与を寄せた作家たち――社会科学的作家といったほうが正確であろう――を取り上げたかった。むろん、本書で、多くの作家たちを取り上げるようなことはわたしの能力からして不可能である。必然、わたしの関心領域と能力という制約のなかで日本の作家たちを取り上げざるを得なかった。

関心領域ということでは、わたしの専門は中小企業政策論や産業政策論であって、わが国中小企業政策史などを取りまとめるときに、政策形成の背景にあったその時代の価値観などを当時の人たちと等身大で感じるために、そこにあった匂いや風を追体験しようと読んだ作品などに限られてしまった。好きな作家についてはほぼその全作品を読んだケースもあれば、同一作家でもわたしが途中で投げ出してしまって、残念ながらその代表作だけしか読まなかったケースもある。

もとより文芸評論家でないわたしにとって、本書で取り上げた主題は、学校から自宅へのわたしの帰り道――専門分野の研究の途中の道草――での他の人にとってどういうこともない発見物かもしれない。それだけに、気恥ずかしさとためらいもある。こうしたわたしの気恥ずかしさを多少なりとも軽減させてくれたのは、社会科学における日本語的語感の重要性を指摘し、文学者たちの言語感覚のするどさに謙虚であろうとした経済学者の内田義彦等の見方であった。内田は、日本の社会科学用語の分析能力をさまざまな作家たちの作品のなかにも探し出そうとした学者でもあった。

内田は「学問と芸術」(『思想』一九七二年九月号)で、「経済学なら経済学の何とかの科目について研究するということはあるのだが、そもそも経済学は、あるいは経済学をやっている自分は何かということも考え合わせながら専門研究をやる面は希薄である。いわんや学問研究をやりながら『心の飢え』を感じる」ことが希薄となることに敏感でなければならないことを力説した。わたしも内田の見方を強く支持してきたし、いまも経済学を学ぶ上での戒めとしている。

内田のいう「心の飢え」とは経済学者の内田自身への自戒であると同時に、わたしにとっても大事な教えでもある。心の飢えは過去においても人びとに自画像を求める動きを呼び起こしてきたし、これからも呼び起こすであろう。わたし自身もこうした心の飢えと緊張感をもって内省しつつ、本書で日本社会を描こうとした作家たちのさまざまな見方に謙虚に耳を傾けてみたかった。

二〇〇九年六月

寺岡　寛

目次

目次

目次

序　論　近代社会と自画像

ある時代のある一つの社会を分析するには視点が必要である。視点とは、要するに分析する際にどこの何に焦点を絞るか、ということである。これによってそこから浮かび上がってくる結果としての社会像は大いに異なる。その異なり方はその社会の歴史がもつ多様性と複雑性に起因している。

これはあまりにも抽象的な物言いである。「社会」もまたあいまいな表現である。したがって、その社会が生み出してきた、あるいは生み出している、さらには生み出しつつある「人間群像」をより具体的に描き出したほうが、社会そのものを論じるよりも分析手順としては早道かもしれない。

人間群像を明らかにするとは、人間と社会との直接的な関わりをとらえることでもある。たとえば、その人間が社会でどのように生きたか。たとえば、経営者として、技術者として、政治家として、あるいは作家としての生き方をその社会との関係でどのようにとらえるのか。つまり、その社会におけるその人をめぐる人間関係がどのようなものであり、それを彼らがどのようにみていたのか。わたしはこの点に着目したいと思っている。

人間群像と一口でいってはみたものの、そこには多様・多彩な人間群像があるに違いない。だが、「多様だ、多彩だ」といっても何も始まらない。ある程度、具体的な個別像を優先させたい。もちろん、この個別像を単純に積み上げれば、全体像がすぐに浮かび上がる保障はない。だが、ここからはじめるしかわたしには手がない。

近代日本社会での人間群像とは、その人が生活者や職業者としてどのような自画像を描いてきたのかを明らかにすることである。生活することにおいて苦しい、苦しくないといった場合、なぜそうであったのか。職業者として仕事をする上で苦しい、苦しくないといった場合、なぜそうであったのか。いうまでもなく、そこには自らの理想像と現実像との間に乖離があったのに相違ない。

ここでは、生活者・職業者としての作家や文芸評論家たちをとりあげる。「生活者」や「職業者」といえば工場に働く、あるいは商店に働く人などを思い浮かべるかもしれない。だが、作家といえどもまた文筆業というかたち――職業――で生活しているわけであり、彼らがその職業生活を送る上で苦しい、苦しくないという彼らなりの生活観がその作品などに表れているのではあるまいか。彼らあるいは彼女らが近代日本社会をどのように感じ、その自画像を描いてきたのだろうか。わたしはこの点に大きな興味と関心をもってきた。

近代化とその周辺というテーマを取り扱った本書では、まず、「近代化」ということにふれておく必要がある。わたしたちの国の歴史にとって、大きな転換点となったのは江戸期から明治期への移行であった。江戸期が決して停滞的な社会であったわけではない。生産力水準についてもみても、手工業を中心としてかなりの発達をみていた。それは手工業という範囲と技術的な条件の下で「かなり」ということであって、産業革命によって従来の手工業から機械生産に移った欧米諸国との比較においては、この「かなり」は低位に止まった。

この結果、近代化とは短期間に機械生産などを受容し、その一層の進展を促す社会的機構に「当時」の社会を再編成し、この国の工業生産力を引き上げることにあった。つまり、近代化というシステム化である。これは人びとの自主的あるいは自立的な働き（＝下からの取り組み）のほかに、政府などの政策というかたちで行った強力なてこ入れ（＝上からの取り組み）のことでもあった。

前者の「自主的」あるいは「自立的」な取り組みでいえば、江戸時代から資本蓄積をしてきた素封家あるいは名望家層の取り組みが代表的である。もちろん、こうした範疇から抜け落ち、武士、農民あるいは町民の徒手空拳から身を起こした人たちも一定数いた。

武士、農民、町民という身分が制度上廃止されたとはいえ、こうした区分が精神の上においてその残像――慣性力――を強く残した明治期の社会において、社会的生産力の向上がどのようにして推進されたのか。あるいは、このような社会の下での資本家類型や経営者類型をどのように描くことができるのか。これ自体が大きなテーマを形成しており、わたしたちの手元にはすでに多くの研究蓄積がある。

日本の明治以降の近代化を、日本よりもさらに送れて近代化に乗り出したいわゆる途上国の取り組みとの比較において、経済学者の竹内常善は『近代日本における企業家の諸系譜』でつぎのように指摘する。

「戦前期の日本の経験は、現在の途上国に見られる経営感覚や社会変容の経緯に通じるものを、一面でたっぷりと内在させてきた。しかし広範な私的小状況における競争原理の厳しさと垂直的社会移動の激しさにかんしては、早くから先進国なみ以上の水準にあった。」

「競争原理の厳しさと垂直的社会移動の厳しさ」が近代化というのであれば、たしかに日本社会はすでに先進国並みであったことになる。竹内もこうした「わが国の社会経済史的な坩堝は、そうした輝度の高い人格的結晶とともに、全く異質の人間的要素を濃縮吐捨させる複合機能を持ち合わせていた。規律と責任規範が局部麻酔のように使われ、手抜きと胡麻化しに総動員される転倒的事態すら珍しくなかった。自己の専門性や効率性には阿修羅のごとく埋没できても、世間的には通俗的既成事実を追認するだけの対人意識や体制感覚しかもち合わせない、事なかれ仕儀を生み出してきた」とも指摘する。

そこには明らかに内的世界と外的世界との間に精神的ねじれがあった。つまり、社会的理想像として滅私奉公的に「近代化」を促進するために必要な「規律と責任規範」が要求される一方で、近代化を達成した西洋諸国並みに競争原理がすでに支配していた日本社会では、「手抜きと胡麻化し」でやりくりするような個別の経営倫理が跋扈し、世渡り上手な個人的現実像なるものを「自己の専門性や効率性には阿修羅のごとく埋没」させてしまった日本の「近代化」の実態があった。

竹内の描く近代日本社会の自画像は単一的では決してなく、むしろこのように複線的なものでもある。すこし整理しておこう。

(一)　規律と責任規範の一体化——立身伝や経営者列伝などに象徴されてきた理想像。だが、その理想像が実態以上に強調されてきた。

(二)　規律と責任規範の局部麻酔化——「既成事実の絶妙なる積み上げに没頭する粗野かつ野卑の組織的豪傑も輩出してきた。また、自分の居住する地域の原風景がもっていた豊かさや過酷さを気にすることも無く、ましてその将来的な景観構想の貧困については何の生態反応もしめせないような、そんな『経済人』も枚挙に暇もない」こと。

竹内常善は、一番目の理想像だけではなく、二番目のような経済人を大量に生み出してきたことが、わが国の近代化の「動かしがたい一面」であることを指摘している。

そして、この理想像と現実像との乖離が大きく固定されたことにおいて、その乖離こそが「世間的には通俗的既成事実を追認するだけの対人意識や体制感覚しかもち合わせない、事なかれ仕儀を生み出してきた」

のであることと鋭くえぐりだした。この構造は経済人の世界だけではなく、総体としての日本社会にいまも深く根を張っている、とわたしは思う。

他方、中国文学者の竹内好は日本の近代化について、第二次大戦後の昭和二〇年代に発表した「中国の近代と日本の近代――魯迅を手掛かりとして――」などで、日本には近代化の理想像がないことを嘆いた。理想像がないがために、そこに抵抗の根はなく、とりあえず役に立ちそうなものは何でも吸収するという雑食的な実用主義だけがはびこったことを指摘した。

抵抗がないのであるから、当然、敗北感もない。あるべき方向性を示唆する理想像がないのだから、敗北感もない。その場かぎりで間に合いそうな理想像を借りてくれれば良い。戦前はドイツモデルで、戦後は米国モデルというわけである。いまなら、米国モデルがダメなようであれば、フィンランドモデルというわけである。竹内好はいう。

「日本では観念が現実と不調和になると（それは運動ではないから矛盾ではない）、以前の原理を捨てて別の原理は捨てられる。文学者は言葉を捨てて別の言葉をさがす。かれらが学問なり文学なりに忠実であればあるほど、ますます古いものを捨てて新しいものを取り入れるのが激しくなる。自由主義がダメなら全体主義、全体主義がダメなら毛沢東、毛沢東がダメならド・ゴール、ということになる。……日本イデオロギーには失敗がない。それは永久に失敗することで、永久に成功している。無限のくりかえしである。進歩のように観念されている。……学問なり文学なり、要するに人間の精神の産物である文化が、追いかけてつかまえるべきものとして、外にあるものとして、かれらには観念されている。それをつかまえる努力において、かれらは実に熱心である。追いつけ、追いこせ、それは日本文化の代表選手たちの目標だ。」

いずれにせよ、日本の近代化は「追いつけ、追いこせ」という性急なものであり、それゆえに、内（＝日本）と外（＝世界）との摩擦熱を高めつつ、内においても個人と個人――旧世代と新世代――との間、個人の集合体である組織と組織――伝統的組織体と近代的組織体――との間、地域と地域――都市と農村――の間にも摩擦熱を生み出してきた。

このため、近代化が引き起こした摩擦熱についてどのように解釈し、ときにどのように冷却化するかについてのさまざまな論議をもたらしてきた。必然、日本にとって近代化というテーマ自体が日本の社会科学のみならず、多くの作家たちの大きなテーマを構成してきた。

作家たちは近代日本の自画像をどのように描こうとしたのか。わたしは彼らの社会認識を知りたくなった。彼らといったのは、本書では男性作家を取り上げるからだ。女性作家を意識的に避けたわけではない。わたしが関心をもっていないわけでもない。単にわたしの女性作家の作品に関する蓄積があまりにも貧弱であるのと同時に、本書でこれらの課題を取り上げることはいまのところわたしの能力を超えているからだ。わたしは別の角度とテーマから日本の女性作家論を取り上げたいと思っている。

第一章　近代日本の自画像

林房雄、亀井勝一郎、保田與重郎、蓮田義明を取り上げる。年長の林が明治三六［一九〇三］年、年少の保田が明治四三［一九一〇］年の生まれである。この間に、亀井や蓮田が生を受けている。林は大正元年のときに小学校初学年、亀井は小学校入学前、蓮田は小学生となったばかり、保田が一歳であった。大正七［一九一八］年の富山県に端を発した米騒動のときに、林は中学校の文芸部委員で文学に目覚めた。亀井は母を亡くし、翌年に函館中学校に入学した。蓮田は中学校へ入学後に肋膜炎で入院中、保田は小学校二年生であった。日本の工業化が都市で加速され、神戸の三菱造船所や川崎造船所で工場労働者の大規模なストライキが発生し始め、農村での小作争議も類発し、普通選挙運動が活発化してきた大正後期、林は東大法学部の学生となっていた。やがて亀井も東大に進学。蓮田は広島高等師範へ進んだ。まだ中学生であった保田といえども、こうした学生たちの動きに敏感であった。彼らの精神形成はほぼ大正期であり、マルクス思想の影響の下で高等教育を受けた世代である。彼らは昭和初期にかけて成人し、作家――蓮田は国語教師を続けながら――として活躍した。

昭和二〇［一九四五］年八月一五日、四二歳の林は日本で敗戦を迎えた。三八歳の亀井は召集され、軍事訓練三日目で敗戦であった。三五歳の保田は中国の陸軍病院に入院中であった。マレー半島の陸軍部隊の中隊長であった四一歳の蓮田は上官を射殺、自らの生命も絶った。

明治後半に生まれ、大正期に精神形成を行い、三〇歳代後半から四〇歳代前半にかけての時期に日本の近代化とその帰結を敗戦というかたちで迎えた四人の作家たちは近代日本についてどのような自画像を描いたのであろうか。

林　房雄

林房雄（本名、後藤寿夫）は、明治三六［一九〇三］年に大分県の裕福な商家に生まれたが、中学校に上がるころ、父親の放蕩で事業は傾いた。大分中学校に入学した年に、林はストライキに加わり、停学処分を受けたが、銀行家の学資援助で熊本の第五高等学校へ進学した。

林はこの頃から、マルクス、山川均、河上肇などのいわゆるマルクス主義の著作を読み始め、当時、すでに東大新人会(*)のメンバーとも交流があったことを自伝風のエッセイで語っている。大正一二［一九二三］年に上京、東京大学法学部の学生となった。二年後には共産党の機関誌『マルクス主義』の編集員となり、林房雄のペンネームを使い始めた。

＊新人会――大正七［一九一八］年に政治学者の吉野作造、社会運動家・政治家の麻生久等の指導の下に、東京大学の社会主義に関心をもつ学生の赤松克麿―後に日本共産党設立にも参加――によって設立された思想運動団体であり、労働運動へ関心を深め、全日本学生社会科学連合会の指導的組織となる。昭和四［一九二九］年に解散させられた。

大正から昭和へと年号が変わった年の三月、林は学生社会運動の指導者の一人として検挙され、京都未決監に送られた。その後、保釈処分となったが再検挙された。昭和一五〔一九四〇〕年、林房雄はこの時の経験と獄中での思索を綴った『獄中記』を発刊した。この翌年、林は「転向について」を雑誌『文学界』[*]に発表した。

＊文学界——昭和八〔一九三三〕年に林房雄、武田麟太郎、小林秀雄、川端康成等を編集同人として発行された文芸雑誌。昭和一九〔一九四四〕年四月終刊。

転向者の林房雄は、青年期に大きな影響を受けたマルクス主義との決別について、「転向は単なる方向転換ではない。人間の更生である……私なども転向生活すでに十年である。日本に転向という現象が始まって、約十年といえる。……全国の転向者は約六万といわれる。……これだけの多人数が、大衆的に転向したのである。ここまで来れば、立派な社会現象である。決して個人的な偶然としては解釈出来ない。左翼に偶然恥知らずの卑怯者ばかりが集まったわけでもない。……大衆的転向を生むだけの社会的な原因が日本には存在したのだ」と記した。

林はこの原因を「一言にしていえば、マルクス主義は決して日本人の永遠の心の支柱となり得るものではない。……かくも大量的な転向が日本に起こったのは、マルクス主義が一つの理論または主義にすぎず、青年の熱情を駆り立てはしたものの、最後まで日本人としての彼らをつなぎとめる偉大な心の支柱ではなかったからである」と指摘した。では、心の支柱とは何か。さらに林は続けた。「国民の精神の支柱は国民の内部から生まれたものでなければならない」と。つまり、マルクス主義は外来思想であるゆえに、日本人の精神を内部から支える支柱にはなりえなかったのだと。

林にとり日本人の精神の支柱とは「三千年の伝統のおのずからなる成果でなければならぬ」もの、それこそが「国民の大義」であると。青年時代に大義と信じたマルクス主義とは、「単なる理論であって、決して大義ではないことに気がついたのは、つい最近のこと」であったと、林——当時、四〇歳前——は述べた。

林はこうして「転向」した。あるいは、「転向」したと書いた。

林はこの「転向について」というエッセイで「或る官吏の告白」として、「日本の自由主義的環境と自由主義的教育」の下で育ったエリート官僚層（=高学歴層）の精神的軌跡と自らの転向を重ね合わせて、日本の知識人の内的精神形成のあり方を論じている。

林はある人の指摘として、「大正十一年以後の帝大卒業の官吏はすべてマルクス主義者である。すべて唯物論者であり、客観主義者であり、行動においては自信なき他力主義者である。彼らを一掃しない限り日本は救われぬ」と紹介する。

なぜ、大正一一［一九二二］年以降にこだわったのだろうか。この年、林は熊本の第五高等学校の学生であり、当時、全国の高等学校の学生運動を統合した組織「H・S・L」(*)の熊本の指導的地位にいたころである。この組織の第一回全国大会のために東京に行き、林は志賀義雄、山川均、徳田球一などを知ることになる。この年の七月に日本共産党が非合法の下に結成された。以降、政府は学生たちの思想運動などを厳しく監視することになった。林はこのことを指しているに違いない。

＊HSL——林房雄は「狂信の時代」でこの組織についてつぎのように紹介している。「大正十年の暮れか十一年の春ころ、黒田、志賀に友岡久雄、伊藤好道などを加えた一行が九州遊説に来て、五高と七高に芽生えかけていた学生社会主義団体を先導し、それを一高、二高、三高、八高と結びつけてH・S・L（高等学校連盟）という半秘密組織をつくった。H・S・Lは大正十一年末の冬休みに東京で第一回全国大会を開いた。……全国のH・

S・L会員が大正十二年の四月に、大挙して『新人会』に入学して来たのである。……すっかり一人前の共産主義者になったつもりでいたが、中核の中にさらに共産党の細胞があったことには気がつかなかった。」

林はこうした見方を極端論であるとしつつも、「一時代前の官吏一般の病弊を鋭く突いた言葉であることは確かである」とも述べている。林は高等学校の後輩で三歳年下の若いエリート官僚である内務省のA氏の「告白」を通じて世代論を展開させる。ある官吏（＝A氏）の告白のハイライト部分はつぎのようなものだ。

（一）「私が大学で受けた教育と教養は日本文化の再建設について全然役に立たないばかりか、明らかに邪魔になっていることが、今になって分かりました。」

（二）「自由主義を捨てて、全体主義を信奉すればいいではないか、というような簡単な問題ではありません。……借りものの主義から借りものの主義に飛び移るだけで、すなわち借家住いから借家住いに移っただけで、いつまでたっても自分の家は建たぬ。……自分のこれまでの教養が全然役に立たぬ。」

実は、この思想「借家」論——裏返せば思想「自宅」論——の先に林自身の「転向論」が展開されることになる。結論を先取りすれば、「転向とは、単に前非を悔ゆるというだけではない。過去の主義を捨てるということだけではない。共産主義を捨てて全体主義に移るということでもない。——いっさいをすてて我が国体への信仰と献身に到達することを意味する」ということになる。自宅的な思想——日本において内発的発展を遂げてきた思想——とは「国体」だけなのだろうか。

A氏の精神遍歴と林のそれとは重なっている。A氏と同様に、地方の多くの若者はエリートを目指して東京に集まったのである。林もまたこうした時代精神のなかにあり、大正一一年以降の状況変化のなかで、借りもののマルクス主義から自分の家である国体精神主義へと本来の姿に「転向」したのである。林は、A氏ではなく、実は自らの精神形成の時代的背景を探ろうとしたのではないだろうか。この翌年に発表された「勤皇の心」という文章で、林は幼少年期の精神遍歴をつぎのように記したことからも理解できよう。

「私は明治三十六年に生まれた。二歳と三歳の歳が日露戦争である。明治における愛国心の最後的高揚の時期に、私は幼年期をすごした。十歳のとき、明治は終わった。明治天皇崩御の年は私の小学校三年生の頃であった。」

林の記憶では、当時は、「わが幼い血の中にある勤皇の心を高め掻き立てて自覚せしめる積極的な努力また は教育は、内からも外からも、あらゆる方面から一つとしてなされなかった。今にして思えば奇妙不思議な幼年期」と振り返った。とはいえ、当時、小学校でも「君が代」の「奉唱」、勅語の「奉読」、皇室行事としての紀元節や天長節――天皇誕生日――などの折には、明治天皇の「御真影」――肖像写真――が飾られた。また、生徒たちの自宅などにも、「御真影」が掲げられていたはずである。ただし、林はそれが「形だけの儀式」であって、「児童の胸に燃え伝わるものがなかった」と思い起こしている。

また、林は中学校時代の思い出として、教師引率の下で、連隊招魂祭のときに神社に詣でたときに、神官の神妙な――ただし、退屈だったとは思うが――祝詞に必ず笑い出す同級生がいただけではなく、自分の笑いをかみ殺す教師たちも結構いたことも憤慨しながら紹介している。

林によれば、明治後半から大正にかけての時代とは「俗劣極める時代」であり、「糾弾すべくんば、かかる教師を生み、かかる生徒を育てたその頃の日本そのものである。……なぜ我々中学生は、せめて英語の十分の一の時期でも、日本の古き言葉を教えられなかったのであろうか」と問い、中学校で「外国語には笑わず、母国語に笑う中学生が、高等学校に入った」こと――林が現在に蘇えれば、今の日本社会にあふれる英語と英語熱について何を思い浮かべただろうか――を嘆いた。「俗劣極める時代」は大正後期へと移りつつあった。

林は「大正期における日本の現代文学および翻訳文学は、いったい如何なる文学であったのか――改めて今、私はそれを考えてみなければならないのである」と問題提起をした。この問題提起の先に、日本の高学歴層と外来思想としてのマルクス主義などのいわゆる左翼思想との邂逅とその帰結が何であったのかが論じられた。ただし、林がこれを文章というかたちで振り返ったのは、第二次大戦後の昭和二八［一九五三］年に発表された「狂信の時代」であった。これについては後述する。

ここで、林は熊本から東大入学のため上京し、新人会に入ったときのこと、検挙され国体(*)への信仰と献身に到達したこと＝「転向」などを回想している。以後、「十分に転向した」とはいえない林は国体とは何かを問い続けることになる。「転向について」の翌年、昭和一七［一九四二］年に発表された「勤皇の心」はこうした林自身の葛藤への回答であるかもしれない。

＊国体――憲法学などでは、君主制や共和制など国の主権のあり方を指す。日本の明治憲法下では、万世一系である天皇が統治する国家形態を意味した。

林は自分たちの世代を「左翼運動初期世代」と位置づけ、この時代にいわゆる「左翼文学」などはなかったのだから、左翼なる思想に走ったのは当時の「純文学」に影響を受けたからであったと自己分析した。林らが影響をうけた明治末期から大正昭和期の日本文学については第四章あたりで取り上げるが、林自身はこの時期の日本文学を「日本の知識階級の苦闘と敗北の歴史」であったととらえた。

「明治大正期の青年たちが、何よりも強く文学に心を惹かれたのは、文学が彼等の心の代弁者であったからである。この日本の最悪の時代に、日本の俗化と日本の純潔性の喪失を嘆きつつ戦ったのは、殆んど文学のみであったかもしれぬ。文学の戦いは弱かった。だが、文学が必死に戦ったことは事実である。この故に、青年の心は、何の故とも知らず、文学に惹かれた。文学によって己の精神の純潔を防衛しようとした。」

にもかかわらず、なぜ、日本の文学は敗北したのか。彼の結論を先取りすれば、日本の資本主義発展がもたらした「世の腐敗とともに文学の腐敗もまた速かであった」からであったと。むろん、文学者たちもこれと戦った。だが、その武器なるものは「西洋の精神」であって、「彼等は知らずして、西洋に教えられた主義と流派によって、日本の俗化と戦わんとするものはなかった。一切を捨て去って、日本それ自体に帰る精神によって、日本の悪と戦わんとするものはなかった」とされた。これは保田と同世代の中国文学者の竹内好などにも共通する意識でもある。こうしたなかで、「プロレタリア文学(*)」はどうであったのか。

＊プロレタリア文学――一般的には日本文学史のなかで、社会主義の影響を受け労働者階級の立場から社会のあり方を描こうとした作家たちの作品を指す。大正末期から昭和初期の労働運動の高まりのなかで多くの作品が生み出され、一つの文学運動となった。昭和初期に、その運動は労働芸術家連盟（労芸）と全日本無産者芸術連盟（ナップ）に分裂した。これらの団体は昭和九［一九三四］年に弾圧を受け、作家たちは「転向」を表明し、転向文学が発表されていった。

プロレタリア文学について「発生において、一種の憂国の志を持っていなかったとは言えない。資本主義の害悪が極度に達し、政党と財閥が国を私せんとし、天皇機関説は黙殺され、外国の謀略は日本の軍備をすら無力化せんとし、都会と農村の勤労階級は窮乏の底にあって、国の亡ぶ日や近しと思われたとき、左翼運動が起り、これに伴ってプロレタリア文学も起った、職業的な左翼運動は別として、この運動に参加した多くの純真な青年たちが、ここに救国の道ありと信じたことは疑えない」と林は紹介している。

だが、プロレタリア文学の担い手たちの「武器」もまた「一切がしかも徹底的に開国からの借り物であった。クロポトキンでありバクーニンであり、マルクスでありエンゲルスであり、最後にレーニンでありスターリンであった」ことが問題であり、自然主義文学者との比較においても、彼らの「許す可からざる過誤と大罪悪」は「最初より国体否定論者」であったことを林は強い怒りを込めて記している。と同時に、林は自分もまたその一人であったことを自己批判している。

林は自らの軌跡を振り返ったときに、問題とすべきは「明治中期以降の文学」の影響であったとした。林はいう。「神の否定、人間獣化、合理主義、主我主義、個人主義の行きつく道は、同然、『神国日本』の否定である。日本の現代文学者は、半ばは無意識に、半ばは意識しつつこの道を歩いた。かくして青年をあやまり、国を贖うべきか。何によってつぐなうことができるか」と。必然、「文弱」となった日本文学の「よみがえり」は「勤皇の心の欠如」からの脱却にしかない、と林はみた。そして主張した。

林がこれらの文章を『文学界』に発表してから三年五か月後に、日本は敗戦を迎えたのだ。日本の敗戦から八年二か月後、戦後の林は「狂信の時代」を発表し、再度、「大正十二年の四月、熊本の五高から、東京帝大法学部政治学科に入学した」ころから、自らの文学人生を振り返っている。林が五〇歳のときであった。林はいう。

「若い私の『共産主義』は狂信と幻想の上に立っていた。私が文学者としての出発にあたって参加したプロレタリア文学運動も、この素朴で原始的な革命への狂信をぬきにしては説明できない。プロレタリア文学者を自称した作家のすべてが狂信者だったとは言われない。少くとも、若い私を支配していたものは狂信であった。」

わたしは、「狂信の時代」を読み直してみて、日本の近代化とは何であったかを自問するようになった。日本の近代化とは「狂信の時代」ではなかったとさらに自問せざるをえなかった。と同時に、林房雄の軌跡は、そのまま日本の軌跡ではなかったのか。そして、ふと、夏目漱石の小説『三四郎』——明治四一［一九〇八］年九月〜一二月の朝日新聞に連載——の主人公の人生の軌跡を思い浮かべてしまった。

林房雄と同じように熊本の高等学校を終えて東京本郷の大学を目指す三四郎は、列車のなかでさまざまな人たちに出会う。三四郎の東京生活に大きく関わることになる「髭を濃く生している。面長の痩ぎすの、どことなく神主じみた男」にも出会う。三四郎はこの男について「先方を中学校の教師と鑑定した。大きな未来を控えている自分から見ると、なんだか下らなく感ぜられる。男はもう四十だろう。これより先もう発展しそうにもない」とみた。

男はちょっと会釈して三四郎に「君は高等学校の生徒ですか」と話しかけた。三四郎は返事をしたが、男はそれ以上の会話の進展に興味を示すことがなかった。列車が浜松あたりを過ぎたころ、漱石はこの痩せぎすでさえない髭男につぎのように語らせた。

「こんな顔をして、こんなに弱っていては、いくら日露戦争に勝って、一等国になっても駄目ですね。尤も建物を見ても、庭園を見ても、いずれ顔相応の所だが、——あなたは東京が始めてなら、まだ富士山を見た事がないでしょう。今に見えるから御覧なさい。あれが日本一の名物だ。あれより外に自慢するものは何もない。ところがその富士山は天然自然に昔からあったものなんだから仕方がない。我々が拵えたものじゃない。」

一等国になりつつある日本で、「日露戦争以後こんな人間に出逢うとは思いも寄らなかった」三四郎は、「然しこれから日本も段々発展するのでしょう」と弁護した。すると、この男はすまして、ポツリといった。

「亡びるね。」

三四郎は、内心、熊本でこんなことを言えば、殴られるか「国賊」扱いされるかだと思う。自分の世代はこんなことを言い放つ余裕のない空気の中で育ったことに気付かされる。ふとみれば、男はにやにや笑っている。三四郎のこうした心を見透かしたように、「熊本よりは東京は広い。東京より日本は広い。日本より頭の中の方が広いでしょう。囚われちゃ駄目だ。いくら日本の為を思ったって贔屓の引倒しになるばかりだ」と男はいう。三四郎は初めて熊本を出て、広い世界に飛び出した気がした。

だが、三四郎は別にこの男の姓名を聞くこともなく、東京駅で別れた。東大の文科に入った三四郎は、つまらない講義にうんざりする。三四郎は車中の男と思わぬところで再会することになる。本郷近くの茶店に入ったとき、列車の男が「向うの隅にたった一人離れて茶を飲んでいる男」であることに気づき、第一高等学校の広田先生であることを知る。

三四郎は「大学の講義を聞いてから以来、汽車の中でこの男の話した事が何だか急に意義のある様に思われ出したところなので、……挨拶を仕ようかと思った」が、そのままになってしまう。三四郎は別の機会に友人の与次郎に紹介されて、広田先生とはじめて挨拶を交わすことになる。三四郎が図書館から借りだし、まさかこんな本を読んでいる人はいないだろうと思っても、常に先客がいた。その先客が広田であった。

広田は何でも知っている。人の読まないものまで読んでいる。与次郎は「十年一日の如く高等学校に教鞭を執って薄給と無名に甘んじている」広田を「偉大なる暗闇」と呼んだ。「何でも読んでいる。けれども些も光らない」人物である。与次郎は光らない広田を大学教授として昇格させ光らせるために画策し、やがて三四郎もその騒動巻き込まれることになる。漱石は三四郎とその周辺の人物を登場させ、何を描こうとしたのだろうか。

わたし自身は、漱石は熊本――古き良き日本――から東京――近代化の象徴――へと旅立ちある種のエリートを目指した三四郎に日本の姿を重ね合わせたと考えている。日本の近代化のほころびを、三四郎と広田先生との会話のなかで、広田に近代化の行き詰まりを語らせたのではなかったのか。漱石は、日露戦争に勝利――実際は精一杯の背伸びによる休戦――し、一等国を意識した日本人――三四郎――の「近代化」意識の危うさとその帰結を予言した。

さて、戦後の林である。林は昭和三八［一九六三］年の九月から二年間にわたって、『中央公論』に「東亜戦争肯定論」を連載した。林は、昭和一四［一九三九］年に『都新聞』へ九か月間連載した「西郷隆盛」を、昭和二一［一九四六］年に『新夕刊』に連載した。その後、林は「西郷隆盛」を昭和三五［一九六〇］年から『家の光』に、昭和四一［一九六六］年からは『毎日新聞』に連載している。林にとって西郷隆盛をこのように戦前と戦後を通じて長期間にわたり書き続かせたものは何であったのだろうか。

わたしには、林が明治の近代化精神が大正そして昭和をへてほころんだ理由を西郷という人物を通じて、日本の近代化という自画像のあるべき姿を追い求めていたような気がしてならない。

亀井勝一郎

亀井勝一郎は明治四〇[一九〇七]年に、北海道函館に地元銀行の支配人の長男として生まれ、函館のハイカラな居留地文化——開港場——のなかで育った。亀井の家は浄土真宗であるが、勝一郎は近所のキリスト教会の日曜学校に通った。一〇歳のときに母を失った。

亀井はのちに『わが精神の遍歴』などの自伝的エッセイで、地元の銀行家という名士の家に育ち、周りの貧しい家の同級生たちのなかで自分が富める者としての罪の意識が強かったことにふれている。函館中学校から山形高等学校へ進んだのは一種の自己否定であり、自分の内面と周りの目から逃れるための自己解放であったと語った。勝一郎は大正一五[一九二六]年に東京帝国大学文学部美学科に入学する。

翌年、社会主義思想団体の新人会の会員となり、大学の講義から遠ざかり、二年ばかりで大学を中退した。昭和三[一九二八]年の三・一五事件(*)のあと一層厳しさを増した治安維持法で検挙され、三年間ほどの投獄生活を経験する。亀井、二一歳のことであった。亀井は獄中で発病、非合法的政治活動には一切関与しないことを条件に保釈された。二年後、亀井はプロレタリア作家同盟に入り、『プロレタリア文学』に作品を発表、文芸評論活動を始めた。

＊三・一五事件——昭和三[一九二八]年三月一五日に、田中義一内閣の下で日本共産党の関係者など約一五〇〇名を「治安維持法」違反容疑で検挙——うち、四八八名は起訴——した。同年四月一〇日に、労働農民党、日本労働組合評議会、全日本無産青年同盟に対し解散命令が下された。

亀井勝一郎と林房雄との年齢差は四歳ほどで共通点も多い。この一つは、当時の高等教育を受けることができた若者たちにも一般的にいえることだが、双方ともにマルクス主義を受けその対決のなかで思索的自我に目覚めたことである。亀井は昭和九[一九三四]年に発表した『転形期の文学』で「僕は、マルクスの思想が、夢から生まれた出たものと堅く信じている。『経済学批判』や『資本論』は、けっして大英帝国の博物館やブルジョワ経済学の検討から胚胎したものではない。それは、みすぼらしい、暗い、中世のおむつをひきずっている夜明け前のドイツから、そこに住む純潔なユダヤ人の夢から生まれたものである」と書き記している。

亀井はマルクス主義思想をカール・マルクスが欧州政治、とりわけドイツ政治を絶望的であると感じ、その性急な解決を求めた結果としての思想と解釈した。「政治における絶望が純潔であればあるほど、それからの逃亡が悔恨であればあるほど、そのやうな心の内部には、ふたたびあらたなる夢想の希が純潔に芽生えるものである」と。この世代にとってマルクス主義思想は、政治における絶望感から出た純潔な考え方（＝政治性が抜き去られた純潔な心情）として理解されたのである。

亀井は「転形期の文学」で同志・林房雄の出獄後の発表策についてふれた。亀井は林の出獄後の作品を林自身の自己批判論としてとらえ、亀井はそれらが果たしてまっとうなものであったのだろうかと問うた。亀井はいう。

「彼（引用者注―林房雄）は、……日本のブルジョワ文学がやせ馬の行列だといったとき彼は正しかった。日本におけるルネッサンスがプロレタリア・ルネッサンスでなければならないと夢想したとき、彼は現実的であった。……日本においては、ブルジョワ文学者が残した芸術的遺産そのものがひどく貧弱なのである。日本の資本主義が世界の資本主義に対して非常に立ちおくれた。この『立ちおくれ』の克服を、日本の資本主義は封建的専制支配の力を仮りて（ママ）、きはめてがさつにともかく克服した。」
亀井は、英国などと比べていまだ貧弱な生産力しか産み出せていない日本の資本主義の現状――やせ馬――で、日本人のなかにシェイクスピアやバルザックを生み出すルネッサンスがなかったと林が嘆いたことを責めてはいない。むしろ、分不相応なぐらいに背伸びをしてやってきただけに、ブルジョワ層の堆積がいまだ貧弱であり、したがって、ブルジョワ文学者が残した作品――芸術的遺産――が貧弱であって当然ではないかと論じているのである。彼はむしろ「日本のプロレタリア文学者が日本のブルジョワ文学者の放棄した仕事をとりあげ、プロレタリア・ルネッサンスの樹立を夢想すること、これは決して非現実的ではあるまい」と林の感性に共鳴するのである。すなわち、

「林君は、偉大な文学に接したいというはげしい欲求からプロレタリア・ルネッサンスの問題を提出しているのであるが、……『ぼくらはシェイクピアやバルザックやトルストイと競争しなければならぬ』と言ったとき彼は彼自身の想像以上の重大な任務を告白しているのである。これらの点も私は林君のよき意志として書きとめておきたい。」

だが、亀井は林の主張に全面的に同意しているわけではない。亀井は「林君は我々の歩んでいる道から逸脱している。彼の偏向は、彼自身の損失であるばかりではなく我々の文学運動における損失である」と述べ、林のいう日本のプロレタリア文学やブルジョワ文学の背景にある「やせ馬の伝統」は、林自身が日本文学における「制作不振の本質を全く理解していない」ことに起因していると指摘する。亀井は続けた。

「林君の見解は、文学の国際的発展の水準からみれば一個の常識に過ぎない。乃至は林君自身の憧憬にすぎない。……彼はインテリゲントの出身であるから、あるひは労働者を描くことが出来ないとあきらめ

ているかも知れぬ。……労働者を描けるよう、労働者の目をもつやうに、それがどんなに困難であっても
そのやおうに努力しなければならない。それこそ自分の一生をかけるに足る大きい仕事だと思っている。
……林君が自分自身の偏向をよくつきとめ、その豊かな材料を利用してほんたうに革命的な『青年』や
『乃木大将』をつくってくれたらどんなにいいだろう。これは私の個人的希望に止まらず恐らく日本の労働
者農民の希望であるだろう。」

林の歩んだ道が「偏向」――「転向」ではなく――であったとすれば、亀井の進んだ道は何であったのか。『転
形期の文学』を発表した翌年の昭和一〇［一九三五］年、亀井は保田與重郎、神保太郎、中谷孝雄らと同人誌
『日本浪漫派』を創刊し、活発な作家活動を開始した。と同時に、このころから、幼年期に函館のキリスト教
会の日曜学校に通っていた仏教徒の亀井は、聖徳太子や親鸞など仏教思想に興味をもち、奈良などを訪れる
ようになった。やがて『大和古寺風物誌』や『親鸞』を発表した。前者は昭和一八［一九四三］年、後者は昭
和一九［一九四四］年に発表された。日増しに激しくなる空襲下の東京で、亀井の精神は親鸞の内的世界に向
かったのである。

そして、戦後である。亀井は昭和三一［一九五六］年の「現代歴史家への疑問」で、戦前期の皇国史観と唯
物史観についてつぎのようにふり返った。

「戦時中と戦後を通じて、そこに明確に対立する二つの史観が存在してゐることは周知のところであろ
う。皇国史観と唯物史観である。いづれも危機の産物である。……。危機からの脱出の夢がそこに託され
てゐると云ってもよい。皇国史観は、戦争中にとくに先鋭化したが、云ふまでもなく天皇中心の歴史であ
り、史書といふよりは、一種の擬似宗教書と云ってよい種類のものもあった。そして理想の人間像とは

『忠臣』であり、これに対し『逆賊』があり、さういふかたちで史上の人物が類型化されて行ったことも周知のとほりであろう。思想は、どんな思想でも、人間像を伴はないかぎり人心に浸透しない。」にもかかわらず、亀井が疑問に思ったのは「皇国史観と唯物史観と、全く異なる立場にありながら、どちらも型にはまつた砂をかむやうな無味乾燥な史書を氾濫させたのはなぜかといふこと」であった。それはいまもむかしも同様かもしれないが、「官学の史家の無味乾燥な筆致には閉口」するような「暗記もの」として学校で教えられる歴史が、それほどの影響力を持ったとは思えないことだ。亀井はこの点に明確にふれてはいないが、マルクス主義史学が日本でそれなりの影響力を及ぼした背景の一端はこの退屈さにあったことは多くの研究者が指摘したところでもある。

亀井の指摘のように。無味乾燥な皇国史観と思想としての一刀両断の唯物史観のなかにあって、「動揺した国民層のすがたが見当たらない現代史としての『昭和史』」もまた無味乾燥になったのである。この点について、亀井はつぎのようにふれた。

「なぜ満州や中国への侵略は行はれたか。『支配階級』だけが悪いのなら簡単だ。それと併せて、日清戦争の頃から国民のあひだに、徐々に深められてきた東洋人蔑視の感情がある。……かうして培われてきた中国の無知無関心といふ根ふかい心理的地盤がなかったら、中国侵略はあのやうに易々と陰謀的に行はれなかったろう。それは日本『近代化』の悲劇なのだが、こんな当然のことだが、著者たちに実感されてゐないらしい。あれもこれもすべて『支配階級』の罪に帰して、それだけですませるのか。」

要するに、亀井によれば皇国史観も唯物史観も普通の日本国民を取り上げてはいないのだ。とりわけ、死者にあるはずの叫びが蘇っていないのだ。亀井は「あの戦争を文字どほり『聖戦』と信じ、天皇陛下万歳を叫びながら死んで行った無数の兵士もゐた筈である。日本を心から愛して死んだまじめな軍人もゐた筈である。さういふ死者は、すべて支配階級の扇動によつてをどらされた愚者なのか。私たちは生き残ったとか圧迫されたとか弁明出来るが、死者に声がない」と指摘した上で、歴史教育のあり方を取り上げた。この論稿が発表されたのは、日本が戦後復興をほぼ追え、高度経済成長期に差し掛かるなかで、歴史教育がどうあるべきかが問題になっていた時期でもある。亀井はいう。

「歴史教育は復活させなければならないと私は思ふ。……歴史教育は私の考へでは、『人間学』にぞくすべきものと思ふ。……私が歴史教育の復活に賛成なのは、それが途方にくれうやうな性質をもってゐて、到るところで困難にぶつかり、人間判断がいかにむづかしいかを多少とも実感出来はしまいかと思ふからである。……教科書を国定にすることには反対である。私は歴史といふものの性格から言って、いかなる統一にも反対で、歴史教育はまづ混乱するところからはじめてはどうであろうか。」

亀井がこのように主張してから半世紀以上が経過した。いまも日本では歴史教育をめぐって混乱が続いている。より正確には、混乱が続いていることに「混乱」しているといってよい。その混乱を国定教科書なるもので混乱を収拾させようとしてさらに「混乱」を招いている。「歴史」というものの性格からいって、歴史教育とは混乱するものなのである。亀井はこうした混乱は当然であり、それ自体を問題視しなかった。より本質的な問題は、混乱のなかで出てくる歴史的に繰り返されてきたマンネリズムとしてのナショナリズムをどのように扱うかなのである。

「歴史教育のときに、必ずと言っていいほどに『民族的自信』とか『愛国心』を持ち出すのは、一種のマンネリズムである。私は民族的自信や愛国心を尊いと思ふが、それは歴史とか古典とかを学んだ結果として自然に出てくることで、学ぶ前に言ひ出すべき筋合のものではあるまい。歴史を学んで、国を愛する心と同じ程度に、国を憎む心が湧いてくる場合もある。歴史を学んで憎国家になる人間が出てきてもいい。たゞそういふ人が、模範の国を必ずどこかの外国に求めて、劣等感を抱くのがいけないのだ。人間の歴史を読んで、人間にあいそをつかす人間が出てきてもい、ではないか。どうしても愛国とむすびつけたいなら、同時に憎国ともむすびつけるべきである。どんな国の歴史でも天国の歴史ではない。」

なぜ、歴史教育において——むろん、日本だけではなく——民族的自信などが語られるのだろうか。それは歴史教育のなかに国民の理想とすべき人物を求めるからであって、亀井も「皇国史観以来の伝統で、こには一つの危険もある。……史上の人物の場合はその絶対化、固定化の危険だ。……その尊敬の念のなかには、その人物の内的矛盾や欠陥の静かな疑視がなければならない。……私は歴史の体温といふ言葉を時時使ふのだが、私の心配といふのはその体温の喪失である」と指摘する。

体温である限り、変動する。だが、必要以上に上がったり、必要以上に下がったりするとき、それは人間の身体と同様に、その社会が病んでいるときであるのではないか。重要なのはその原因を探ることであって、体温の変化に一喜一憂することではないはずだ。

亀井がいう歴史とはすでに過去のことになったことだけではなく、歴史は毎日つくられつつあることでもある。日々の歴史を記録している新聞もまた、「思ひ切った裁断や誇張によるそれは一つの虚構世界である。自分の眼でぢかに見、ぢかに聞き、直接手にふれて経験する範囲といふものは実に狭い」からこそ、歴史学も文学も総合的能力が要求されるのである、と亀井は主張する。

亀井は昭和二六［一九五一］年四月一一日、京都東本願寺「聖徳太子千三百三十年忌」の記念講演会に招か

れ、「上代思想家の悲劇」と題する講演のなかで、聖徳太子の時代から説き起こし、聖徳太子とその時代から多く学ぶべきことが多いことを聴衆に語りかけ、戦後社会のあるべき行方を示唆した。

「すべて一民族の知的能力が啓発されるためには、他民族の異質的文化に接触し、根底から錯乱され、激しい摩擦を経過する必要がある。自己閉鎖的な傾向をもつ、その意味で純粋な民族といふものには、ただ衰弱があるばかりです。純粋とは、意思的な不純粋なものに対する抵抗能力、抵抗による同化能力であって、我々の遠い祖先達は、この点で見事な力を示しました。異質の文化をうけいれたとき、当然生ずる混乱、その混乱に耐へ、それを乗り切る、かゝる過程ほど我々の興味をそゝるものはありますまい。」

奈良朝にいたるまで儒学者、僧侶、技術者が渡来帰化したことによって、「日本はアジアの生んだ一個の珠玉にまで磨かれ」、やがて聖徳太子のような人物が登場した。これを「東洋の諸思想を独特なかたちで消化してきた」第一の民族変貌期というなら、明治維新以降は「第二の変貌期」であり、「日本は近代ヨーロッパ文明の、東洋における一大実験室と化しました。……これは日本の運命であり、日本の知性の担はざるをえない重荷」となってきた。この重荷が悲劇として「廃頽」したものが日本の近代史の悲劇であった、と亀井は述べる。

「日露戦争あたりを境として、……東洋を侵略と搾取の対象にしたとき、換言すれば千三百年前の祖先達が恩恵を蒙り、共に手を携へてきた東洋、アジアの愛を忘れたとき、日本の悲劇は拭ふべからざるものとなった。……自らうけいれた近代文明による、或は優秀な知的能力のもたらした、これは辛辣な悲劇と云っていゝでせう。」

亀井は決定的となりつつあった東西冷戦を意識する中で、原子爆弾のような大量破壊兵器を生み出した近代の技術文明のあり方にふれた上で、「千三百年前の古人に接し、その業績、その信仰を生々と仰ぐためには、我々自身の時代苦と人生苦の底に沈潜し、そこで最も我々の心にこたへるものを以て、古人に向ふのが、合理的な態度であらうと思つたからです。……いま我々に必要なものはまさにこうした精神能力であり、とくに慈悲のもつ忍耐力、……太子が御生涯に示された蘇我一族の悪逆煩悩との対決の持続性、そこに味はれた太子の無限苦悩こそ重大だと考へるからであります」と語った。

亀井は一三三〇年前に思いを寄せ、戦後の混乱した日本社会を聖徳太子の時代に重ね合わせ、「我々自身の時代苦と人生苦の底に沈潜し、そこで最も我々の心にこたへるものを以て、古人に向ふのが、合理的な態度であろうと思った……私の貧しい宗教体験から割り出したことですが、自分の構想しうる一切の救済概念を、まづ悉く破壊してみることが必要ではないかと思ふのです。私は直ちに救ひを与へる宗教よりも、我々の概念を破壊してくれる宗教を望むのです」とも述べている。

敗戦末期に亀井が聖徳太子や親鸞を通して信仰や仏教美術に惹かれていったのは、戦争からの逃避というよりも、自らの軌跡に日本の近代化を重ね合わせ、日本人の自画像をより内面的にとらえようとしたためではなかったろうか。漱石の描いた三四郎と同様に、熊本から東京を目指した林房雄、そして函館から東京を目指したもう一人の三四郎であった亀井勝一郎の姿がそこにあった。

保田與重郎

保田與重郎は明治四三［一九一〇］年に、奈良県に生まれた。保田は大阪高等学校を経て、昭和六［一九三一］年に東京帝国大学美学美術史科に入学した。この同じ時期に、先に紹介したように、亀井勝一郎は大学をさぼり続け終には退学した。保田の入学とは入れ違いとなった。保田と亀井等は昭和九〔一九三四〕年に雑誌『現実』――四号で廃刊――を創刊することになる。人の出会いと運命は面白いものだ。

保田與重郎が戦後、世に知られるようになるのは、日本の高度経済成長下の大学紛争が盛んなころ、自伝的エッセイを『国文学解釈と鑑賞』に昭和四二〔一九六七〕年四月から二年間あまりにわたって連載し、後に、それが『日本浪漫派の時代』という単行本にまとめられたころからではなかったか。大学生たち若者は、まずこの「浪漫派」という「ことば」そのものに惹かれた。若い学生たちは保田の旧仮名遣いにこだわったような戦前の匂いのする本に何を見出し、保田自身は一体何を伝えようとしたのか。

高度成長期の学生運動が高揚するなかで、戦後も戦前的な生き方を通そうとした保田與重郎と大学生たちはどこで結びついたのだろうか。戦後社会に育った若者たちが戦前社会に育った保田のどこに引かれたのか。保田は、亀井勝一郎等と昭和一〇〔一九三五〕年三月に雑誌『日本浪漫派』を創刊し、なんとかやりくりして三年間続けた。このころのことを『日本浪漫派の時代』のなかで「一つの文学時代」という随筆のような文章で振り返っている。

「私の感じでは、そのころになると、僅か十二年の間に、文学といふものも、それに対する人々の思ひもずゐ分に変貌したと思う。この人々といふのは、文学に志をもった人々という意味である。しかしこの志といふものも、大東亜戦争終戦詔勅発布後二十年余りのこのごろでは、よほど刻明に注釈するか、むしろ物語小説の形で、往年のような巧みな文芸作家が描いてくれない限り、もう大方に新しい今時の人にわかってもらえぬと思う。」

保田與重郎は、敗戦後二〇年も経ち、大方の今時の若い人にわかってもらえないだろうと強く意識して、一つの文学の時代——つまり日本浪漫派の時代——をふりかえろうとした。保田は文学に志を持った人々の何を、今時の人たちになぜ理解してもらえないと考えたのだろうか。保田は戦時中に萩原朔太郎がつくった詩を引っ張りだし、時代そのものが無かったように時間を葬り去った「戦後」社会に怒りをぶつけ弾劾しているように感じられる。

「萩原朔太郎が、南京陥落の詩をつくられた。日本中の全詩人を代表してつくられたやうなこの作品は、予め用意されてゐたものかも知れぬが、感情高なり、しかも悲壮感の気品に欠くるところない佳品だったが、戦後出版の先生没後の作品集は、みなこの先師の作を省略した。これを軍国主義の作品ときめて、皇軍讃美との判断からはばかったものだろうか。如何さまにも、浅薄な便乗的判断であり、また非文学的見解、わが国の『文化人』の意識と自覚のうすさ、あささを証した恥かしい一面である。」

保田によれば、日本浪漫派とはまさにこうした風潮——文学を理解できない戦後日本社会の光景——に対する「全面的、無視的、嫌悪的拒絶が一つの根底だった」のであり、保田の世代たちが受けた「昭和以前の教育で、家々のしきたりと教へられたことは、卑怯を最も憎めとの教誡……弁明を忌む」まっとうなモラルを崩壊させてしまった戦後社会なるものへの抗議であったともいえる。

この風潮をもたらしたのは「士民的な気配」が薄れてしまった「インテリゲンチャ」と称した「文化人」や「知識人」であり、これは戦後ではなくすでに戦前期においてはじまっていたのではないか。その結果、「文学も空白といふ時代が、昭和初年に現はれてゐた」のである。日本浪漫派こそがこれに気づいていたと、保田はみる。そして保田にとって、『日本浪漫派』の前夜は、我々の見解では、国の詩文は低調にて、精神の空白化した時代だったが、戦後の二十年の腐敗は思ひも及ばぬものばかりだった」のである。

保田與重郎は、戦前と同様に戦後においても文学――むろん保田のいう「文学」であるが――の本質を理解できない文化人や知識人の精神性こそが問われるべきである、と主張した。もっとも、保田はこの「文化人」なるもの自体に疑義を唱え、その批判の矛先は「当時の東京帝国大学経済学部の中のマルクス主義者たち」という「偽善の人々」に向けられた。そして、戦後二〇年後のいまも、マルクス主義をかざして若者の政治運動を扇動しているように見える知識人たちを保田はいわば生理的に嫌った。

保田は戦前期においてもこうした知識人たちが「一応マルクス主義」という立場――「頑迷固陋な反動性で、浅薄で皮相的」である――で「学閥の徒弟制度」のなか、「実に当時の心の素直な学徒に悲劇的な結果を残したのである。さういう当時の人物の名前を口にすることを、私は今日ではもう不快といふくらゐだが、一ころは憎く思ってゐた」と語気強く批判したのはそのためだったろう。

保田は、昭和四〇年代の大学紛争に関わる学生たちが戦前と同様にマルクス主義を掲げ、なかには「内ゲバ」をおこすような世情に戦前期の東大経済学部のいざこざを思い起こして、同様の問題をそこにみたのだ。保田がいう東京帝国大学経済学部の「いつはりの人々」の派閥争いとは、昭和一三［一九三八］年からくすぶり始めた教員の学内派閥抗争を指す。

当時、マルクス経済学派の教授や助教授が検挙――いわゆる第二次人民戦線事件(*)――されたあと、新たに工学部長から東大総長に就任した平賀譲（一八七八～一九四三）は、二つの派閥の領袖であった河合栄治郎教授と土方成美教授を喧嘩両成敗として休職扱いするよう文部省に上申した。

＊第二次人民戦線事件――昭和一二［一九三七］年一二月一五日、コミンテルン――一九一九年に結成された共産主義インターナショナルの略称――の反ファシズム統一戦線の結成の呼びかけに応じた労農派グループの大学教授

たちが検挙され、翌年、二月一日、大内兵衛、有沢広己や脇村義太郎など東大経済学部関係者が検挙された事件である。

東大工学部造船学科の卒業生とはいえ、軍籍となり日本の軍艦設計に深くかかわり海軍の技術幹部となった平賀が東大総長になったことは、その時代の光景をも象徴した。東大中枢の法学部の教授あたりが総長となっていれば、のちに「平賀粛清」といわれるような思い切った措置が取られたどうかは疑問であったろう。いずれにせよ、平賀総長が経済学部の河合教授と土方教授を一気に休職に追い込んだことで、それぞれを支持してきた教授や助手なども辞表を一斉に提出した。結果、経済学部教員の七〇パーセントが学校に出てこなくなった異常事態となったのだから、夏休みから戻ってきた学生たちも動揺し大混乱となったのは当然だった。当時の文部大臣もあわてふためいたことはいうまでもない。

では、保田與重郎等の日本浪漫派「知識人」が、西洋的教養主義を代表した大学人や文化人を冷ややかに見て——あるいは軽蔑して——、その思想なるものを口にすることを不快としたが、実は日本浪漫派の人たちもまた西洋的教養の申し子ではなかったのか。そうであるとすれば、彼らは自らの精神の在り処をどこに求めたというのか。この矛盾こそが日本の近代化の自画像を探る上で重要なテーマであり、日本浪漫派なるものを説く鍵でもある。保田自身もこれを自覚した上で、つぎのようにのべている。

「『文明開化』以来のわが国の文芸学や文学史にお別れし、一代以前の国学時代の文芸復興の先賢の教へに躓いた。……『日本浪漫派』は、外国教養ではドイツ観念論系統とドイツ文学の方に属していた。……我々の時代となって、敗戦国ドイツのうけた不当さ、人道の不正に結びつくもののあり方を了知することが出来るようになったのである。わたしの地図よみによって構想した体系をみなが承認したから、『日本浪漫派』といふわが国近代文学始って以来の唯一の『シューレ』が、日本の文明開化以降文化史の上へ花の一輪の如く咲いたわけである。」

日本浪漫派という「シューレ」――学派――とは一体何を主張したのか。保田與重郎は自伝ともとれる『日本浪漫派の時代』でこの課題に取り組んだ。保田は戦後二〇年経過しても不快感と不信感を禁じえなかった昭和初期の帝国大学についてわざわざ一章を割いている。

保田にすれば、眼前には全学連騒ぎ(*)があり、「革新といひ進歩主義文化人といへば、一応若い世代に通ったといふ状態が、急速にくづれ、それらを欺瞞や虚妄として、また世渡りの術として否定しだした……東大騒動下の一般学生を政治無関心と非難する」のようなことは戦前からあったことで、先刻周知のことでとりたてて戦後的な風景と取り上げるまでもなかった。それはいわば連続的な日本の底流であったと言いたげである。保田が描いた昭和初期の東京帝大の光景はつぎのようなものだ。

＊全学連（全日本学生自治会総連合会）――大学自治会の全国的組織。各大学の学生自治会が政府の大学管理法案や学費値上げなどに抗議して、昭和二三[一九四八]年六月にストライキを行った。これを契機に学生自治会の全国組織が結成された。はじめは日本共産党の指導下にあったが、その後分裂していった。昭和三五[一九六〇]年の安保条約締結反対運動で全学連は大きな勢力であったが、全学連内での主導権をめぐって対立・分裂などが繰り返されていった。

「昭和初年にすでに学問を生命とし、日常生活として学者学生が大学内に殆どをらず、大学に関心をもつものは、大学教授の地位権力に関心したものだけであった。さういふ栄達を思ふ学生の心情は、代議士になることを目的とした学生より、必ずしも人間的とも文化的ともいへなかった。」

要するに、そこにいる進歩主義文化人たちとは「世渡りの上で帝国大学教授といふ肩書は有利」であり、その「地位を享受」することで「時流に俗うけする議論を立て、あるひは流行の売文をなすためには、『学問の自由』がたしかに必要」であると考えた俗物たち――「世俗的進歩主義者の世渡り」上手――であり、この世渡りをめぐって権力争いがあっただけで、表面的にはともかく実際には学問の自由をめぐるものとはいえなかったのはあるまいか。ゆえに、保田は日本浪漫派に集った学生たちにとって「かういふ陰気な状態が、我々には不潔を思はせた」と振り返っている。

いま――そして当時の――の若者も日本のインテリゲンチャたる大学人などのいう「自由」とか「進歩」とかに惑わされてはいけないのだ。「反権力」の言論を吐き、売文すること自体が彼らの世渡りなのだ。保田は日本の近代化が生みだした知識人たちの進歩主義なるものへの嫌悪感とともにそれに異議を唱えた。保田はいう。

「時代の流行とかイデオロギーの変化に便乗するにも、一応の節度がなければ後日になってはずかしいことが起る。戦後の社会主義者さがしは、文献研究で全く同じ阿呆のしぐさだ。さういふ阿呆性が時勢追従となるのを自覚することを、今日の若い学生に注意したい。昭和初年に、小説作品に社会性や思想性のかりものに衣装をつけたのは、今では恥ずかしい遺物だが、同じことを今もしてゐる。」

保田が文章中に頻繁に使ったという意味での鍵用語は「個人」、「責任感」、「恥」、「良心」、「卑屈」、「卑怯」、「追従」などである。こうしたこと――モラル――を日本人から奪ったのは江戸期の精神がまだ残っていた明治期ではなく、保田らが育った大正期以降であったのではなかったか。そしてそれを促した日本の近代化が問題視された。すなわち、

「『日本浪漫派』は『近代』の問題から始まった。……明治の文明開化に当つては、『近代』についての慎重な考察は何一つなかった。この専らな追従は重大なことである。彼らが『近代』を知らなかった、何もわかつてゐなかったといふことは、今日もつともはっきりと自信を以ていへることである。我々は近代の終焉を主張した。それを見てゐるのではなく、打ち破らねばならないとの意味だった。明治の『文明開化』は『近代』の本質を全く知らなかった。たゞ民族の英雄たちが、血によつてそれをしつてゐた。」

保田は昭和四四［一九六九］年での高度経済成長という「新しい『文明開化』が進行してゐる」時代に、「人の親たる年齢で、かういふ大学生や高校生の姿を見ることは地獄の風景」とするヘルメット姿の全学連の学生たちを見ながらこの文章を書いている。

いうまでもないが、日本浪漫派はなにも近代一般を否定したのではなかった。保田らは日本でのヨーロッパ的な近代の模倣に疑義を挟んだのである。つまり、「ヨーロッパの近代は、いはゆる『奴隷制度』から人間を解放する最後の仕上げだった筈である。……東洋では奴隷の如きものはあったとしても、奴隷制度といふものが、社会としてなかった。……ヨーロッパの近代が、奴隷制度を廃し、そういふ制度下の奴隷的心理や意識を排除しようとしたのは、すばらしい営みだったが、やがて『近代』のそのものの発展は、返って新しい奴隷制を必要とするに至った。近代の工業の下では、資本主義とか社会主義とかいふものとかゝわりなく、その組織と制度の下で新しい奴隷制が要求された。戦前のわが国の近代化の中では、かういふ懸念は微々たるものであった」にもかかわらず、である。保田は、近代化のある種の成功事例とされた戦後日本の高度経済成長にある種の危うさを見た。

「戦後二十年を過ぎて、わが国の繁栄は『近代』の第一線から卓越してゐた。かふいう『近代』の中で、……新しい西洋風の近代奴隷制度が出現する筈である。これは自理の当然である。私はさういふものを漠然と全学連の成長の中に見たのである。」

欧州諸国の近代化は奴隷制度から人間を解放することで達成されたが、日本の近代化は新しい奴隷制度を生み出したことで達成されたとすれば、日本の近代化とは何を解放したのか。保田の感覚では、全学連の学生たちのデモなどの動作は、江戸期の百姓一揆などや戦前の兵士などの動作性にもないものであり、それはまさに奴隷のような動きであったのだ。それはまさに日本の高度経済成長下の日本人の奴隷化を象徴したのではないか。保田はつぎのように表現する。

「『近代』は、人間を解除しなかった。近代の機械産業は奴隷制を新しい姿でよみがへらせる。わが国の過度成長の資本主義が近代風奴隷制をつくり出すまへに、反体制をいふ若者が、奴隷制の風景を己れの体で描いたのだ。……わが国の近代化が上昇する時、その近代の要求する新しい奴隷制の形容は、全学連のデモの形で現された。」

それゆえに、保田によれば、日本人は明治文明開化以来の「近代日本」――近代化された日本であり、その近代化なるもの――の概念を系統的に反省するべきなのであり、こうした反省は日本浪漫派以前にはなかったと主張する。

保田は『日本浪漫派の時代』で日本の作家たちの作品での主張を取り上げる以上に、彼は幼少期を送った奈良や高等学校時代の大阪、そして上京して江戸情緒がまだ残っていた下町の状況を自伝風に多く描いたのはそのためだったろう。彼や日本浪漫派の仲間たちにとって遠き昔は古き良き時代であったのである。そこでは喪失してしまった故郷が美しく描かれている。保田にとってはその喪失感が大きかっただけに、その追慕感もまた大きかったのだ。

東京へ出て帝大という学問の府に入ってみれば、そこには上昇志向の強い世渡り上手の人間ばかりではないか。だが、「私らの大正時代末期に、我々の郷里の固陋な老人たちが、その子弟に願わなかった将来の進路は三つあった。一つは税金取り立ての役人になる勿れ、二つは警察官になる勿れ、三つめは、新聞記者になる勿れと」と保田が紹介した「のんきな」光景は、当時でさえ果たしてどこまで一般化できただろうか。

保田は、日本の近代化なるもののがもたらした「進化論」や「生存競争のいやしい信奉者」となった若者たちを生理的に忌み嫌った。必然、「敗けてはならぬといふ思想が、明治文明の一つの底流だった。そういふ志に対し、一方で富国強兵の理念で文明開化を主導したのが福沢諭吉とその亜流たちである。このいはゆる文明開化は、日本の心でも、東洋の思ひでもない」とこき下ろした。

保田與重郎のこうした浪漫派的視点は戦前から継承されたものでもあった。保田は昭和一〇［一九三五］年九月に発表した「今日の浪漫主義」でも、日本の近代主義に巣くった実用主義なるものに強い嫌悪感を示していた。

「日本の文芸界にもさきごろから理論といふものが侵入してきた。理論といふものは無智なものをこけにおどす都合いい方便である。……日本では理論といふ知識があったが、理論するといふ態度の心得はなかった。そんな中で思想の肉体化といふことが云はれた。たとへば西洋人の如き伝統からいへば、主観とか客観とか、弁証法とかいふことを直ちに呼吸してゐることも可能であるが、日本人では物を弁証法的に見るよりは、弁証法の見方を学ぶことに主眼があった。弁証法といふものを一心に考えへてゐて、それを以て対象を雛形の中へ押し込んでみせる技術だった。だから日本では何々読本といふものがよくうれる。

……明治の日本の浪漫家は文は人也といふことを説いた。相当きざっぽい言葉であるが、今日の大家は文章を如何に描くか、その実用の立場から読本を作った。」

このような保田らの「悲しみと憤り、歎きと憂ひの混淆した境地」にあった日本浪漫派の主張とは何であったのか。この前年に同人誌『コギト』に「日本浪漫派書」広告を掲載し、日本浪漫派という「主義」を旗揚げした保田らの若者たちは「あらゆる端々に現れた文学上の俗物根性を否定し、むしろ荒唐無稽をのべ、虚構をといた。ひっきゃう僕らの考へ方にはそのためにつねに大衆といふ思想がつきまとふ。……僕らは真に文学のために血統を樹立する文学自覚に近づいた日に於て、空想すべき大衆の存在の虚在に似てゐたことを想ったのだ。おそらく僕らの主観の立場では、僕らは最も意識過剰である。ここに僕らの浪漫派の主張がある。浪漫派は何々の意識といふ流行である。昔も今も浪漫派といへば通じる文学の一主流である」ことを主張した。

では、二〇歳代半ばの日本浪漫派の若者たちは一体何を意識過剰していたというのか。それは、「文学上の主張を流行としてしか考へない」俗物根性の評論家ばかりという時代にあって、文学を志したインテリゲンチャである自分たちもまた余りにも「柔弱」であり、新しい何かを生み出せない閉塞感の表明でもあった。保田はいう。

「今日文学をやるものは、常に何かに強ひられてゐる。そういふことを考へて、その後に浪漫主義を考へる。何も眼新しいことではない。浪漫派はもとより過渡的なものであった。……今日の場合は無意識に日本市民社会の実用主義をそのヒューマニティーのデモクラシーに対し、僕らはむしろデカダンをとるのである。……僕らはさういう健康な意思や健全な良心よりも、今日の没落を歌ひあげる元気を愛してゐる。」

保田はこのデカダンとは「えらい学問の入口も知ってゐる」知識だけが過剰となった若者――青春――世代から生まれた文学であると位置づけた上で、日本浪漫派を「時の小説などにはいささかの関心もなくしてくらしてゆける民衆が、九千万か八千万か知らないが、今日の日本人の大多数であろう。擬似的文学作品を求める人が残りの大多数であろう。……今日の浪漫派は少数精神の声であってもいい。だが真実今日文学を以て何かを創らうと考へてゐるものはこの少数のものであるかもしれない。僕らは民衆の求めるものを作るまへに、僕らの求める民衆を勝手に築いてゐるのだ。僕らの中の民衆のためにせい一杯に描いてゐる」文学であると主張した。

保田のこのテーマの底流にはこの「僕らの中の民衆」（＝日本人）への探求があった。保田は「僕らの中の民衆」を過去に求め、そして現在にも求めた。保田は「戴冠詩人の御一人者」（昭和一一［一九三六］年発表）で「近頃の日本人は、日本人の伝統国語の芸用の連想形式を失ひ、日本の血統とした論理を失ってゐる。言語表現芸術のために組織した芸術哲学の深重な意味と内容を知らない。日本の芸術を西洋の借用でかたる似非国際主義、擬似進歩主義をむげに排斥するのでない。それではつひ困るといふことを理解せぬ頓馬者を排斥するのである」とした上で、「それは近代の小説論によって文学性を知る簡単な企てではない。古い御代の表現の教へ、それがつひに『神道』の教へであるものを、僕は崇高な芸論の一つとして考へてゐるのである。……その古く遠い時代、上つ代はいるかもわからぬ。たゞ太古に失ったものだけは常に魂の中に回想される。その惜しい遺失物のために、僕らの近代の一部を失ふ決意が必要である」と述べた。

日本の惜しい遺失物のために近代の一部を失う決意を固めた保田與重郎は、敗戦とともに戦争協力の文学者として、日本の戦後近代化にとって相応しくない人物とされた。筆を折り郷里の奈良へ帰農した保田が戦後はじめて筆を取った「みやらびあはれ」(昭和二二［一九四七］年で、つぎのように「日本の伝統」——精神の躾——を記した。

「日本人の趣味は、最も美しく正しいものと信ずるもののいのちを象り、相手と一体となり、かつそれに敬虔に仕へてゆく気分心持から生まれるのである。この浪漫的な心情を、封建的な気分の名残りと云ふものは、覇道への臣従と人連の願望を混同し、封建を維持してゆく覇道の実態を実生活に於て了知せね浅薄者であり、覇道との戦ひから生れた、この趣味の実体をさとらず、これを今日の状態で見れば、今日のあらゆる精神の犯罪と罪悪の、根底をなしてゐる覇道の、実態を見定め軽薄者となるのである。」

「一年の文筆上の空白の生活と、一年の戦場の生活と、一年の農耕の生活を経て……この三年に亘る無筆の生活の間に、一歩二歩は自然の世界に近づいた」保田は、「みやらびあはれ」という日本人の醇風美俗を喪失させてきた「所謂近代」を担った「都会的口舌の徒」について、「山河の自然を眺め、今日の人心を見よ、彼等を形容することばは、日本の過去の文章の中に伝へられてゐない。そういふ精神状態を過去の教養階級の中には存在しなかったからである」と述べている。

みやらびあはれ。保田が戦後の日本の混乱のなかでいろいろな思いに駆られた時にふと思い出したのは、詩人の佐藤惣之助（一八九〇～一九四二）の歌の句「みやらびあはれ」という美しい挽歌であったという。敗戦は日本人に多くのことを考えさせたであろう。だが、日本の近代化がもたらしたものが敗戦によってはがされたら、そこにあったのは江戸期以来の「人倫」すら一緒に洗い流されていた日本ではなかったのか。

みやらびとは沖縄で「をとめ」を意味する。保田は陸軍病院の病床で、佐藤の歌の、「そらみつ大和扇を」という上句と結句の「みやらびあはれ」を思い浮かべることができたが、中の三句を忘れ思い出せなかった。

だが、みやらびあはれ、という句が彼自身のなかで残ったという。

「今になって思ふことは、この忘れて了った中三句といふ偶然の事実が、何か運命的に且つ象徴的なものの感じを濃厚に味はせるのである。明日の日の国と民族の生々発展によって、この三句は決定されるだろう。大小説とか大論文とか大雄弁といふものをなし得ぬ事情のある時に当って、真の文人がきれはしの歌を歌ふことは、志ある者よりみて、自明自然のことである。」

「そらみつ大和扇」の日本社会は、決句の「みやらびあはれ」につながるどのような自画像を描いてきたのか。この二〇年ほどあとの「日本浪漫派の時代」からみるかぎり、保田の描いた日本社会の自画像は、人倫が廃れゆく日本の姿であった。

蓮田善明

蓮田は明治三七［一九〇四］年に熊本県の浄土真宗大谷派の寺に生まれた。地元の中学校卒業後に、広島高等師範学校で国語漢文を専攻した。蓮田がすでに紹介した三人と異なるのは軍隊経験である。蓮田は高等師範を卒業した昭和二［一九二七］年に鹿児島歩兵第四五連隊に幹部候補生として入隊、八か月の訓練を受け除隊後に岐阜県や長野県の中学校の国語教師として赴任した。

その後、蓮田は昭和七［一九三二］年に広島文理科大学国語国文科へ入学、卒業後に台湾の台中商業学校で三年間を過ごし、昭和一三［一九三八］年に東京の成城高等学校へ移っている。蓮田の執筆活動は、広島高等師範在学中に小説や詩などを校友会誌に発表したころからであり、本格的には三〇歳を超えてからであった。

蓮田は成城高校に着任してまもなく応召され、熊本歩兵第一三連隊に入隊し、中国戦線で負傷し、昭和一五[一九四〇]年に帰還した。その二年後に再度応召、南方戦線で中隊長として終戦を迎えた。

わたしたちは、蓮田の戦後の軌跡を知ることはできない。蓮田は敗戦処理をめぐって、上官を射殺、自らの生命も絶ったからだ。このことについて、小高根二郎は、「蓮田善明とその死」(昭和四三[一九七八]年発表)でその事情を紹介している。

当時、蓮田中尉の上官で連隊副官であった大尉は、英軍への降伏を不服として、抵抗部隊の編成を極秘裏に進めていた。敗戦処理を目的に新任した連隊長はこれを察知して、訓示を行っている。このなかに血気盛んな青年将校を憤激させた言動があったのではないかと、小高は当時の関係者の手記や直接取材したことから「ほぼ真相に近いという確信」でつぎのように記している。

「鳥越副官の記憶によると、『敗戦の責任を天皇に帰し、皇軍の前途を誹謗し、日本精神の壊滅を説いた』というのである。鳥越副官はその措置を時期尚早と判断したが、善明は中條大佐(引用者注―小高は仮名扱いしている)の職業軍人らしからぬあまりに見事な豹変と変節ぶりに、心中煮えくりかえるものを感じたのである。」

小高は中條大佐の出自について、「対馬の出身であったから、或は少年時代に朝鮮から渡米し、中條家の養子になったのではあるまいか?　金某(引用者注―大佐の元に金某のあて先で郵便物が来るには訳があることを副官に語っていたことに言及している)こそ真実の姓名ではなかったか……大佐は分屯地の軍状を視察に行っても、日本の軍隊を相手にせずもっぱら現地人の出迎者の応対にいんぎん」であったことを指摘する。

昭和二〇[一九四五]年八月一八日には終戦詔書の奉読式が行われ、翌日にはこれに抗議した自決者が出るなど、混乱した。この日の蓮田について、後に関係者から聞いた話として、小高は『連隊長室で相当長時間に亘り連隊長を強く諌めていたらしい』というのが、功績係の後藤包軍曹の推測である。……鳥居大尉の自決者の報告がきっかけとなって、話は自然と日本の将来のことになった」と記した上で、同席した高木大尉、田中大尉との会食中の会話をつぎのように紹介している。

高木大尉　「日本は敗けたんだ。敗けたからには連隊長殿が言われるように、もう天皇も、国民も、なんの区別もありはしない。これから日本の子供達に、誰が一番えらいんかね？　と訊ねられたら、おそらく蒋介石とか、ルーズベルトと答えるこっちゃろう。天皇……なんぞと答える者は一人もいなくなるよネ。」

蓮田善明　「高木大尉！　あんたは士官学校で一体なにを学んできたんですか？　そんな莫迦なことは断じてない。日本が続くかぎり、日本民族が存続するかぎり、天皇が最高であり、誰が教えなくても、日本の子供であるかぎり、天皇を至尊と讃える。」

高木大尉　「敗けてから、そんなことを言うても始まらん！　それはあんたの単なる理想じゃ。」

蓮田善明　「敗けたからこそなお必要ではないか！　皇室中心に子供達を導くのは、変らぬ我々の責務だ。」

高木大尉　「冗談じゃなえ。はたして生きて帰れるか、どうか、わからん我々なんだぜ。連隊長殿の話のとおり、くだらん理窟をこいて暇をつぶすより、どうしたら生きて帰れるかちゅう手段を、真剣に考えるべきじゃあるまいか？」

蓮田善明　「生きて帰ろうと、死んで帰ろうと、我々は日本精神だけは断じて忘れてはならん！」。

高木大尉　「その日本精神が物量にころりと敗けたんじゃ。いまさら何をか言わんや……じゃ。日本の精神の看板じゃア、もう飯も食えんテ。」

田中大尉が中に入り談笑の会話に戻り、会食が終わった。やがて、湘南（シンガポール）神社に出かけ軍旗を焼却する準備となった。連隊長が副官とともに軍旗とともに用意された車に向かった。そのとき、副官室の外で待っていた蓮田中尉は、「国賊！」と叫んで車に乗り込もうとした連隊長を射殺。蓮田自らも「遺歌を書いた一枚の葉書を堅く、堅く、握り締め」、すぐにピストル自殺を図った。一発目は不発、二発目が蓮田の生命を奪った。

小高は、その遺歌――憲兵隊に没収され返還されず不明――について、同僚の内野中尉の記憶を紹介して、「日本のため、やむにやまれず、奸賊を斬り皇国日本の捨石となる」という意味のものであったとしている。蓮田の憤死が家族や知人たちに伝えられたのは翌年夏のころであった。その秋の終わりころ、蓮田がかつて教鞭をとった成城学園で、「蓮田善明を偲ぶ会」が催され、三島由紀夫も参加している。

小高が記録した蓮田等の会話や連隊長の出自の真相がどれほど正確なものかはわからない。いわんや敗戦の混乱のなかで、内地や外地のあちこちでこのような会話が交わされたことだろう。小高は「蓮田善明とその死」の最後をつぎのように結んでいる。

「敗戦によって自決した陸海軍の関係者は五二七名と伝えられている。……善明の遺書や遺歌は、遺憾ながら憲兵隊に没収されたまま今日に伝ええないが、この大東塾の熱祷（引用者注―大東塾とは、昭和一四［一九三九］年に「歌人」影山正治（一九一〇～七九）が組織した右翼団体で、林房雄や保田與重郎も関係した。影山等は昭和五四［一九七九］年に元号法制化を訴え、割腹自殺。その直前の神前奉上の祝詞が「同志のみたま浄ることなく速やけく高天の神のみ門に引き取り給ひて、みたま著く永久の御仕へ仕へまつらしめ給へ」であった）とほぼ同じものであったろうことは、彼の閲歴や人なりから想定しうる。筆者をしていわしむれば、敗戦に臨んで神国日本の終焉を象徴したのは、『人間宣言』によって神国のきざはしを降り賜うた今上天皇（引用者注―昭和天皇）ではなく、逆にきざはしを昇って扉を閉ざして雲隠れた、これら影山庄平翁やわが蓮田善明であったのである。」

こうした最後を遂げた軍人の蓮田は、いうまでもなく同時に和歌などについて研究者のような作品も多く残している。そうしたなかにあって、自叙伝的小説『有心』は蓮田の内面的な歩みを知る上で貴重で作品だ。蓮田は昭和一六［一九四一］年一月に、熊本県阿蘇の温泉に滞在して、この小説を書き始めている。蓮田はまるで生命の限りを知ってしまったように、『有心』の執筆と同時並行的に、昭和一八［一九四三］年一〇月に召集され熊本歩兵連隊に入隊するまでの二年ほどの間に「鴨長明」、「森鷗外」、「樋口一葉」などの作家評論や国文学にかんする論文を矢継ぎ早に発表した。『有心』は戦前に日の目を見ることはなく、戦後、友人などによって雑誌『祖国』に連載された。

戦地から帰り、再度召集され、「服装だけは、陸軍中尉の襟章を外しただけの国民服に、そしてソフトを被りマントを手にして家を出た」主人公は、家族と別れ、以前、戦地で負傷した右腕を阿蘇の温泉で癒すためバスへ乗り込んだ。

「瞬間、一人になったといふ安らかさと、ものを言はずに居れる気軽い愉しさを覚えて、立ちながらバスの外を後ろへ走るものをすかし見つゝ、何かよろよろして目で迎へ目で送りしてゐた。しかし、熊本の市内で車から下りて歩み出した時、急に身も世もない自分の孤独の寂しさに胸が苦しくなり、阿蘇行きの汽車の停車場の方への電車に乗る前に、途中通の本屋を一二めぐって、本を買ひ加へたのであった。」

主人公はリルケの『ロダン』、金剛巌の『能と能面』、それと一度風呂敷に入れたものの「思ひ捨てるやうにして残してきた『方丈記』の代わりに「平家物語」を購入する。以前、上海で買った『方丈記』を戦地からの船中で読みふけった思い出が主人公にはあったのだ。これは蓮田自身のことでもあった。

その後、はなしは車中の主人公の周りの描写とともに、主人公をまた戦場に送りだそうとしている日本社会への蓮田の批判ともとれる主人公の思いが綴られていく。「戦闘も仲々やさしいものではなく、少しでも部下をもち、又責任ある上官をもっている身」である主人公にとって、帰国した日本で待っていたのは「新体制」なるものであった。主人公はつぎのように思う。

「突然帰還を命ぜられると、これは容易ならぬぞと思はれてくるのであった。その頃の日本の新体制の指導原理はいふ迄もなく素直に受取れたが、……『夫々の立場に於て』の臣道実践といふ簡単な事が今更何事でもないやうなことでありながら何かびっくりさせられるやうな感銘を前から与へられてゐた。それはこの時局に国民の技術を求めてゐる言葉だが、これは今迄もってゐた技術を一層努力して奉仕するといふことだけでは済まないものがあった。」

一体、何の技術で何のために奉仕せよ、というのだ。「口すぎ」を通り越した「金」(カネ)のためなのか。蓮田は主人公に「唯物論でも個人主義でもない、唯『金』だけが生活の前景にも後景にも中景にもあって、人は『金』の中で呼吸して、技術といふものも、『金』に媚びる技巧の一つにすぎなくなってしまってゐた。……事実としてあらゆる技術が穢れてゐることを詩人的に感じた……言いかへれば人間を人間らしく向上させる文化の精神の堕ち崩れた時代の空気に耐へ難い苦しさ厭はしさを覚えさせ、不機嫌にさせてゐる唯それだけのことが自分を詩人たらしてめてゐる」と語らせた。

こんな時代にあっては、詩を文学的に書く「技術」は他の技術と全く異なることもなく、そのことばは「悪臭」を放っているのだ。だが、『方丈記』を読むと、「清らかな詩人の溜息が聞かれるように思えた」主人公は、「読み返し読み返ししながら咽喉からこみ上がってくる涙を怺へ得なかった」経験から、帰還してから早速『鴨長明全集』を購入して読んでみた。

主人公は『方丈記』を通して、「暴力的に文化を破壊した将軍達の手から、日本の不思議に美しい伝統を守り、その貧しい小さな家に営んだものが、遂にやがて、近世日本文化の大きな波を打ち出したこと」に気づいたものの、国文学者たちが評価する長明の和歌や歌論はくだらないものばかりだったと感じる。阿蘇行きの汽車に乗り込んだものの、空席はなかった。腰掛のもたれに背を寄せて、買ったばかりのリルケの『ロダン』を読み出したが、周りの少年たちの動きや車窓からさまざまなことを思い越し始める。

蓮田は阿蘇の温泉宿に来ている人びとの平和な時間を、みずからの時間を惜しむように描写している。主人公は思い出に阿蘇山の火口に登っておこうと、朝食のときに女中に道順を聞いたが、彼女は知らないという。仕方なく、主人公はとにかく登山路という場所から登ろうと旅館から出ようとしたとき、帳場のガラス戸から女中が飛んできて、火口へ登るお客様には宿泊料を前払いすることになっていると勘定書を突き付けられる。はっとして、主人公は戦場に引き戻された気がする。「行かねばならなかった戦地の習慣がまだ抜けきれないでふと思い出され、こんなどこからも弾丸の飛んで来ない所なんて気を配ることが要らなすぎて莫迦みたいと思ったり、今頃戦地ではどうしてゐるかと想像されて見たり……」と主人公の胸のうちが描かれた。

阿蘇の烏帽子岳の雄大さや雲の流れ、そして噴火による空気振動とも大地の唸りとも感じた主人公がそこにいた。はなしはここで中断している。蓮田は書けなかったのか、あるいは書かなかったのか。蓮田は、およそ小説にはふさわしくないコメントを最後に書き記した。「作者はこゝこまで書いて、もう数年筆を止めてゐた。これから先は書けなかった。筆の拙さもある。しかし作者の目と直身には最もあざやかにのこってゐることが、むしろ今は書かせようとせぬ。あるひはなほ十年絶ち、数十年の上も経て、昔ものがたりとして書ける日が来ようか。それは自らたづねて、答へぬところである」と。

蓮田は阿蘇火口への途中で、ふと口に浮かんだのは「世のつねのけむりならぬとはのけむり」の肩歌みたいな一句であったという。蓮田は、この後、再召集受けを戦場に向かう「貨車の穴倉めく車掌室で一日よみ返し」、このような「むすび」を書き、最後に「このむすびをしたゝめることができたのは、なかなかたのしいことであった。もう自ら各文字も見えぬ」と記した。

蓮田は昭和一八[一九四三]年一〇月末、熊本の出征部隊に入り、三日後、門司港から南方へと向かった。蓮田はこのつづきを自らの生命を絶ったことで書くことはできなかった。そして、日本の戦後社会を知ることもなかった。

蓮田の『有心』を読んでいて、わたしはこの主人公もまた夏目漱石の描いたもう一人の三四郎ではないかと思ってしまった。漱石のこの小説では、熊本から上京した三四郎は東京で時代の新しい空気にふれ、日本の近代化をそれぞれに代表したような人物に出会って、自分とは何かと煩悶するなかで自分を取り巻く三つの日本に気づいた。

一つめは熊本から、時折、東京の三四郎を心配して便りをくれる母親の世界——伝統的社会——である。

二つめは上京する汽車でことばを交わし、東京の大学で再開した高校教師の広田先生や最先端科学を研究する学生の野々宮のような自由人の世界である。三つめは東京という都会に生まれた自由な女性の美禰子という、ある意味でこれからの日本社会を暗示しているような世界である。三四郎はこの三つの世界を行き来するが、小説のなかでは熊本に戻りはしない。

熊本から広島というかつての貧しい農村から軍需を中心とした工業都市へと変貌した広島の師範学校で学び、岐阜、長野、台湾と中学教師を務め、最後に東京の成城高校の国語教師のときに応召し、再び故郷熊本の軍隊へと戻った蓮田善明は、熊本にもどることはなかったもう一人の三四郎であったのだ。

昭和二一［一九四六］年一一月中旬、戦前の蓮田をよく知る友人や知人が東京の成城学園に集まり、「蓮田善明を偲ぶ会」を催した。出席者の一人で、蓮田の作品から大きな影響を受けた三島由紀夫（一九二五～七〇）は、この時の思いをつぎのように記した。

古代の雲を愛でし
君はその身に古代
を現じて雲隠れ玉
ひしに　われ近代
に潰されて空しく
靉靆の雲を慕ひ
その身は漠々たる
塵土に埋れんとす

近代日本の自画像とは何であり、そして何であって欲しいと日本人は願っているのか。この点をめぐって書きつづけた作家たちの歩みそのものが日本の近代化でもあった。「われ近代に潰されて」いくほどに日本社会とは不安定なものであったのだろうか。また、日本社会の何が近代に潰されたのだろうか。

漱石が描いた三四郎——近代日本の青年像——のイメージをわたしに思い起こさせたのは四人の作家、林房雄、亀井勝一郎、保田與重郎、蓮田善明であった。彼らが描こうとした日本の自画像の背後にあった思考様式について、次章ではさらなる四人の作家を通して考えてみたい。

第二章　自画像の思考様式

フランス文学者の中島健蔵は昭和一六[一九四一]年に発表した「河上徹太郎」論で、河上らを「四十前後の一群の文学者がいる。いずれも、現代日本の思想的大動揺を直接間接に経験して来た人々である。彼らの多くは、大正末期ないし昭和のはじめに学生生活を終え、大して躊躇することもなく実際の文学活動に飛び込んだ」世代であると位置づけた。

大正末期から昭和のはじめに学生生活を終えたということでは、第一章で取り上げた林房雄たちであり、ここで対象とした四人の作家のうち河上徹太郎、本多秋五らの『近代文学』の同人作家たちや吉田健一もまたそうであった。こうした世代をやゝ冷ややかに見据えて実際の文学活動に飛び込んだ世代として江藤淳がいる。

この四人に共通したのは、近代日本の自画像を描くことはもちろんながら、その方法的な思考様式に固執したことであった。彼らは当時、社会科学的方法論として文学にも入りつつあったマルクス主義的視点とは異なった思考様式にこだわり、日本の自画像を描こうとした。

河上徹太郎はアウトサイダーの思考様式を通してインサイダーたる日本社会の思考様式の底流を問題視した。吉田健一は日本における文学とは何であるかを問うことを通じて、その背景にある日本社会の思考様式の総体を突き止めようとした。戦前のいわゆる左翼運動から戦後に生き残った本多秋五らは日本の近代文学を見直しつつ、戦後日本社会のあり方を模索した。

江藤は、若き頃に著した「夏目漱石」論のころから、文学を通した日本社会の分析に関心をもち、占領国である米国との対峙のなかで日本の自画像の背後にある思考様式を分析的に明らかにしようとした。

河上徹太郎

わたしは大学生のころ、英国の作家コリン・ウィルソン（一九三一〜）の『アウトサイダー』（一九五六年、翌年に日本語訳で出版される）を、その題名だけに惹かれて買い求めて読んだ。そうこうしているうちに、日本でも同名の著作があることを知った。それが河上徹太郎の『日本のアウトサイダー』であった。『日本のアウトサイダー』は昭和三三［一九五八］年八月から『中央公論』に一年間連載された人物論をまとめたもので、翌年単行本として出版された。このころ、河上は日本のアウトサイダーたちをとらえるに十分な時を重ねてきた五十歳代半ばであった。

河上徹太郎は明治三五［一九〇二］年、日本郵船に勤める技師の長男として長崎市に生まれた、父親の転勤で小学校入学の頃に神戸に移り住んだ。その後、再び転勤で東京へ移り、第一高等学校をへて東京大学経済学部へ進んだ。ちなみに、河上に音楽関係の著作があり、音楽にたとえた表現が多いのは、一高休学中に音楽に興味をもちピアノを習ったことによる。河上は大学のころから評論活動を始めた。

河上は、昭和二八［一九五三］年から一年間にわたって『新潮』に連載した「私の詩と真実」で「主義とか思想とかに縁がなく、執着がなく……思想が嫌いなのではなく、執着が嫌い」な自分が、ヴァレリーなどの詩に惹かれるようになったものの、評論というかたちにこだわった理由をつぎのようにのべている。

「思想に執着するものでもなく、理想に奉仕するでもなく、しかも（文芸）評論を書くことに情熱が持てたということは、どういうことであろうか？　結果からいえば、私は小説よりも詩よりも評論の形式の中に、自分に関しても、対象についても、明確で鮮明な人間像が認められ描ける気がしたのである。……これは日本の近代文学の動きの上で、われわれの世代の差しかかかった時期も関係がある筈である。」

河上の世代だけが思想や主義に奉仕するわけでもなく、また、小説などの文学作品を残すよりも文芸評論に興味を持ったとはいえないまでも、少なくとも河上がそのように考えた根拠は、彼自身が展開した自らの世代論とも関係している。それは、河上が「私のように、所謂文学好きでも小説好きでもなく、人情や人事のいざこざの糾明に極めて不精な青年が、急に文学に惹かれ出して、遂にそれを一生の業とするようになったのも、時代がこういう危機にさしかかっていたればこそのことである」と述べていることからもわかる。

「こういう危機」とは、河上によれば、「十九世紀的教育で完全に育てられながら、その行詰りを暴露した第一次大戦並びにその戦後の混乱というものを眼の前につきつけられて、青春の経営を自ら行わなければならなかった不幸」であるという。河上はまた、自らの世代を「第二次大戦で青春を傷められた今の青年と較べて、その物的境遇の上では勿論問題なく恵まれていたに違いないが、例えば今のように絶望とかニヒルとかいう形式に手近に頼り得ない点からいっても、己が虚無の様相を点検し表白するのに、それこそ『絶望的』に模索しなければならなかった」世代と位置づけてもいる。

この絶望的な手探りのなかで、自我と世界を同時に射抜いているように感じたのはヴァレリー(*)の存在であり、河上はヴァレリーの詩や評論に真実を見出そうとした。河上にとって、当時の社会科学による世界情勢の分析よりもヴァレリー作品のほうがより実証的にみえたようだ。ヴァレリーは、ヨーロッパ精神を支えてきた「ローマの法治精神」、「ユダヤの基督教精神」、「ギリシャの幾何学精神」から「西欧の没落」を予想していた。

＊ポール・ヴァレリー（一八七一～一九四五）――フランスの詩人。小説や評論も多く残す。フランス南部のモンペリエ大学で学ぶ。フランスを代表した詩人としてドゴール大統領により国葬が執り行われた。

こうしたなかで、河上は東京の府立第一中学校の一級下で東大仏文科にいた小林秀雄（一九〇二～八三）たちが始めた同人誌に評論を発表した。河上は自叙伝的評論といえる「私の詩と真実」でも小林たちとの交流のなかで、当時の文学に批判的になっていったことも記している。当初はもっぱら音楽評論を書き、やがてヴァレリーの詩の紹介などを始めた。このころの河上は、「第一次大戦並びにその戦後の混乱というものを眼の前につきつけられて、青春の経営を自ら行わなければならなかった」時期であった。当時の時代的雰囲気について、河上はつぎのように紹介している。

「当時『不安』という言葉が大分流行った。一般にはそれは満州事変から大戦へ向って用意されていく時勢に対するインテリの知的不安を意味するのだが、それもただ強圧的な力が外部にあって、それが知性自体の活動を抑圧するというのではなく、知性的なものの考え方が行き詰まっていて、何か他の素朴簡明な絶対命令に服従する所に救いがあるのではないか、という迷いもそこには含まっているのであった。」

和魂洋才的な近代化精神の育成を基軸とした一九世紀的教育を受けた河上等には、こうした近代化の先に光明ではなく不安がちらついていた。河上はこの不安の動因の探求に社会科学的方法論や明治以来の文学的蓄積にも信を置かなかった。冒頭で紹介した中島健蔵（一九〇三～七九）は、真珠湾攻撃の二か月少し前のころに発表した「河上徹太郎」論で河上や小林等を「素朴な直感派」とつぎのように指摘した。
「彼らは、当時の観念的唯物派に対して観念論をもって対抗したわけではなく、もう少し素朴な直感派だったのである。ふてくされたようでいて、かえって当時の進歩派の観念的傾向を鋭くついているところがあったのである。……ふてくされの代表は、小林秀雄である。……彼の親しいなかまとして河上徹太郎が現れた。小林と河上とは、単に親友としてだけではなく、もう少し深いつながりのある同類として長い間見られてきたのである。……河上は小林の追随者ではない。小林が自分の生活を何よりの拠りどころとする人生派であるとすれば、河上は、それに似て、もう少し本格的な観念論の道を経て来ているのである。」さらに続けて、中島は「河上の書くものを、このごろではますます砕けてきた。もともと超越的な若干の基礎づけができていたから、支那事変が起っても神経的には動揺しなかった。いな、彼の年代のだれより動揺しなかった。……そのうちに、微妙な変化がうかがわれた。それまで超歴史的、超社会的と思われた彼の言説が、少なくとも消極的な意味で、歴史的、社会的なものに対する関心を示してきたことである。……少なくとも河上には近代主義の香りがするとしても、封建的なくさみはないのである」と河上徹太郎論を終えた。

中島はこの評論を自分の名を明らかにせずに寄稿した。河上はすぐに作者が中島健蔵であることを看破し、猛烈に反駁してきたことがエピソードとして文末に紹介されている。中島は自らの河上論のどこに徹太郎が猛反発したかにふれなかったが、「その反発の正しさをみずから実証しつつあると思われるのである。そしてその奥には、前に言った宗教的な人間観、運命観がなお生きているのであろう」とわざわざ最後に付け加えている。

中島がこの評論を発表した翌年、雑誌『文学界』は座談会「近代の超克」を開催した。河上はこの座談会で司会役を務めた。座談会の記録はその年の『文学界』に掲載され、戦前だけではなく戦後においてもさまざまな波紋を及ぼすことになる。これについては終章でふれる。

さて、中島の指摘から一七年あまりあとの戦後の高度成長期に入った時期に、河上徹太郎はアウトサイダーということばにこだわって、「日本のアウトサイダー」を昭和三三〔一九五八〕年から『中央公論』に連載し始めた。彼が対象として選んだ人物をみれば、宗教者の内村鑑三は当然ながら、そこにはどことなく宗教的な人間観あるいは運命観をもったような人物が多かったように思える。河上は改めて日本の戦前における自画像とは何であったかを問わずにはいられなかったのである。

河上は前掲の「私の詩と真実」で、自分が評論活動を始めたころの文壇世界を振り返って、印象批評と科学批評といったような流れがあったことを指摘した。こうしたなかで、河上は印象批評を「作家が職人として同業者の製品を技巧的に評価するもの」、科学批評を「社会科学的基準をあて嵌めて作品の効用を規定すること」であると整理した。自身のやり方を、「主観的なひ弱さ故に」印象批評を「排斥」し、科学批評を「客観的なぎこちなさ故に否定」して、また、この両方の批評が「作品に対して外在的だから無意味」であるゆえに、批評家としての自分の「文学者的全存在を賭して相手の作品にぶつかるのだから正しい」とした。つまり、

「この信念に間違いはあるまい。そして時にその功徳もあったろう。然し実は私のやっていることは、自分の暗黒の虚無の深さを計るための尺度に、相手の作品を、しかも出来るだけ傑作を利用することなのである。これは近代詩と人生との特殊な悪循環である。……私の覚悟はそれでいい。私は残った生涯を漠

然といえばこのモラーリッシュなエッセイストという風な方向で、許された課題の下に書いてゆくだろう。」

「モラーリッシュなエッセイスト」の河上は『日本のアウトサイダー』で親戚筋にあたる経済学者の河上肇、詩人の中原中也、萩原朔太郎、三好達治、作家の梶井基次郎や堀辰雄から、岡倉天心、大杉栄、内村鑑三など多彩な日本のアウトサイダーを取り上げ、そのアウトサイダーぶりを紹介している。このうち、内村鑑三、岡倉天心、大杉栄への河上の視点を紹介しておこう。

内村鑑三（一八六一～一九三〇）を選択した理由について、河上は「私はかねがね彼を『日本のアウトサイダー』の最も典型的なものと目指していたのである。と共にそこには言葉の上で正面からの矛盾があること も、私は承知している」と紹介している。学生時代からキリスト教やキリスト教思想に大きな興味と関心をもち、内村鑑三の著作に親しんでいた河上にとって、内村鑑三を取り上げることは既定の路線であった。だが、なぜ、彼のアウトサイダー思想からみれば矛盾があったというのか。

元々、アウトサイダーとは「異教徒」を指示したことばであり、「正統に弓を引く者」である。この意味では、内村は「日本という異教の国にキリスト教の根をしっかり据えた人であり、クリスチャンの中でも最も正統の信仰を奉じた人である」ことになる。つまり、異教の国にキリスト教を根付かせようとしたこと自体がすでにアウトサイダーであるにもかかわらず、内村の目指したキリスト教は極めて正統派のものであったことにおいて、それは「正面からの矛盾」となってもいたのだ。だが、河上は内村のキリスト教思想の体系を問題視して、それを本流あるいは分流として腑分けをしようとはしていない。河上はいう。

「私は、思想を体系として本流分流の判別をしているのではない。私のアウトサイダーの定義はと問われれば、それは『幻（ヴィジョン）を見る人』という漠然とした一語を用意しているだけである。……私がこの題名のヒントを得たコリン・ウィルソンの『アウトサイダー』を見ても、フォックスやニューマンのような伝道者、ベーメやパスカルのような古典的な信者の列伝も掲げているのである。この考え方を推し進めていえば、エルサレムの神殿で激昂したキリストが、『汝らこの神殿を毀て。われ三日にしてこれを建てん。』といった時、ここにおいてアウトサイダーも極まったといっていい筈である。」

この意味では、河上の指摘を待つまでもなく、内村鑑三の日本社会での歩みはキリスト並みに十分にアウトサイダー的存在であった。河上は『日本アウトサイダー』で内村鑑三の描写を通して描こうとしたのは、彼を受け入れることのできなかった日本社会こそがアウトサイダーではなかったのかという逆説（パラドックス）論であった。河上のことばで紹介しておこう。

「つまり日本が西欧から近代文明を輸入するに一応形の上では恰好がついているが、その文明の本質にあるキリスト教精神は本当に身についているとはいえない。それで一体われわれの『近代化』はすむのであろうか。又日本的キリスト教というものがあるとすれば、それは如何なるものであろうか。如何にして可能であろうか、という問題である。そしてこれは正に内村鑑三が身を以て実験して見せていることである。」

内村鑑三は日本こそがキリスト教を受け入れるに相応しい国であると信じたところに、彼の異教性、つまりアウトサイダーとしての真骨頂があったのである。「キリスト教道徳を儒教道徳の延長或いはその完成の如くに考えていた」鑑三が、ボストン郊外で勉学する機会を得たときに拝金主義の米国にがっかりしたのは当然でもある。それゆえに、理想的なキリスト教を受け入れる理想の国としての日本をとらえた愛国者としての内村の姿がそこにあった。

内村のアウトサイダーの面目躍如たるところは、日露戦争に日本が勝利したことで非戦論者となった——これは第二次世界大戦で敗戦したことで非戦論者となった多くの日本人とは明らかに異なる——ところにもあり、これは鑑三の信仰から導き出された戦争観であり、インサイダーたる「一般社会評論家の常識では納得できない」ところでもある。同じ信仰心から、後に大逆事件で死刑になった幸徳秋水（一八七一～一九一一）らと鉱毒事件(*)で日本の資本家をこき下ろした内村について、河上は「ここまでいけば完全な社会主義であって……個人の良心からよりも、社会正義の面から導き出されているのである」と指摘した。

＊足尾鉱毒事件——明治一〇年代半ばから、渡良瀬川下流の農民たちは古川財閥が経営する足尾銅山から流出した鉱毒によって被害をうけ、鉱業停止と損害補償を求め請願運動を展開し、明治二〇年代後半から大きな社会問題となった。農民たちはいやがらせと弾圧をうけたため、衆議院議員の田中正造（一八四一～一九一三）は農民たちの運動を支援し天皇に直訴した。直訴は失敗したが、これがきっかけとなって内村鑑三らのキリスト者や幸徳秋水らの社会主義者が支援することになった。

内村が熱心に取り組んだ無教会主義や世界の終末の日にキリストが再来するという再臨説もまた一般社会の評論家たちの常識を超えるアウトサイダー的なものであった。河上はとりわけ再臨説を鑑三の思想の根幹でありその頂点であるととらえ、鑑三は「明治という時代の突端に立って、二千年（或いは数千年）流れてきたキリスト教の歴史を横にガッシリ裸身で受け止めた人である。だから彼の中に、罪、十字架、復活、再臨の約束がすべてごまかしなしに活きている。彼はそれを一個人、一世代の異教徒の資格の下に身につけ」たのである。

内村の内面深くあった再臨信仰の理解なしには、彼が「日清日露戦後の国民の驕慢や頽廃」が支配した日本社会でアウトサイダーとして最後まで一貫した姿勢を貫けたことを理解できまい。それゆえに、「単なるクリスチャンではない。わが国に近代の黎明と頽廃とが一緒に押し寄せて来た時、これを身に受けて、キリスト再臨という思想で一挙にさばいた人だ。それは明治の思想的天才というよりも、実戦的精神界の英雄であり、常に勢いに出て死を恐れぬ闘士であった」という河上の指摘は的を射ている。

武士として近代日本社会をキリスト教的儒教精神でアウトサイダーとして生きた内村鑑三と大杉栄の接点は、河上が鑑三の足尾鉱毒事件への捉え方を「完全な社会主義」であるといったところにあったとしても、大杉は果たして社会主義者であったのだろうか。

河上は内村鑑三を彼のアウトサイダー倶楽部の会員に入れることを躊躇しなかった。だが、大杉栄(一八八五〜一九二三)については当初から「日本アウトサイダー」列伝に加えることを予定していたが、いざ書く段になると疑惑が生じたという。確かに大杉は「大人物といってもよい。然し私が今まで見て来たようなアウトサイダーといえるかどうか?……彼のロマンティシズムには明治の進歩派によくある粗野とハイカラの奇矯な混淆があった。それは時の習俗に反抗するものにはなり得ても、精神の自律性を示すものではあり得ないのである」。内村をアウトサイダーならしめた再臨信仰思想にあたるものが、大杉栄にあったのだろうかという疑問である。

つまり、「彼の思想を、その論文集を読むと時流を擢きん出る論理の犀利さはあるのだが、思想家として一家をなす独創は認められないのである。要するに彼は実行力と人柄の魅力を持った実際家であり、私のいう幻想を追う者すなわちアウトサイダーであるという定義からははずれるのである」とされた。にもかかわらず、なぜ、河上は大杉栄をアウトサイダー扱いしたのか。

大杉への「疑惑」は、一見、「時流よりも遥かに進んだものを胸に抱いて」いたアウトサイダーのようであったが、「日本の明治末期の一般的感情のうちに時代の空気を呼吸していたことである。……時代の児として、といって彼の如き性格でもやはり日本の歴史が押した鋳型の一つに嵌められて生きた」人物ではなかったのかという点にあった。

大杉栄がわたしたちの記憶に深く刻まれているのは、関東大震災のどさくさのなかで伊藤野枝とともに憲兵隊によって連行され、虐殺されたことによる。だが、日本社会のアウトサイダーとして治安当局の監視下にあったのはこれ以前からであった。幸徳秋水とも親しかった大杉が明治四三［一九一〇］年の大逆事件の難を逃れたのは、その二年前に赤旗事件の(＊)「旗振り」役として千葉監獄に収監されていたことにもよった。

＊赤旗事件——明治四一［一九〇八］年六月二二日、新聞記者で社会主義者の山口義三（孤剣、一八八三〜一九二〇）の出獄を歓迎するために東京神田の錦輝館で開催した会が終了した後で、「無政府共産」、「無政府」を縫い付けた赤旗を掲げ行進をしようとした荒畑寒村（一八八七〜一九八一）や大杉栄等と警官がもみ合いになり、荒畑、大杉、堺利彦（一八七〇〜一九三三）等が逮捕された事件。

河上もいうように、社会主義者たちが文学に進み始めたのは、大逆事件のあとで政府の取り締まりが厳しくなり直接的に社会主義を主張することが困難になったことに関係した。河上は青春期に、萩原朔太郎と並んで大杉栄がいなければ既成文学に見切りをつけていたかもしれないとまで言い切った佐藤春夫が、大杉栄を含め大正中期の作家たちと文学などについて語っても、主義や運動については何も語らなかったという回想を紹介するとともに、大正期の日本文学についてつぎのように分析を下した。

「わが国のような文化の後進国では（同じ状態のロシアと半世紀余り遅れて）、文学がいかに思想的・人間的教化に役立つか、すなわち他の学問を通じてだと抽象的にしか伝え得ないものを具象的に活きて描き得るかをいいたいのである。」

フランス語に堪能であった大杉には、二葉亭四迷（一八六四〜一九〇九）のロシア語のように、フランス語文献を通じて思想を形成していた側面を無視できない。河上はこの点について「語学が人間を形成することは後進国で一般の事例であり、社会や文化が未熟な国では、文学が進んで活きた典型のイメージを示し、人間の情操をリードするのである」と指摘する。日本が文化的に社会的に未熟であったとは、わたしは思わない。ただし、日本の明治維新のように大きな改革を経験した国では、それ以前において成熟した文学や日常言語のそれまで果たした機能が麻痺するなかで、大きな影響を与えた外国への眼が一挙に開かれて当然である。

大杉はフランスやロシアなどの思想をその外国語能力を通じて吸収し、これらの思想が現下の日本社会では十分に過激なものとなることへも敏感であったろう。大杉の文学への傾倒はこれを反映していたという河上の見方は正論である。と同時に、大杉は、その思想の主なる輸入元であったクロポトキン(＊)などの無政府主義（アナーキズム）などが日本で定着すると本当に信じていたのだろうか。

＊クロポトキン（一八四二〜一九二一）――ロシアの政治思想家、地理学者。陸軍幼年学校を卒業後、ペテルブルク大学で学ぶ。シベリアなどの氷河期研究を行う。のちに、ロシア改革の核として農村共同体を重視する社会主義を唱えたナロードニキ（人民主義）運動に参加し、逮捕・脱走して亡命。無政府主義者のバクーニン（一八一四〜七六）等の運動に加わり、第一次大戦末期のロシアの二月革命後に帰国。主著の『一革命家の思い出』や

『相互扶助』などは幸徳秋水や大杉栄等に大きな影響を与え、日本に無政府主義を伝えることになった。この点に関して、河上は「大杉の思想がどんなものであったかを説明するのは私の任ではない。その上それは余り重要ではない」と実にそっけない。河上は輸入思想の紹介者——運動家ではない——でロマンティストの文学者として大杉栄を評価し、そこに、近代日本社会における思想家で運動家なるあり方の典型を見出しているようでもある。ゆえに、大杉と「四角関係」にあった本妻、愛人の伊藤野枝、そしてもう一人の愛人の神近市子の大杉評を最後に引用してアウトサイダーとしての大杉栄論を終えている。

「大杉は革命家という気取りをもっていた人でした。……あの人は結局運動から脱落したでしょう」という神近に対して、河上は「じゃ、今生きていたらどうなったでしょう?」と問いかけた。神近は軽蔑も憎しみもなく、「さあ、内田魯庵のような文章でも書いているでしょうか」とさらっと応じたという。大杉は思想家であり危険な運動家として葬られたが、実は魯庵のような洒脱な文章家として生を終わるべき人であったとすれば、近代日本は大杉の何を恐れたのだろうか。河上はいう。「もうよそう。大杉が運動から脱落した御蔭で私の『アウトサイダー』に拾われたとあっては、決して彼の名誉ではないのだから」と。

さて、河上は岡倉天心（一八六三〜一九一三）について、「彼が大アジア主義という、戦争の侵略主義に直接利用された思想の持主だった」と非難するような今日の歴史科学者に対して、「真っ向から弁護するよりも、もっとありのままの天心を説く」ことに主眼を置いている。現在では美術評論家で、アジア主義者であり、米国ボストン美術館のアジアコレクションの責任者であったとして伝わっている天心とは何者であったのか。

河上の言うように「天心の思想や政治性に関する今日的解釈が保守的だということは、敢えて弁明する必要はない。何故なら彼は思想家でも野心家でもないからである。つまりそこに彼の人間の大切な部分は潜んでいない」とすれば、彼の本領はどこにあったのか。河上は天心を「明治の大ロマンティスト」であったと評した。「官に功利的な文明主義があり、野に理想的な文化主義があるといった秩序立ったものではない」という明治二〇〜三〇年代から「富国強兵」という実利的近代国家形成に向かうところに、大ロマンティストの天心が生まれたことについて、河上はつぎのように腑分けしてみせる。

「この澎湃とした実利的近代国家形成の機運の中に、およそこの実利性を無視したロマンティシズムが生まれたのは、その余裕といおうか、絢爛を求める必然的な憧れといおうか、人間解放への本能といおうか、とにかく注目に価する現象なのである。」

河上にとって、天心とはこうした時代思潮にあって、むしろ「その外にあって、自分の声でその精神を大きく歌っているような存在である。のみならず、時に時代の流れの自然的な歪曲を、自分一人の手で受け止めて、これを正しい方へ匡そうとする気魄も見える。つまり私のいうアウトサイダーとはそのような存在であって、その故に私は天心をその中に数えたい」存在なのである。

かといって、天心は単なる美術評論ロマンティストといった純粋無垢な存在ではなく、美術を政治の道具として利用することにおいて彼の卒論「国家論」を実践するような存在でもあった。美術という面での天心には「新しいものを求めて古美術の道へ踏み込んだのだ。これが天心の進歩性である。そしてここに彼が眼先の時流を追わず、易きにつかぬ在野性、或いはアウトサイダーとしての」存在感があった。

アウトサイダーの天心はインサイダー代表の政府によって重用され、日本美術を「発見」したフェノロサ(*)を引き入れ日本美術を中心とした美術学校の設立を、洋学教育に熱心に取り組んでいた明治政府に認めさせた。

*フェノロサ（一八五三～一九〇八）――米国の美術研究者。明治一一［一八七八］年来日、東大で哲学や経済学を講じながら、日本美術を研究した。日本画復興に力を注いだ。岡倉天心と東京美術学校を設立し、美術史を講じた。のちにボストン美術館東洋部長を務めた。

これは明治維新以降、衰退の運命にあった狩野派などの画家をその日暮しの賃仕事から美術の表舞台に引き戻す動きでもあったが、やがて洋画派との軋轢の原因にもなった。その結果、天心は愛弟子と日本美術院を設立することになる。天心が大正二［一九一三］年に生を終えたことで、彼の思想と存在がその後どのような取扱いを受けたか。天心の「アジアは一つ」（"Asia is one"）いうシンプルなスローガンが独り歩きし、「大東亜戦争」用語に使われたことは天心にとって知る由もなかった。

この点について、河上は「歴史科学者は、明治という時代に一つの歴史的役割をあてがい、その性格の線に沿って天心の吐いた台詞や演じた仕種を拾い集めて彼を処断しようとするのだ。つまりテーゼというものを先にきめておいて、それにどう触れるかで人を批評する所の、天皇主義者・強権主義者、さては侵略主義者の名目すら与えられ兼ねないのである」と反論する。自分の幻想（ヴィジョン）を追う人をアウトサイダーと呼ぶ河上にとってみれば、「明治という実利主義万能の時代に、彼程非実利的なものを現実社会の最上層部に持ち込んで成功した人はなく、その点奇跡的な存在」なのである。

しかもそれは西欧主義ではなく、恐ろしく復古主義的なのであって、フェロノサという西欧人――米国人であったが――の助けを借りたとはいえ、この先に日本美術の海外輸出という功利主義にいたる道を暗示していたのではないだろうか。もっとも、天心はこれを意識していたどうかわからないが、そこが自分の審美眼の命ずるままに行動した天心のロマンティストの面目躍如たる姿であったに相違ない。河上は天心の思想ということば尻の上げ足をとりたがる近代社会科学に異議を唱えているのである。

河上は、天心への理解をより全体的なものであろうとした。日清や日露の戦役のあと、世界の日本文化への関心は高まり、天心の英文著作は日本のみならずアジアへ世界の興味を引き付けた。皮肉なことに、第二次大戦後は敗戦によって、世界の日本の文化への関心を引き上げた。河上が『日本のアウトサイダー』で岡倉天心を論じているころには、敗戦から急速に回復し世界経済に大きな位置を占めつつあった日本への関心は一層高まりつつあった。そして、天心は忘れ去られて行った。

河上徹太郎が『日本のアウトサイダー』で明治期の人物像の描写を通して描こうとしたのは、彼らを受け入れることのできなかった日本社会こそがアウトサイダーではなかったのかという逆説（パラドックス）論であったことは自明だろう。河上は日本のアウトサイダーという光輝く自画像を通じて、彼らを受け入れることができなかった戦前の日本社会の影の部分——その思考様式——と、その戦後への継承性の何たるかを描こうとしたのだ。

本多秋五

日本の敗戦間もない昭和二〇［一九四五］年末に『近代文学』が創刊された。創刊の挨拶状が関係者に配られた。そこにはつぎのように創刊の目的が説かれていた。

「日本は再建されねばならず、再建日本は文化日本でなければなりません。……日本は果たして真の自主的文化を独創しうるかどうかは必ずしも懐疑なき問題ではないでしょう。しかし我々は生きなければならず、生きんがための努力は嘉せられるでしょう。私どもはこの度日本文化推進のために、文学を通じて一滴の寄与のもと、雑誌『近代文学』（正月創刊予定）を発刊することになりました。雨後の筍の一本に過ぎないかも知れません。ただ叡智とエネルギーのために渾身の努力を尽くす覚悟だけしております。……」

起草者は本多秋五であった。同人として、この文章の最後には本多のほかに六名の名前が連ねられていた。小田切秀雄、荒正人、佐々木基一、埴谷雄高、平野謙、山室静であった。後年の江藤淳あたりなら、文化日本という表現におそらくかみついたであろうが、この年、江藤はまだ小学生である。そこにある種の時代の光景と本多らと江藤との世代差を感じさせられる。

昭和二一［一九四六］年一月号から昭和三九［一九六四］年八月号までの一八五号を数えた『近代文学』は、教科書的に強いていえば、のちに、戦前の日本文学のうち、とりわけ、プロレタリア文学を批判的に受けとめ、戦後文学の方向性を定める上で重要な役割を果たしたと評価されてきた。

この創刊までの経緯を、同人の一人であった埴谷雄高は創刊から十年ほどたった時点で、「『近代文学』創刊まで」（昭和三一［一九五六］年発表）で、「創刊に従事した同人達は、それぞれ嘗て左翼運動に関わりをもっていたから、この敗戦という契機がなければ、その熱情を文筆に向けることは絶対に不可能であったのであって、それだけにその熱情の現われは、やや暫く自他を巻きこんでしまうほどの奔騰力をもっていた。荒正人の『第二の青春』はそのような雰囲気を描いており、そして、また、その雰囲気のなかの産物である」と熱く記している。

当時の紙不足、資金不足のなかで雑誌が創刊できたのは、本多秋五が遠縁から資金を得たことによるといったエピソードなども紹介されている。平野謙あたりがしきりに原価計算をやっていたぐらいであるから、採算についてはそう見通しがたっていたとも思えず、敗戦後の熱情こそが原価計算の上では成り立つわけでもなかった文学雑誌を生み出した。まあ、途中から原価計算など放り出して、雑誌の性格をめぐって同人たちがやりあっている姿などは、いまからみても興味ある戦後の風景である。この雑誌の性格はつぎの八点とされた。

（一）芸術至上主義、精神の貴族主義
（二）歴史展望主義
（三）人間尊重主義
（四）政治的党派からの自由選択
（五）イデオロギー的着色を払拭した文学的真実の追求
（六）文学における功利主義の排撃
（七）時事的現象に捉われず、百年先を目標とする
（八）三十代の使命

「左翼運動から生まれてきた私達がこのとき一致して政治の直接的な色づけを排したのは、最も特徴的な考え方であった」とされた割には、八点のうち半分が「……主義」というあたりに戦前左翼世代の特徴がよく表れているともいえる。芸術至上主義ということばについては、新しい言葉を作ろうと苦労したが、他に適切な言葉がなく、「政治の直接的な色づけを排しても、大きな社会の流れは決して離れることのできない私達の中心的な問題なのであったから、それらの意味を含んだ一つの言葉を求めたのであったが、ついに見つからないままに、芸術至上主義の対句に歴史的展望を掲げてこの二つで一つの意味という心組みにした」結果であったようだ。埴谷はこの結果についてつぎのように解説した。

「芸術主義と、実感から出発して文学的真実を追求する謂わゆる主体性の尊重と、革命運動、転向、戦争のひきつづいた時代のなかに天国と地獄の二つをともに覗いた三十代のみが『灰色の天国』について語るべき使命があるという謂わゆる世代論の内容とが、このときの討論の三位一体的な内容となったのであった。」

当時の同人たちの年齢を振り返っておくと、荒正人（三二歳）、佐々木基一（三〇歳）、埴谷雄高（三五歳）、平野謙（三七歳）、本多秋五（三七歳）、山室静（三八歳）となっていた。ちなみに、本章で取り上げた河上徹太郎は四三歳、吉田健一は三三歳、江藤淳は一二歳であった。

この三〇歳代の意味について、埴谷は「私達はみな三十代に違いなかったが、もし三十代を精密に分析してみれば、それは前期、後期とでもいうべき微妙な差をもった二つの部分に分割され、その指標は大正と明治という二つの時代に向けられた。つまり明治生まれの本多、平野は大正に生まれた荒より多くの封建的遺風を骨格につけてしまっていて、脚光を正面からあびる檜舞台へ出てゆくことなどとうてい身にそぐわないという控え目な気分に慣れていた」と指摘している。

「より多くの封建的遺風を骨格」につけた本多秋五は明治四一［一九〇八］年、愛知県の農家の末っ子に生まれた。第八高等学校では平野謙と同級生になっている。東京大学国文学科にすすんだ。昭和五［一九三〇］年一一月、東大構内で開かれたロシア革命記念デモに参加して、本郷の本富士署に検挙──三年後には大塚署に検挙──された。卒業前後から、プロレタリア科学研究所（プロ科）に入り、のちに同人となる山室静と知り合うことになる。平野謙も本多の勧めで少し遅れてプロ科に入ってきた。その後、本多は山室や平野らと同人誌『批評』を発刊している。

荒正人は佐々木基一の山口高等学校での先輩にあたる。二人とも高校時代にマルクス主義学生運動を経験して、荒は東大でイギリス文学を、佐々木は美学を専攻した。荒は卒業後、中学校の英語教師をしながら文学活動を行っていた。佐々木は文部官僚となった。埴谷雄高は台湾の税務官僚――のちに台湾製糖――の家に生まれている。埴谷は大正終わりに父の退職で日本に帰国、日本大学予科時代にマルクス主義の影響を受け、プロ科の研究会などに参加するようになった。昭和六［一九三一］年春に日本共産党に入党した埴谷は、翌年逮捕、起訴された。のちに平野や荒らが始めた『構想』同人となり、その一方で文学者とは似合わない経済情報誌を創刊し、敗戦を迎える。

以下、本多秋五を中心に三〇歳世代が敗戦後に描こうとした日本の自画像の背景にあった思考様式を探っていこう。本多は平野や埴谷と並んで、『近代文学』創刊号に「芸術・歴史・人間」を寄稿した。本多は自分たちの世代について、「第一次世界大戦後のデモクラシーの時代にようやく物心つき、左翼運動が全盛を謳われたころ、もしくはその末期に考えることを学びはじめた。……僕等が最初に経験したのは、『欧米崇拝』の時代であった。……次に僕等が巡り合ったのは、頭から鵜呑みの無批判的欧米崇拝の迷妄を破り、自国本来の美点を再認識させる副効果をもちつつも、その極は我武者羅の独りよがりにまで到った唯我独尊の時代であった。今や新たに屈辱と自己卑下の外国崇拝時代が始まろうとしている」時代に生きる世代であると指摘した。

第一次大戦後の「大正後半の七、八年と昭和初頭の七、八年の約一五カ年を社会運動の時代とし、昭和八、九年から昭和二〇年八月一五日にいたる約一五年間を軍国主義の時代」とすれば、軍国主義の時代に育った世代は「明るい場所から暗い所へ一挙に突き入れられたごとく、手探り足探りで進むより外ない状態におかれている。『偉い人たち』は戦争犯罪者、もしくは準戦時犯罪者とされ、共産党は天皇制を九重の雲井から地上に引き下ろしつつある。眩耀は消滅し、旧来の権威は悉く崩壊した」という本多の文章は、敗戦間もないころの雰囲気をよく伝えている。

本書で取り上げる城山三郎は特攻隊志願兵で敗戦時一八歳になったばかり、江藤淳は一二歳、小田実は中学生になったばかりの一三歳であった。この年齢差はこれらの作家たちが好んで、あるいは憎んで取り上げたモチーフの相違にも現れることになる。

軍国主義の指導者たちが米軍の占領下で追放された結果として、再登場してきた社会運動のかつての指導者たちは、当時、四〇歳前後であった。こうしたなかにあって、本多は、若い「何をしていいか判らぬが、同時に何をしてもかまわない危険のある世代」への「真の過渡的世代」として自分たち三〇歳代の「使命」を位置づけた。本多のその後の作品は、日本の文学史を通して戦前と戦後をつなぐものを探るような歩みともなった。

本多は「芸術・歴史・人間」で「僕は白樺派によって文学を知り、プレハーノフなどを飛石として、学生時代に社会科学勉強の一時期をもった」と振り返り、この五年後に『群像』に連載した「『白樺派』の文学」で、自分の戦前的自画像を模索したのはやはりこの世代が取り組まなければならなかった課題のようであるととらえた。本多は白樺派の作家たち、とりわけ、武者小路実篤（一八八五〜一九七六）や志賀直哉（一八八三〜一九七二）らの作品を通じて、その特徴を文学上において「自己を生かす」ことにあったとみた。すなわち、

「『白樺派』の人々が、あれほど『自己の為』という主張にムキになれたのは、それが窮極において『他人の為』が、そのまま『他人の為』に通じられたからである。しかし、『自己の為』が、そのまま『他人の

為』に通じるなら、なにもわざわざ『自己の為』と断るまでもない。……この種の錯誤は史上に決して稀ではない。あえて『自己の為』と力説せねばならなかったところに、『白樺』派の『自己』の特異性に対する予覚があったといえる。」

本多のこの主張は抽象的で必ずしも明確ではない。だが、武者小路らより年齢的に一世代上で「西洋の圧迫を逃れえなかった」夏目漱石との比較を試みたところをみると、白樺派の作家たちは「自己の為」を主張しうる時代的風潮のなかに生きていたともいえよう。これは他者からみれば、「自己の為」に専念できた学習院エリート層の特権意識と、さらにその先にあった理想主義者としてとらえられた。本多はつぎのように述べる。

「要するに、『白樺』派の人々は『銀のサジしか持ったことのない人達』であった。しかし、彼等はまた『銀のサジしか持ったことのない人達』にしか、歴史のある時期ではやり遂げにくい仕事をやり遂げたのである。彼等は、人を人ともおもわぬ坊ちゃんの『自由』で日本の自由を伸した。自然主義者において、まわりへの遠慮気兼ねのために頭打ちされていた日本の自我の発展に、若々しい衝撃を加えた。」

この「自我」なるものが観念的で理想的なものか、志賀の作品にみられる自己撞着的なものなのか。前者であれば、白樺派が影響をうけたトルストイの人道主義的なその自我観との関係、後者であれば私小説家の遊び人的自我との関係が問われて当然であろう。志賀などの作品がプロレタリア文学者たちにそう暖かく受け入れられなかったのは、この前者と後者との間に温度差があったからであった。本多が「白樺派」論の最後で、私小説派として白樺派作家を論じたのはこのためであったのだ。

本多自身は、だから私小説から逃れられなかった白樺派はダメだったのだ、という結論にはもっていっていない。たしかに、日本文学にとって私小説はある種の足かせにはちがいなかったが、それを「宿命」として戦後日本文学の再生をはかるしかない、とみたのではないか。本多は戦後の日本文学の方向性をつぎのように予想した。

「不言実行を——精確な表現よりも論理を呑んだ実行を尊ぶ日本人の、思考の実践性につながり、また現世的といい、現実主義的といわれる、日本の即物的な国民的気質につながるように思われる。……（引用者注—逆説的ではあるが）旧プロレタリア文学の作家達も、マルクス主義という巨大な観念体系に没我的な検診をささげることによって、私小説の更生に資したのであった。私小説的性格が、日本文学にまぬがれる『宿命』だということは、私小説を滅するものこそ実は私小説の命脈を究極において更新するだろうという予想を含んでいる。……戦争が日本に何をもたらしたかを断言できる時期はない。それにしても、われわれの戦争体験は実に未曽有のものであったが、その体験から果たしてどれだけの新しいものが生まれたろうか？」

七年後、本多は敗戦後一〇年を経過したなかで、「果たしてどれだけの新しいものが生まれたろうか」を、五年間にわたって『週刊読書人』に連載した「物語戦後文学史」で、「あれから十余年たった。——最近は『文芸復興』などという、あとさきをかんがえぬよび声がチラホラ聞こえる……現在の文学の様相が、ほかならぬ昭和八・九年という時点に思い合わされるかどうか」と振り返った。

「昭和八・九年」というのは橋川文三（一九二二〜八三）が『読書人』に寄せた「今日の文芸復興」での見方であった。敗戦から一〇年ほど経過してみれば、日本の核武装や海外派兵を主張する声も出始め、「こういう議論が、文芸雑誌にまで反映している」ことに本多は、「日本の復興は、世界に類例まれなほどのテンポを示したが、おなじものが、予期せず希望しなかった事態をもたらしている」ことをつぎのように記している。

「『未曾有の繁栄と未曾有の頽廃』が相たずさえてわれわれを訪れたのである。このような変化は一体どうしておこったのだろうか？　私は戦後文学の発展を跡づけるにあたって、この素朴な『驚異』を提灯のようにブラ下げて歩いてみたい。」

敗戦後、いろいろな分野で戦争責任をめぐる議論が占領軍の公職追放とは別に展開した。文学者についても同様であった。だが、戦後の復興が終わり、高度経済成長を迎えるころ――未曾有の繁栄――になると、この種の議論はどこかに――未曾有の頽廃――去った。当時の風を知ることのできないわたしたち戦後に生まれた者にとって、本多の紹介した文学者の戦争責任をめぐる文学者の告訴合戦は滑稽であり、それゆえに高度経済成長の中でめまぐるしく変わる日本人の日常性そのものが文学の対象となり、こうした作品が大量消費されるなかでやがてより滑稽なものになっていったような気がわたしにはする。

と同時に、未曾有の繁栄が敗戦後の混乱を未曾有に退廃化させ、陳腐化させた日本社会の「驚異」を、本多と同様に感じざるをえない。当時の本多ですら、五年間、戦後文学の物語を書いてみて、戦後文学なるものの謎はむしろ深まったと正直に告白している。つまり、「戦後文学の変化変貌は、ある意味では私にはかなりの程度まで見えてきた。しかし、ある意味では謎はこの五年間にますます大きく育ってきた気がする」と。

戦前世代が戦後に担った戦後派文学は、直接、戦争体験をもたない世代による戦後文学とは異なって当然ではある。戦前世代は戦争への抵抗が戦時下で困難であっただけに、戦後になりそれがバネになり堰を切ったように戦後文学を残した。彼等の抵抗は戦前の封建的なるもの、いわゆる非近代化なるものに向けて行われたのであって、それは丸山眞男やその周辺の作家たちにも共通した。また、戦前から戦争に抵抗したアリバイをもった共産党の文学者集団への反発は、政治と文学に関する多くの論争を生んだ。

本多もまたこの種の論議を紹介している。本多によれば、戦後文学の転機は「戦後一〇年たって、一九五六年になると、文学は明らかに『戦後』とはちがった様相を呈するのだが、五二年にはまだ『戦後』的な色彩が相当に濃く、『戦後』の褪色は五二年から五六年の間に起こった」とされる。いつのまにか、重かった戦後は消え去ってしまった。本多はこうした戦後文学の特質をつぎの四つに几帳面に整理している。列記しておこう。

（一）政治と文学の関係への鋭い問題意識――「当時は人間のあり方が根本的であり、政治と文学の関係を規定し直すことは、とりも直さず人間のあり方をとらえ直すことを意味した……その場合、いわゆる『政治』なるものが、ほかの何ものでもなく共産党の政治をもっぱら意味していたのは、今日からみれば奇怪千万な話だが、……今日の眼からみれば、戦後文学はあきらかに共産党を過大視し、現実の共産党ではない幻影の共産党を考えていたのだが、そこにはそれだけの歴史があった。」

（二）実存主義的傾向――「八月一五日を突如として迎えた日本国民の全部が、多かれ少なかれ、この実存的体験の近辺に立たされた。それが戦後文学の実存的傾向に共鳴する共鳴函を形づくったのである。」

（三）在来の日本的リアリズムと私小説の揚期――「見えたものの意味を、その背後にまで追求して行かねば止まぬ欲求が、戦後派の作家にはあった。そのような欲求をもたぬ文学は、文学を今日文学たらしめるものの脱落した文学と思えた。……荷風や白鳥や、志賀直哉や谷崎潤一郎は、どんなに立派な仕事があろうとも、所詮は向う岸の存在であった。……私小説に対する否定的態度もまた、おなじところから発している。かつてはそれは自身で明確な存在と思われていた人間性や性格がつき崩されるとともに、『私』に対する過去の信頼もつき崩された。……戦後の文学者には、社会的なひろがりを遮断して『私』を語ることは、あまりにも呑気に思えた。」

（四）文学的視野の拡大――①政治における拡大、②異国的素材における拡大（フィリピン、シベリアや中国など）、③性における拡大、④軍隊、天皇制などにおける拡大。

すこし補足しておくと、最初の点は、占領軍の下で戦前から長く獄につながれていた共産党員などが釈放され、一時期、日本の戦後政治に踊り出たことに関連した。多くの日本人は戦前の暗い世界を生き抜いた「党員」たちを知ることになったと同時に、共産党への過大評価が内外に生じることになった。二つめの点は、敗戦後の混乱の中で既存の社会的価値が崩れ、何もない廃墟のような世界に放り出されたような虚脱感をテーマにした作品が生まれたのである。

三つめの点は、本多はこの連載を始めるときに、私小説は戦後文学のなかでも滅びないと予想したことを振り返った上で、私小説的なリアリズムもまた現実のなかでもがきつつ新たな試みを生みつつあったのではないかとみていた。

日本の戦前来の私小説は、「家」に対する「私」の確立をめぐって展開してきたといえなくもない。戦後、この家の背後にあった国家――警察・軍隊国家の色彩は消えたが、官僚制度などは見事に残った――が軽くなることで、「私」の内外をとりまくリアリズムも変化した。戦後作家たちは明るく「私」を描くことができるようになった。長く文芸編集者をつとめた川西政明が『小説の終焉』で述べているように、「私」は従来の私小説とは違う範囲へと拡大していった。川西は、戦後の「私」についてつぎのように指摘する。

「戦後派が重苦しい主題を背負って遠い道を歩いたのにたいし、鳥尾敏雄、庄野潤三、遠藤周作、安岡章太郎ら第三の新人は、日常の世界にひそむ危機を書いた。古井由吉、阿倍昭、小川国夫、黒井千次らの内向の世代も同じ日常生活にひそむ危機を描いた。そこには戦前と戦後で異なる空間もあれば、戦前と戦後で基本的に違わない空間もあった。」

この意味では、本多の予想は当たったとも言える。四つめの点は、文学だけではなく、戦後の社会科学全般についても妥当する。ただし、天皇制については、本多のいうように、文学者は敗戦直後にこそ天皇制について取り上げ、その後、占領軍の検閲で下火になり、その後活発化したが、うやむやとなったところに戦後の文学のあり方の一端が見え隠れしている。

本多は「物語戦後文学史」の最後で、「戦後文学の不易と流行」という視点から戦後一五年ほどの日本文学を振り返っている。不易ということでは、「戦後文学が追及した究極のものは、もしそれに名前を与えるとしたら、人間の『自由』ではなかったかと思う。……戦後文学者が窮極の『自由』を考えた場合、そこに『政治的自由』のファクターが多分に交織されていた。『政治』という言葉が、具体的には『革命』または『共産党の政治』と同意語であったという、日本文学特有の用語法における『政治的』自由である。戦後文学者は、一方では文学に対する『政治』の干渉を強く拒否したが、それもまた『政治』に対する期待が大きく、『政治』を過大評価したからである」と、本多は不思議と当時のいわゆる安保闘争(*)に言及せずに、政治と文学との関係を淡々と述べている。

＊安保闘争――昭和三四[一九五九]年から翌年にかけて全国的規模で展開された日米安全保障条約改定反対の国民的運動のことである。とりわけ、昭和三五[一九六〇]年の五月～六月には国会議事堂の周辺に連日数万人が抗議

運動を行い、警官隊と激しくぶつかり合った。

本多は「戦後文学の時代は、無事泰平の時代には平静を保っている日常生活の水面が、大きく立ち騒ぐ嵐の時代であった。……人間のどう仕様もない醜さが露呈されるとともに、やはりどう仕様もない理想がはるかに望見され、日本文学にかってない射程で絶望と希望とかが放射された時代であった。戦後文学の作品は、現にそのことを語っているはずである」とも述べる。

日常生活はどことなく流行に左右され、そこには左右されうる無事太平な日常生活がある。立ち騒ぐ嵐は日常生活の切れ目のなかに不易のものがあることを示す。嵐には大きなものもあれば小さいものもある。戦後文学はとてつもない大きな嵐に遭遇した。小さな嵐のなかで、本多のいう戦後文学は終焉したのだろうか。本多はいう。「戦後文学の時代はすでに去った。しかし、われわれはまだその延長や余波のなかにいる。……一旦戦後文学が没し去られて、その波も引いたあとになってはじめて、われわれは戦後文学のほぼ客観的な姿をながめることができるだろう。……出来うべくんば戦後文学の精神を精神とせよ、たとえそれが戦後文学の徹底的否定になろうとも」と。

こらから半世紀が立ち去ろうとしている。本多のいったように、私小説や私小説風の作品が消え去ったわけではない。毎年のさまざまな文学賞には、律儀にもだれかが選考され続けている。だが、かつて戦後文学――より正確には敗戦の文学――が、戦後日本社会の自画像を追い求めつつ、その背後にあるべき思考様式そのものを鋭く突いた精神は消え去ったのだろうか。それが否定も、肯定もされない社会が、戦後の延長なのか、全く新しい時代の社会となったのか。

吉田健一

吉田健一（一九一二～七七）は、戦後、首相を務めた吉田茂の長男として東京に生まれた。母は政治家の牧野伸顕の長女雪子であった。健一は外交官であった父の任地に従って中国、フランス、英国で暮らし、中学生のころに中国の天津から日本へ帰ってきた。その後、再び英国のケンブリッジ大学に入学。翌年退学して、また日本へ帰ってきてアテネフランセでフランス語を習い始めた。

いまでいえば、吉田は帰国子女であった。外国を日常生活において——もっとも多くの特権が与えられた外交官の家族の一員と移民のそれとは大いに異なるが——経験する人たちと、外国を読書において想像する人たちとの間には感性の大きな差がある。とりわけ、いまのようにマスメディアを通して外国情報が十分すぎるぐらいにある時代と比べ、この二つのタイプの人間の感性には大きな差があったにちがいない。

それは吉田の日本文学に対する評論における「かみつき方」において表れているのである。吉田は河上徹太郎に私淑し、翻訳家あるいは海外文学の紹介者として寄稿し始めた。吉田は日本の文学なるものをこき下ろし、フランスを中心とする海外文学に関する評論を『文学界』に多く寄稿した。

吉田は敗戦のときは三三歳であり、この九年後、「日本文学が占めている位置」を発表した。最初に挑戦的といえるような文章が掲げられた。「文学は何も日本だけに限られた現象ではない。寧ろ文学の世界では、日本は例外的な存在である」と。吉田はいう。

「自分の国の文学に国文学という別名を付けて切り離して、一足飛びに外国文学の伝統に繋がろうとすることから出発した日本の現代文学の場合は殊にそうである。……明治以後の文学者達が苦心して築き上げた現代の日本語というものさえ残っていれば、そして外国の文学作品を従来通り読むことが出来れば、その明治から今日までの文学者達が書いたものが一つ残らず消えてなくなった所で、誰も別に不自由をしないのではないだろうか。」

要するに、吉田は「文学」とは作品そのものではなく、作品を作り上げていることばそのものであると主張している。必然、白樺派などの文学なるものにも厳しい批判が下される。日本の文学者は「その前にあった文学に反発したという程度のことだろう。白樺派が自然主義に反発し、横光利一がプロレタリア文学に反発したという風にである。それですんだのだから、そこには受け継ぐべき伝統というものがまだ出来ていないということになる」とにべもない。

吉田にとって日本の現代文学――近代文学――とは、明治以来の文学者が文学とは外国文学とのことであり、文学なるものを外国文学に追い求めるなかで、日本語の文体を工夫した後に残されたものであった。よく考えてみれば、ことばとは国民の生活のなかで発達するものであって、文学者はそれを敏感に受けとめ文体を工夫すべきものであって、それを外国文学から借用すべきものではない。この意味で、吉田は「日本は例外的な存在である」とわざわざ断ったのだ。

だが、吉田は外国文学を読まなかった太宰治あたりになると、「こっちがもう解らない」とさじを投げている。かといって、太宰は外国語を勉強したわけでもなさそうだ。太宰は「それ程勉強しなくても文学の世界で仕事をして行けることを発見した」のであって、この頃の新進作家も似たようなものだと舌鋒はめっぽう鋭いのである。それは「少なくともヨオロッパの精神的な交流ということが漸く板に付いて来た今日では、昔よりももっと必要である」にもかかわらず、過去の文学者たちのように日本語を豊富なものとする努力が足りないのであると指摘した。

いずれにせよ、吉田が文学者として認める鴎外などについて、「日本語を作るのが今日まで、日本文学者の最も大きな仕事だったとしても、……鴎外の作品にはそういう努力を既に終えた日本文学の世界がある。……彼等が優れた文学者であることを我々に教えてくれるのも外国文学なのである」とすれば、近代日本の日本文学なるものは何なのか。さらに、吉田はこの評論の翌月に発表した「日本文学とヨオロッパ」で外国文学と日本の近代文学との関係を論じた。

たしかに、日本の文学者は外国文学に大きな影響を受けてきた。だが、その影響を受けた外国の文学者の顔ぶれがなぜ始終変わるのか、と吉田は問題提起した。これは日本人の好奇心が旺盛である証拠であると同時に、そこに何があるのであろうか。吉田はいう。

「マルクスが万能だと思われているうちにジイドになり、それがヴァレリイに変わったのだから、その次は、と考えられるのは当然であるとも言える。ヴァレリイの次を探していたその編輯者の意見では、今度はベルディアフとかいう批評家ではないかということだった。…そこから時々、文学運動が一部に起ることがあるだけで、戦後に日本の編輯者その他が実存主義に飛びついた有様には涙ぐましいものがある。」

ここで吉田が強調しているのは外国文学の影響を排斥して日本文学を確立せよ、といったナショナリズム的文学観の勇ましい宣言ではなく、なぜ、紹介される外国文学の顔ぶれがころころと変わっていくのだろうかという疑問である。本当に、日本の近代文学は外国文学の影響を受けてきたのだろうか。つまり、「片仮名の名前の氾濫を外国文学の吸収が盛なのと取り違えたとしても不思議ではない。……文学の概念が外国から来ていて（このことだけは間違いないことである）、その概念を養う道を断たれているのであるから、書くものに碌なものがないのを嘆いて見た所で仕方がない」のである。
影響の移ろいやすさ——流行性——の指摘は吉田健一だけではなく、日本の思想を扱った竹内好や丸山眞男、日本の社会科学を扱った石田雄が、日本の近代的なるものについて指摘するところでもある。古代ローマの皇帝ジュリアス・シーザーが、信頼していたブルータス——これは英語読みでローマ語ではブルトゥス——が暗殺首謀者であったと知って、言い放った「ブルータスよ、お前もか」と同様に、「文学よ、お前もか」ということになろうか。

逆説的だが、外国文学の影響を真に受けたのは、外国語を読まなかったことで流行の作家作品から自由であった作家ではなかったのか。吉田はこの種の代表的作家として横光利一（一八九八〜一九四七）を挙げた。

「不思議なことに、昭和になってからの所謂、大家の中で、外国文学の影響を正当に、身に染みて受けたと言い切れるのは、外国を読まなかった横光利一だけである。彼がマルクスを論じ、ヴァレリイを常に引用したのは、時代に遅れまいとする日本の文士の無知からではなかった。彼が一生、ヴァレリイを念頭に置いていたことも、そのことの有力な証拠である。」

吉田が横光利一を評価しようとしたのは、ヨーロッパでマルクスからヴァレリイへと流行が移ったからなのではなく、彼らの影響をうけて「そこに自分の身を置いて見た」からであって、「この時、外国文学の実体は大学で外国文学を講義する大概の人間よりも、彼には遥かに切実に解っていた筈である。切実であったのは、彼が作家だったからである」と指摘した。

その切実さというのは、横光が頭を使って理解できた外国文学と日本文学との間の溝を「頭を使う必要が最も少ない小説の世界で作り出そうとしたから」生じたのであって、吉田はそんなのはうまくいくはずもなかったのだとそっけないのだ。この逆説な言い方の先には、結局のところ、「日本の現代文学というものの性格上、その異質性のものは必ず外国の文学作品だということ、……芥川を読むものは何れはボオドレエルを読む。そしてその時、自分の中に或る変化が起ったことに気付かないとすれば、それはその変化が大き過ぎて気付く余裕はないからである」という指摘がなされた。日本の近代文学の自画像は、外国文学の陰影において成立するものなのである、

ドイツの地でドイツ文学と格闘するなかで、「日本語で大体何でも言えるように現代の日本語をしたのは鷗外だと思うが、鷗外の作品にはそういう努力を既に終えた日本文学の世界がある」と森鷗外（一八六二〜一九二二）を最大評価する吉田健一にとって、森鷗外以降の第二の巨人が現れなかったことにいら立ったに違いない。それでは、鷗外と同じような外国経験のある吉田が書けばいいのではないか。だが、吉田は評論家であって、小説家ではないのである――本人はそこまで書いていないが――。

外国文学の影響を受け――吉田の表現では「毒を注ぎこまれたと言っていい程激しい体験」――、「言葉作りから作品を書く仕事に漸く移ったとも言える最近の二、三十年間に」においても、吉田は日本の文学作品たるものにさほど大きな評価を下さない。これは、いうまでもなく、吉田がこの評論を書いたころから、消耗品としての文学作品の市場が拡大して、以前には貧乏と相場が決まっていた「文士」が食えるようになったことには関心を示さず、日本の現代文学は道半ばであると主張しているのだ。

戦後においても、吉田健一にとってあるべき日本の現代文学と彼自身のあるべき文学の姿との距離は縮まらなかったのである。先に吉田は評論家であって、小説家ではないといったが、吉田は洒脱な私小説風の短編――多分、実際の話であろうが――も残している。たとえば、『春の野原』という短編――登場人物の作家

などは実名で出てくるので、文芸論といったほうが妥当であるが——で、吉田は日本文学のある種の滑稽さを描いた。

話は、東京神田の「三新社」なる出版社が英国の新興出版社あたりから、世界五十何か国から短編を選んで世界短編集なるものを出版したいので、日本からも何篇か選んでほしい旨の依頼があったところから始まる。だれの短編が選ばれるか、自薦、他薦をめぐって喜劇的といってよい状況が展開される。

商魂逞しい社長のがんばりもあって、「応募作品が千何百篇」も来て、てんやわんやの三篇の選考となり、英訳を依頼された主人公のところに、そのうちの一篇である「春の野原」という作品が送られてきた。文学界ではともかく、「三新社の肝入りで日本人が書いた短篇が三つ、英国で出る短篇集に入ることになったということは、文学をノーベル賞だの湯かわさんだのと一緒くたにして考えて、何となく文化的な気分に浸るのが好きな世間の一部には、世界の、或は少なくとも日本にとっての大事件という風な具合に伝わったらしい」ことになった。

英訳原稿が英国側に送られてから、ある作家からこの作品は芥川龍之介の短編「秋山図」の改作ではないかという「社長を青くさせる」連絡が入った。社長は主人公にロンドンまで飛行機で行って、機上で別な筋に書き換えた原稿を応募者が「芸術家としての良心から加筆訂正した決定稿であると称して」、相手先の編集部に手渡すことを依頼した。

主人公は、当時の、気の遠くなるような南回りの飛行でアジア各地に泊まりながら、ロンドンに到着し、そんな出版社が実際にあるのかどうかをいぶかりながら、原稿を届けに行った。「わざわざ自分が東京から飛行機で来たことが解ったら気違い扱いされるかもしれないので、丁度、視察にきたついでに頼まれて来たのだということ」にして原稿を渡した。相手側が「日本人の芸術家としての良心が猛烈なのに驚いた」ことに驚いたのは、主人公の方である。

ただし、「その後、三新社から何とも言って来ないから、短篇集は出なかったのではないかと思う」のがこの短編の「落ち」となっている。主人公にとってみれば、英国の聞いたこともないような出版社から世界短編集のはなしがきて、そこに日本人の短編も三篇収録したいといった申し出に舞い上がってしまった日本文学界とそれをとりまく出版業界と、戦後の日本人心理が皮肉たっぷりに描かれている。吉田健一は、出版社の商魂逞しい社長は別として、文学とはそんなにちゃらちゃらしたものではないと言いたげである。

英文学者でのちに『吉田健一論』を著した篠田一士は、「吉田健一の周辺」(昭和三七[一九六二]年六月)で、明治以降、日本の近代文学へヨーロッパから直輸入された文学という「概念」を生理的に忌み嫌った吉田を「文学は経験にはじまって経験におわるというのが、氏の一貫した信念である。経験とは一冊の書物を読み、そこにおのれの感受性と思考のすべてを掛ける」ような「一八世紀的な人」であると評している。篠田は、近代日本文学の創造的自立——「近代日本文学をむしばんだ貧乏神は文学という借り物の観念であったし、そのために作品の貧困はおおうべくもない」と篠田自身はいう——のためには、吉田の見方はヨーロッパから輸入された「文学」概念という毒への強力な「解毒剤」となりうるが、それも量が多すぎれば「有害」となることに警鐘を鳴らした。

吉田の評論から伝わってくるのは日本での仮のヨーロッパ観であり、それに影響をうけた仮の日本なるものへの苛立ちのように、わたしには感じる。それゆえに、吉田は社会を無視し自らの人生に沈殿したような私小説にも、自らの人生を無視して社会に沈殿したようなプロレタリア文学にも強力な「解毒剤」を提供して、解毒された後にのこるべき文体などにこだわったのだ。

吉田はこの点を若いころに私叔した河上徹太郎から学んだのかもしれない。吉田は「河上徹太郎」論（昭和二八［一九五三］年五月）で、西欧思想をキリスト教とストア派哲学から問う姿勢をもった河上の評論の視点について、「ここ二千年の西欧の知的秩序の創始者である所のキリストの抱いた認識の方法に対し、飽くなき好奇心を有するディレッタントに過ぎない。だから私に許されていることは、この好奇心を応用して、社会なり文学なりについて、何ものかを見たり語ったりすることである」という文章で始まる『新約聖書講義』を例に挙げてつぎのように指摘している。

「河上氏はキリストに、近代文学を含めて凡ての文学の源泉となるものを、又文学を成立させている捉え難い陰翳や機構を、行為によって裏付けされた具体的な形で発見したのだった。河上氏にとってキリストは近代人、従って又純粋人の典型なのである。……この純粋の概念が、河上氏の評論の全部を貫いている。……氏にとっての基準は純粋か不純かの何れかでしかない。」

吉田健一にとって、近代日本をとらえた文学の源泉である概念とは、ヨーロッパからの借り物——しかもファッションのように毎年流行が変わるようなもの——で済ますようなものではなく、ヨーロッパとの真正面からの衝突のなかで得られた純粋か、あるいは不純かのいずれかの結果としての体験そのものであったのである。ゆえに、吉田の思考方法は、「師」の河上徹太郎が描いたアウトサイダーのようにいまでもアウトサイダーの体験であり、それ以上の広がりを持たなかった。吉田健一とは「社会科学的」分析を意識した者にとって煮ても焼いても食えない存在であり、それだけに吉田の評論はそのような日本の社会科学のあり方をいまでも皮肉っているようでもある。

江藤　淳

江藤淳は昭和三七［一九六二］年夏、米国ロックフェラー財団の招きでプリンストン大学に留学、やがて同大学で日本文学史を講じた。留学がいまほど手軽で大衆化しなかった時代のことである。若き江藤にとって、この経験は大きな刺激となり、後年の江藤のさまざまな評論の豊かな地下水脈となったであろう。江藤が帰国したのはその二年後である。帰国の翌年、江藤は『アメリカと私』を朝日新聞社から刊行した。

江藤は米国という異国でチェコの作家フランツ・カフカ（一八八三〜一九二四）の小説に出てくるような大学という「城」の迷路を歩いては、予期せぬ袋小路にぶつかる経験を繰り返したという。

江藤はプリンストン大学での最初の一〜二か月間ほどは「確かに社会的な死を体験していた」が、やがて「外国の小さな大学町という特殊な環境に形成された日本人の小社会のなかで、異質な文化の刺激をうけてもともと日本的社会に内在する特質」を観察し始めた。江藤はこの小社会をつぎのようにみていた。

「もっとも顕著『日本的』な粘着力を示して暮らしている人々が、口では日本的なもののもっとも峻厳な批判者であるというような、奇妙な倒錯がおこっていた。そして、なお不思議なことには、これらの進歩的『近代化』論者たちは、もちろん大学出のその夫人たちを含めて『悪』の源泉であるはずの当の日本の歴史に全く無知なのであった。」

江藤に限らず、このような個人経験はむかしもあっただろうし、また、いまもある。ただし、江藤は留学という選ばれた人たちと当然教養があるべき婦人たちに我慢ならなかったのである。そして、こうした日本的小社会から距離を置こうとした。江藤は「近代の象徴である」自動車を買って、「この病的な小集団から逃げおおせ」ようとした。中古のフォードを駆って、江藤は彼の社交的な夫人と米国社会を観察し始めるのである。当時は米国のキューバ危機があったとはいえ、古き良き米国像への固執が人びとの心の残像としてまだあった時代であった。米国人たちは大学という「城」のうちにあって、敗戦国からやってきた江藤夫妻に優しかったようである。

いうまでもなく米国の場合に限らず、外国人にとってどのような資格とどのような条件で外国で暮らすかによって、個々人の印象なるものはしばしば天と地ほどに異なるものである。江藤がロックフェラー財団の招聘ではなく、私費留学で異なる地域の異なる大学で学べば、それなりに異なる米国を見たのかもしれない。いわんや、江藤が移民として、あるいは、企業「戦士」として渡米しておれば異なった米国像が描かれたに違いない。

江藤が昭和四三［一九六八］年に米国大統領選挙取材のために渡米し翌年に発表した「エデンの東にて」という文章が、このことを物語る。江藤は帰途、総合商社のニューヨーク駐在員をしていた旧制中学時代の同級生と再会し、彼が日常体験として語ったビジネスの場での経済競争――「食うか食われるか」の米国ビジネス社会像――を紹介していることからもわかる。同級生Kはつぎのように語った。

「おれがばかみたいに一生懸命にやってるのは、おれだけじゃない。うちの連中がみんな必死になって東奔西走しているのはな、戦争をしているからだ。日米戦争が二十何年か前に終わったなんていうのは、お前らみたいな文士や学者の寝言だぞ。これは経済競争なんていうものじゃない。戦争だ。それがずうっと続いているんだ。おれたちは、それを戦っているんだ。今度はまけられない。」

文士で学者の江藤は、この発言をうけて「プリンストンにいるとき、私がふだんより勉強に身を入れたのも、Kと同じような気持ちがあったからかもしれない。だからこそ、今度プリンストンを再訪したとき、さほどなつかしさというものを感じなかったのかもしれない。私は、自分があのころは植物のように生活していたなと思い、今は動物のように動いていると思い、同時にまだ足りない、まだ足りないと思いつづけていた」と書き記している。

江藤や同級生Kに限らず、小学生の時代を「鬼畜米英」の軍国日本の中で育った世代は、敗戦後は「鬼畜米英」がやって来た占領日本のなかで育った。それから二十年あまりが経過しても、戦争が終わっていないと彼らは感じていたのだろうか。彼らは米国に対峙せざるを得なかったのだ。対峙することで自らの自画像を描き戦後日本のあり方を批判していくことになる。

江藤淳（本名は淳夫）は日本の敗戦のとき、小学校（国民学校）の六年生であった。父は三井銀行本店勤務の銀行員であった。四歳の江藤は母を結核で亡くした。父は二年後に再婚。江藤は戦争下の疎開生活から東京へ戻ったものの、生家は空襲でなくなっていた。

江藤も含めこの世代は、軍国日本を賛美した同じ教師が、敗戦後は過去のことをすっかり忘れ去ったように軍国日本を批判し、鬼畜米英であったはずの米国とその民主主義を賞賛しはじめたことに戸惑いとある種の軽蔑感をもったとしても不思議ではない。というより、そうした感情をもって当然であったろう。全くの同世代であり、江藤と同じように米国の大学で奨学金で学んだ小田実（一九三二〜二〇〇七）はこの困惑と怒りを多く書き残した作家である。

江藤は病気がちな学生生活のなかで、二〇歳で慶応義塾大学に入学し英文学を専攻することになる。大学院に籍を置きながら、作家生活を始めた。日本文学に関する評論、小説など多くの作品を発表しつつも、彼は心の奥で米国に対峙しつづけたのではないだろうか。「文士」江藤は「学者」江藤として米国占領——占領下における言論統制と検閲の実態とその分析——を研究し、「文士」江藤に戻っていくことになる。評論家の福田和也はこの点についてつぎのようにとらえている（福田和也編『江藤淳コレクションI』所収）。

「江藤が、占領研究を始めた事について、世間は奇異の目で見た。福田恆存でさえ、江藤の関心を奇異なものとして揶揄したほどである。江藤は文壇・論壇でアウトサイダーとして扱われ、その声望は翳りをみせた。……占領研究が論壇、文壇の強い反発を招いたのは、『他人の物語と自分の物語』において明らかにされているように、占領検閲で作られた言論の枠組みが、そのまま占領終結後も、日本の言論界の枠組み、価値基準として生き続けている事を江藤が闡明したからであろう。」

福田のいうように、作品『夏目漱石』で世に出てインサイダーとなった江藤淳を知る者にとって、占領研究に向かってアウトサイダーとなった江藤は異なってみえたのかもしれない。彼を批判した一世代前のインサイダーたちには、戦争を挟んで亀裂したインサイダーとアウトサイダーの両面精神の痛みに鈍感であった。さて、占領検閲である。江藤は昭和五四［一九七九］年秋から翌年春にかけての半年間ほど、米国の国立公文書館分室やウィルソン研究所などで米国占領下の米軍検閲関係の文書の分析に取り組んだ。この成果は三年後に雑誌の『文芸春秋』や『諸君』に発表された。二つの論文が一冊の著作『閉ざされた言語空間——占領軍の検閲と戦後日本——』として刊行されたのは昭和の最期の年であったことはあまりにも暗示的ではあった。

占領下で、旧内務省の新聞記事などへの検閲は占領によって解除され、新聞社や新聞記者はいかなる記事を書こうと日本政府からは処罰されることはなくなった。だが、同時に、それは占領軍の意向に沿った記事であるかぎり、占領軍からも処罰されなくなったことでもあった。

江藤はこの過程を探るため、当時の検閲関係の文書を日本の敗戦に先立つ期間から丹念に収集すると同時に、占領期間中には「秘匿」され続けていた占領軍検閲機関の検閲実態を明らかにしている。この秘匿の背後には、米国占領によって「〈民主主義〉、〈言論・表現の自由〉等々が極度に物神化され、拝跪の対象となる一方で、現実の言語空間は逆に『厳格』に拘束されて不自由化し、無限に閉ざされて行くという不可思議な状況」があったことに、日本人は気づき覚め、戦後民主主義の虚妄と欺瞞を気づくべきではなかったのかという江藤の苛立ちが伝わってくる。

江藤のこうした苛立ちは彼の留学と米国経験から直接派生したとは、わたしには思われない。それは、彼の若き時代の『夏目漱石』論にすでに底流があったのではないだろうか。江藤の夏目漱石論をみておこう。これは江藤が『三田文学』に連載し、のちに一冊の本にまとめられたものである。江藤が二二歳のころであり、彼の早熟さを示す作品である。吉田健一と同様に、英文学研究者の江藤もまた日本文学の作家を論じることは西洋文学との対比で論じざるを得ない事情を、冒頭でつぎのようにのべている。

「西欧の作家達は堅固な土台を持っている。ぼくらはその上に建っている建物のみを、あるいはその建物の蔭にいる大工のみを論ずればよい。……日本の作家を相手にしている時には、……先ず、彼らの作品の成り立っている土台から問題にしてかからねばならない……これを裏返せば、多くの日本の作家は少なくとも西欧的な意味での文学を書いていないことを意味する。」

江藤にとって、日本の作家を論じるとは「ぼくらは野暮な仕事からはじめなければならぬ。近代日本文学の生み得た寥々たる文学作品を拾い上げ、その系統を明らかにすることがそれであって、これは同時に、この国で文学が書かれ得るためにはどれ程の苦悩が要求されるかを知ることで」あった。この課題への苦悩抜きのもっとも簡単な取り組みは、日本文学は西欧文学とは土台が異なるといってしまえば簡単なことになる。つまり、日本文学とは独特であり、それは私小説という文学形式に表れているとか、あるいは東洋的思想がその根底であるとかの点を挙げればよいのだ。当時、大学に籍をおき研究者の道も模索していた江藤はこの種の模範回答に満足せず、晩年に「則天去私」という東洋的諦念の世界に棲んだといわれる夏目漱石を通して、日本文学論ではなく、日本社会における文学論を展開しようとした。江藤の漱石観はつぎのような文章によく表れている。

「漱石の偉大さがあるとすれば、それは漱石が特別な大思想家だったからでも、『則天去私』に悟達したからでもなく、漱石の書いたものが文学であり、その文学の中には、稀に見る鋭さで把えられた日本の現実があるからである。……ぼくらの漱石から学び得る教訓は、日本の風土で、如何にして文学が書かれたかという稀有な時間のあたえる教訓と同じものである。ところで、一見時流に超然としていたかに見える漱石が、実は最もよく日本の現実をとらえ得ていた。」

江藤は漱石の歩みを丹念に追っていく。漢文学の素養をもち文明開化の時代に育った漱石は、その文明の輸入元の一つである英国のロンドンで英文学なるものの習得を命じられた。ロンドンでの漱石は大学に通うわけでも、ロンドンの狭い日本人小社会で活発な交際をするわけでもなく、いまのことばでいえば、下宿にひきこもったような生活を送った。お世辞にも立派とはいえなかった漱石のロンドン留学について、江藤は「一見不経済で間抜けな留学生生活を送らざるを得なかった漱石の内面の劇の性質こそ、知りたく思うのである。……作家になったのは、英国に行ったからだといってもよいので、英国に留学しなかった漱石などというものは、偏屈な学校教師で一生を終えたかも知れない」と指摘した。

つまり、漱石は日常生活で外国流の日常的な振る舞いをほとんど身につけることができなかったかもしれないが、ロンドンの下宿で読みふけった外国文学を通じて外国作家の影響を間違いなく受けていたのである。これが彼の作家としての下地を作ったことは間違いないだろう。漱石は帰国後、第一高等学校や東大で講師をやりながら、高浜虚子の勧めもあって『ホトトギス』に「吾輩は猫である」を発表、好評を得て連載となり、後に一冊の本となった。

中学校教師の苦沙彌家に飼われるようになった名無しの猫を登場させ猫——漱石自身であるが——の眼を通して観察された人間社会のおかしさ、愚かしさなどをユーモラスに描いた作品は好評を得た。好評といったのは一般読者の間であって、所謂文壇という文学ギルド社会の住人であった文士たちには不真面目ととられたようだ。

真面目か不真面目か。江藤もこの点について、実生活に真面目な生活者の漱石が遊び心一杯でユーモアに溢れた「不真面目」な作品を発表したが、それが不真面目な日常生活を送り真面目な私小説を発表することに腐心している文士たちからは暖かく迎えられなかったことを残念がった。いずれにせよ、漱石はその後教師稼業を去り、朝日新聞社の社員となって本格的に長編小説を発表するようになったことは周知のとおりである。

吉田健一と異なり、より分析的視点を好む江藤の関心は、漱石の『虞美人草』から『明暗』にいたるまでの長編作品について、「西欧的な手法による長編小説が、どの程度に近代日本社会の現実を把え得るかという問に対する、得がたい解答を暗示している」のかどうかにあった。江藤の私見とは「かなり否定的なもの」

である。若き学究の江藤にとって、「日本の社会には……西欧的な意味での近代的自我の如きものは存在しない。したがって、そのようなものの存在の上に成立している西欧的な小説の方法論を、日本に適用しようとすることは不可能」なことととして白黒をつけた。

その後の真面目なこの作家の歩みを追うと、漱石は「我執」というテーマと自らの生き方にこだわった作家となっていった。江藤は「漱石が『我執』を問題にし、近代文明の病弊を自我の過度な主張に求めた時、西欧的自我と、彼の所謂『我執』との相違に気づいていたとは思われないが、日本の近代社会に特徴的な、救済され得ざる原罪、神という緩衝地帯を有せざる『我執』の存在は、適切にとらえられていたのである」と指摘する。

のちに、漱石は明治三九〔一九〇六〕年に『ホトトギス』に『坊ちゃん』を発表してすぐに、『新小説』に青年画家を主人公とした『草枕』を発表する。この冒頭はあまりにも有名になってしまった。

「山道を登りながら、こう考えた。

智に働けば角が立つ。情に棹させば流される。意地を通せば窮屈だ。とかくに人の世は住みにくい。

住みにくさが高じると、安い所へ引っ越したくなる。どこへ越しても住みにくいと悟った時、詩が生まれて、画が出来る。

人の世を作ったものは神でもなければ鬼でもない。やはり向こう三軒両隣にちらちらする多大の人である。ただの人が作った人の世が住みにくいからとて、越す国はあるまい。あれば人でなしの国へ行くばかりだ。人でなしの国は人の世よりもなお住みにくかろう。

越す事のならぬ世が住みにくければ、住みにくい所をどれほどか、寛容て、束の間の命を、束の間でも住みよくせねばならぬ。ここに詩人という天職が出来て、ここに画家という使命が降る。あらゆる芸術の士は人の世を長閑にし、人の心を豊かにするが故に尊い。
　住みにくき世から、住みにくき煩いを引き抜いて、ありがたい世界をまのあたりに写すのが詩である、画である。」

日本の近代化とは、智に働けばますます角が立ち、情に棹させばますます流され、そこで意地を通せばますます窮屈になる日常生活的社会をもたらした、と漱石は感じた。こうした「住みにくき」世の中で、漱石は我執にこだわったのだ。

「我執」は、「『文明開化』の日本社会が、夏目金之助というすぐれた知性の持主と激しく衝突するとき、はじめて彼の精神の劇が現れた」結果であったとしても、漱石はそれを日本社会やその時代精神なるものの構造を通して分析したのではなく、生活者たる自己の問題として小説のなかでも追及した。

江藤は当時、そしてそれ以降の「生活がそのまま芸術であり、行為がそのまま思想であったような私小説家」と漱石——森鷗外も含めてよいが——を明白に隔てていたのは、真面目な生活者としての「我執」にあるとみていた。江藤は、留学帰りの学者の健三の家庭生活を描いた、漱石の自伝ともとれるよう『道草』——大正四［一九一五］年六月から「朝日新聞」に連載——を例にとりいう。「漱石は……概ね日常的な常識に忠実な、俗悪な生活者として終始し、一方、私小説家達がそのまま生命を賭けて書いた作品には認めることの出来ない特質——即ち、思想の原形式の表白という近代的機能を、日本の小説にあたえたのである。このような特質は、彼の絶筆『明暗』の中に最もよくうかがい得る」と。

江藤は近代小説というかたちで、主人公の会社員津田吉雄の入院をめぐって展開する人間関係を描いた、漱石の最後の作品『明暗』について、「日常生活の行為の具としては無力さを実証された『思想』が、逆に、はるかに高い次元のうちに日常生活を芸術的に再構成することによって、それ自身に表現をあえようとしている。これは極めて自然な——同時に日本の近代小説の中では極めて特異な——『思想』の表現手段である」と高い評価を与えた。

比較文学などに素養のないわたしには判断がつきかねるが、江藤によれば、『明暗』に向かう漱石は、明治四三［一九一〇］年の大逆事件からロシアの社会主義思想、さらにはロシア文学へと興味を持ち始め、『明暗』にもロシア文学的要素を認めうるという。漱石は自然に、家庭から社会への関心を高め、社会小説としても『明暗』に取り組んだのではないかと忖度している。大正五［一九一六］年一一月、彼の胃潰瘍は『明暗』を未完にさせた。

漱石には弟子たちがいた。明治三九［一九〇六］年秋頃から、漱石は、学者、文学に興味をもつ教え子や作家志望の若者たちなどのために自宅で木曜日に時間を作った。以後、漱石を囲むこの集まりは「木曜会」と呼ばれるようになった。芥川龍之介や、久米正夫や菊池寛なども出入りしていた。江藤の「夏目漱石」論の最後で、木曜会というサークルのなかの誰が漱石の後継者であったかという点から文学史を振り返っている。ここでは芥川は選考外となり、「表面的に漱石の主要な問題である『個人主義』の確立をなしとげたかに見えた」菊池寛が、師の生活人として不器用な生き方ではなく、むしろ「旺盛な生活力」でもって、小説を社会で売れるものとしたという意味で社会小説を確立させ、漱石の後継者となったという皮肉一杯の物言いで漱石論を終えた。

江藤は若き日に漱石と交差することで、江藤やその周辺にあったディレッタンティズムの影が薄められ、文学と社会との接点のあり方に関心を寄せ、近代日本社会の自画像形成の背景にあった思考様式――思想を含め――を問いかける「批評」にこだわった。江藤は『夏目漱石論』を書き終えたあとに、大学院に残り「文学」を研究するか、「批評」という「文学」の道に進むか悩んだという。結局、大学院を退学したころに、決意表明ともとれる「批評と文体」や「批評について」（発表はともに昭和三五［一九七〇］年）という短文を残している。

江藤は、「詩や小説が文学であるように、批評もまた文学である……批評が文学になるのは、批評に肉声が通い、さらにそれがひとつの文体にまでたかめられたときである。批評の方は時代とともに変わる……（中略）批評が文学になりうる場所は、およそ卑俗な実用の具と、冷たい『科学』との中間にありそうである」とその後の自らの歩みをすでに予想しているようである。

江藤は戦後日本社会にいら立ちを覚えた。より正確には、戦後日本社会のあり方に真剣に取り組まなかった日本の近代文学――したがって、日本の作家たち――とは何であったのかを問い続けた。江藤は「作家は行動する」（昭和三四［一九五九］年）で、つぎのように日本文学の文体なるものを弾劾している。

「われわれは社会的現実を可変のものと考えることになれていない。それはむしろ非歴史的な「自然」と等価なものであって、自然の巨大さに対する人間の行動が無意味だというところから、一転して行動することそのものが罪だというような認識にまで及ぼうとする。……ほとんどすべての『私小説』の文体の背後にはこのような衝動がかくされているといってもよい。私小説家にかぎらず、日本の作家たちにとっては、『世の中』はあたかも「自然」のようにつねに不安であり、自分の存在はあやふやな、軟弱な、人間的なものにすぎない。……そうであれば、社会的な行動をおこすなどということは沙汰の限りであって、一切の問題は閉鎖的な自己の内部で解決されなければならない。私小説が人生論を含んでいても倫理を含んでいないのはこのような事情にもとづいている。」

行動する作家を宣言した江藤は「夏目漱石」論から一〇年ほどたって発表した「文学と私」で、「それから十年以上たったが、もしこれまでの私の仕事に何かの意味があるとすれば、それは文芸批評に『他者』という概念を導入しようと努めたことだろうと思う」と記している。江藤にとって、他者という大きなモチーフの一つは米国であり続け、その対決のなかで日本のアイデンティティを問いかけた文章を多く残した。冒頭でふれた江藤と米国という関係にもどっておく。

江藤は米国のベトナム戦争に対する日本の反戦運動を取り上げた「『ごっこ』の世界が終ったとき」（昭和四五［一九七〇］年発表）で、日本社会が米国――その国内の反戦運動も含め――にきちんと対峙しない現状では、日本の反戦運動は所詮、反戦運動ごっこであるし、また、日本ではナショナリズムもナショナリズムごっこ、インターナショナリズムもまたインターナショナリズムごっこにならざるを得ないのだと主張した。

当時は、ベトナム戦争が泥沼化し、米ソ対立は激化の一途をたどり、米国国内では反戦運動が盛んになる一方で、日本国内ではベ平連――「ベトナムに平和を市民連合」の略――の運動が展開していた。江藤は『米国』がひとつの現存としてわれわれの上におおいかぶさり、われわれの意識の尖端に附着しているかぎり、日本人はこの『ごっこ』の世界から離脱することができない。軍事占領以来、戦後日本の社会は公的な価値を米国の手にあずけて肥大しつづけている」と指摘した。

日本経済は、高度成長を通してＧＮＰで世界の第二位に達していた。なんでも米国にあずけっぱなしだったのかといえば、「そうではなくて、われわれはすべて、意識の尖端に附着している『米国』をふるい落とし、現実を回復しようという努力のみを続けてきたのである。……一九七〇年の今日、『戦後』という時代はたしかにすこしずつ崩壊しつつあるかに見える。『ごっこ』の世界に現実が侵入しかけてきたのである」と江藤は述べた。

戦後の終焉ということでは、沖縄の「復帰」がこれを象徴していた。米国の占領が続いた沖縄がニクソン政権の国内政治――南部繊維産業への日本製品からの保護――の外交的決着として、あるいは、当時の佐藤政権の国内政治――日本繊維製品の輸出の自粛など――の外交的決着として、双方が奇妙な一致をみせ、日本に返還――基地は残ったが――されたことはいまでは周知のことである。

「敗戦というものがいかに大きな打撃であったかということ、自己回復によって『敗北』に出逢う瞬間が刻一刻と近づいているということ、そしてわれわれは繁栄と復帰のよろこびを獲得することによって、まさに『敗北』に近づいているのだ……『敗北』とは『戦いにまけて逃げること』である」という江藤の批判は、やがて戦後「知識人」――いわゆる文化人なる役割を担った人たちも含め――への批判に向かうことになる。

江藤は、河上徹太郎の『新聖書講義』での「ユダ左翼説」に言及した「ユダの季節―『徒党』と『私語』の構造―」（昭和五八［一九八三］年発表）で、「怨望」から発する性格をもつ「私語は徒党をなす人々の相互を拘束し、成員の意見の相互検閲をおこなうことで」、それがあたかも公論のような呈をなしている日本の文化人のサークル――「論壇とその周辺に棲息する知識人たち」――を、あたかも米国の検閲がその占領が終わっても続けているようなものとして、言葉厳しく批判している。

いまや「国士」などということばは死語にちかいことは承知だが、晩年、明治の国士であった西郷隆盛を描くようになった江藤を評すれば、江藤は、戦後民主主義なる新たな日本の近代化の実質を米国との対峙のなかで、近代日本社会の公的価値なるものを追い求めた国士ではなかったか。

江藤　淳

第三章　自由主義の自画像

自由主義とは、個人の自由を尊重することにおいて成立する考え方のはずである。問題はこの自由の中身とその成立の要件である。ここで論じているのは何をしようが個人の自由という個人的な選択の問題ではなく、政治思想としての自由である。つまり、個人の自由を尊重するには、それを制度的に保証するための法律と順法精神がそこに必要となる。私たちの歴史には、個人の自由を制限しようとしてきた国家史もある。

個人の自由は「神」から与えられた自然法的権利であり、何人たりともそれに干渉しえないという思想家はもっぱら欧州で生まれ、そこで自由主義が育ったといってよい。国家とは人が組織するもので人為的組織であるかぎり、そこには社会階層による利害対立がある。英国などの市民革命が当時の国家を組織していた社会層を排除し、自分たちの自由——資本主義的経済活動——を尊重するような国家という政府を作るために、自由主義のイデオロギーが発展した。

しかし、資本主義的自由もまた社会階層間による自由度の濃淡を生み出したことで、それが自由放任主義に等値され、社会主義的思想を醸成させ、やや逆説的であるが、ソ連のような国家を生んだ。

資本主義的発展——近代化——を、個人の自由を尊重すること以上に制限することで図ろうとした日本という国家にとって、自由主義あるいは自由主義者の自画像を探ることは、近代日本をとらえる上で重要なモチーフであり続けているのである。

四人を取り上げる。序論で述べた年代論からいえば、長谷川如是閑は本書で取り上げた作家たちよりも一世代以上前の世代に属する。にもかかわらず、明治八［一八七五］年生まれの長谷川を選んだのは、その長寿によって可能となった長期間の作家活動を続けた眼を通して近代日本を振り返ることができるからである。辻潤は自由主義のもう一つの側面とも言える一九世紀末のデカダンスの日本的担い手であった。

石橋湛山と辻潤は同世代であるが、石橋は長寿によって戦前には記者として、戦後には政治家として、福沢諭吉の『文明論之概略』で述べたように「一身にして二生を経るが如く」の人生を送った。湛山は日本の近代化の行き詰まりを淡々と予想した自由主義者というにふさわしい稀有な存在であった。軍国少年であった城山三郎は、日本の軍隊制度と敗戦を通して自由主義のあり方を人の矜持に求め続けた作家である。

長谷川如是閑

近代日本思想の研究者山領健二は長谷川如是閑が八五歳でまだ健在のときに著した評論「ある自由主義ジャーナリスト・長谷川如是閑」（昭和三四［一九五九］年一月）で、如是閑をつぎのように描いてみせた。

「長谷川如是閑は、日本の近代化の流れそのものの中に身をおき、その中で今日まで生き続けながら、しかもその近代化に対し批判的姿勢を崩さず、別の仕方での近代化を主張した思想家の一人である。……その思想の歴史はその意味での日本の近代思想史であるといってもよい。彼の転向の問題は、近代思想家としての彼のこのような『近代』へのかかわりかたの特質と切離して考えることができない。彼は常に明治に始まる『近代』という大状況を自己の状況として考えていた。」

山領は長谷川如是閑の転向についてふれたが、同じ評論の後半で「長谷川如是閑には、おそらく転向の自覚はない。……如是閑自身の思想の個性的スタイルは、明治中期以来変わることがなかったからだ」と述べつつ、如是閑の思想について「私たちが新しい状況に立向う私たち自身の思想として生かすためには、……その転向体験を含めて受け継ぐことが、如是閑の中に潜む明治の精神を新しい時代の批判精神として再生させる道だ」と指摘した。如是閑自身が自覚のなかった「転向」をわたしたちが「新しい時代の批判精神」として継承することなど果たして可能なのだろうか。

長谷川如是閑は明治八［一八七五］年、祖父の代までは大工の棟梁であった材木商の次男として東京深川に生まれた。長谷川姓は曾祖母方を継いだためである。本名は山本万次郎。如是閑は深川、本郷そして神田の小学校に入ったあと、明治大学予科、東京法学院予科、東京英語学校で学ぶが、予科が廃止されたり、火事で校舎が焼け落ちたりで、国民英語学校に入り、さらに東京法学院へ転じ、休学をへて、同学院を卒業。あとでふれる辻潤とは神田の小学校と国民英語学校で学んだことが共通であるが、異なる時期ゆえに邂逅はない。

山嶺は長谷川の思想的歩みそのものが日本の近代思想史ととらえたが、この場合の近代と思想との間にある何かを明示化しないと、時に日本の近代化を批判し、時に日本の近代化を評価するようにみえる如是閑はまるでヌエ的な存在となってしまう。長谷川如是閑は明治政府による近代化なる政治思想のある種の欺瞞性に対して言論の世界で反論し続けたことで自由主義者であったのか。あるいは、近代化ではなく、西欧的な近代主義なるものに反対し続けたことで自由主義者であったのか。

如是閑は、敗戦後まもない昭和二一［一九四六］年三月に帝国議会最後の貴族院議員に勅撰された。翌年七月には日本芸術院の会員に推挙された。さらにこの翌年の一一月には文化勲章を受けた。昭和二九[一九五四]年には、東京都は如是閑に名誉都民の栄誉を与えている。昭和三一[一九五六]年、日米知的交流日本委員会は八一歳と高齢になっていた如是閑に渡米を要請した。戦後日本は戦前派最高齢ともいえた長谷川如是閑の何を評価しようとしたのだろうか。

長谷川如是閑の思想変遷を振り返れば、マルクスなどの社会主義思想を知ったのは東京法学院（のちの中央大学）などに通っていた明治二〇年代後半のころであろう。このころ、如是閑は肺を病んで静養を余儀なくされるなかで小説を書いて雑誌に寄稿したりしている。雑誌に掲載された小説がきっかけとなって、『東京朝日新聞』や『日本』(*)に投稿するようになった。これが如是閑の新聞記者としての道を切り開くことになる。もっとも、職業としての新聞記者のあり方と社会的地位は今日の新聞――組織――と当時の新聞――編集者などの個人的色彩の強さ――とでは大きく異なっていた。むろん、いまではこのようなことはあり得ない。

＊『日本』――陸羯南（一八五七～一九〇七）が明治二二[一八八九]年に創刊した新聞である。ナショナリズム運動と藩閥政府批判を展開。とりわけ、条約改正運動では政府の外交政府を厳しく批判し、発禁処分を受けた。もっとも、こうした政治評論だけではなく、正岡子規（一八六七～一九〇二）などの短歌・俳句などの文芸欄もあった。同紙は陸の病気により不振となり、大正三[一九一四]年に廃刊となった。陸羯南の死後の社内抗争で編集部から退社する者、政教社発行の『日本人』に加わる者が出た。

如是閑は『日本』の記者となった。明治三五[一九〇二]年、二七歳のころであった。これが如是閑の長い記者生活の始まりであり、明治四一[一九〇八]年に『大阪朝日新聞』へと移った。如是閑はここで政治学者丸山眞男の父である幹治と知り合うことになる。最初、大阪でも小説などを書いていた如是閑は明治後半から大正期の激動の中で、社会部長となり、社会の現実を記録していくことになる。彼が朝日を去ることになる大正七［一九一八］年一〇月までの主な出来事——社会・政治面——をみておく。

明治四二［一九〇九］年—新聞発行禁止を定めた新聞紙法公布（五月）、伊藤博文ハルピン駅で暗殺（一〇月）
明治四三［一九一〇］年—大逆事件の検挙始まる（五月）、韓国併合の条約調印（八月）
明治四四［一九一一］年—幸徳秋水らに死刑判決（一月）、普通選挙同盟会の解散（五月）、日英同盟調印（七月）、東京市電ストライキ（一二月）
明治四五［一九一二］年—明治天皇没、大正改元（七月）、憲政擁護大会開催（一二月）
大正　二［一九一三］年—護憲運動高まる（二月）
大正　三［一九一四］年—シーメンス事件（一月）、第一次大戦勃発（七月）、株式市場暴落（八月）
大正　四［一九一五］年—中国に二一ヵ条要求（一月）
大正　五［一九一六］年—工場法施行（九月）
大正　六［一九一七］年—ソビエト政権成立（一一月）
大正　七［一九一八］年—シベリア出兵・富山県で米騒動（八月）、第一次大戦終結（一一月）

如是閑は、こうした激動期のなかで起こった「白虹事件」(＊)で『大阪朝日新聞』を去り、翌年、大山郁夫らと『我等』を創刊することになる。以降、如是閑の評論活動は『我等』——その後、『批判』に改名——、『中央公論』や『文芸春秋』などを中心に、大正デモクラシーの時代の担い手として活躍する。

＊白虹事件——大正七［一九一八］年、『大阪朝日新聞』の編集長鳥居素川は、米騒動などへの対応が不十分として寺内正毅内閣を同紙の夕刊紙面で強く批判した。これに対抗して、寺内内閣は記事に「白虹日を貫ぬけり……」の

文章――漢籍で白虹貫日＝革命――があることを理由に、それが「朝憲紊乱」にあたるとして新聞紙法違反で起訴した。これに呼応して、右翼団体も同紙の村山竜平社長に暴行を加えるなどして圧力を加えた。発行禁止を回避したい同社は社長を更迭し、自己批判書を発表することで事態を収拾しようとした事件である。

如是閑は昭和七［一九三二］年に戸坂潤や三枝博音らと唯物論研究会の設立に参加する。研究会メンバーはつぎつぎと検挙され、如是閑も翌年末に共産党へのカンパ容疑で中野署に召喚され、唯研から離れ、政治社会評論から日本文化評論へと向かうことになる。いわゆるこれを転向というのかどうか。前述の山嶺は、如是閑には自分で「転向の自覚」がなかったのではないかとした上で、つぎのように解釈する。

「長谷川如是閑の転向のわかりにくさは、思想の可変性にかかわる一貫したスタイルとか、複雑にからみあっている点にある。……長谷川如是閑は、日本の近代化の流れそのものの中に身をおき、その中で今日まで生き続けながら、しかもその近代化に対し批判的姿勢を崩さず、別の仕方での近代化を主張してきた思想家の一人である。……その思想の歴史はその意味での日本の近代思想史であるといってもよい。彼の転向の問題は、近代思想家としてのこのような『近代』へのかかわりの特質と切り離して考えることはできない。」

わたしなりに山嶺の解釈を忖度すると、長谷川如是閑が変わったのではなく、変わったのは日本の政治であり、日本の社会であることになる。それを変わらない自分の思想から自由に描いたという意味――人にはそれが変質したとうつろうとも――で、如是閑は自由主義者であったことにはならないだろうか。

如是閑は上野図書館などに通いマルクスの『資本論』の英語版のみならず、当時の主要な社会主義論やアナキズム論などを読んでいたことはよく知られているし、また、東大経済学部のマルクス経済学の影響を受けた若手教官たちとの交流もあった。マルクス主義的歴史観や思想が如是閑のなかにどのように消化され、日本文化論に向かわせたかは、日本の社会思想を考える上でも興味あるテーマを提供している。如是閑の『日本的性格』(昭和一三[一九三八]年刊)をみておこう。

ここで論じられているのは文明という近代化ではなく、日本においての近代という文明である。彼はつぎのように「国民的生活」とは何かから論を起こす。「国民的性格とは個人のそれと同じく、根強くその国民の心意及び行動の傾向を支配するものであるが、……長い歴史によって育成され、社会形態や文化形態の構成、発展とともに構成せしめられたものである」と。国民的性格とは、時代の要請に応じてそこにある性格の相対的比重の強弱が強調されるようになる。鎖国体制の江戸時代には、日本人の排他的あるいは独自的性格が強調され、明治以降では外国文化を吸収しうる日本人の自由で寛容な性格が評価されるようになる。

如是閑にとってこの両面の併存こそが日本人の国民的性格であって、それがどのようにいつから形成されたかが探られている。つまり、「歴史的環境が、その性格のいずれを最も多く必要としたかということによって、その相反する性格のいずれかが、より強く国民の歴史に現れるのである」。とはいえ、日本人の国民的性格が排他的か開放的かといえば、「結局わが国民ほど異種族や異教徒の侵入を歓迎したものは、世界にほとんど類似がないと言ってよいのである。これはわが国民が、歴史の長い期間においては、排他的または保守的性格によってよりは、親和的または進歩的性格によって、より多く発展的の過程を辿ってきたという事情によるのである」というのが如是閑の見方である。

如是閑の「近代」概念はこの見方によく表れている。彼にとっての「近代的の性質」とは「民族的執拗や、観念的独善主義に陥ることなからしめて、極めて自然的の、現実的」である国民的性格の存在なのである。欧州諸国とは異なり、異文化との交流は征服や被征服という関係から生じたのではなく、日本では大陸諸国からの帰化人の受け入れと日本社会への広範な定着というかたちで起こり、そうした文化を既存のものとの対立ではなく統合によって国民文化が成立したというのである。

国民文化を国民国家——ネーション・ステート、如是閑は「ナショナル・ステート」と表現している——の成立による共通言語による文学などの出現ととらえると、「国家的個性の強い国民を単位として世界的の交際を発達せしめたのが、近代の世界であるが、日本は、すでに千年も前に、そういう国際関係の単位としての近代国家に似た性質をもった国家——即ち国際性と国民的個性のともに強い国家——だった」と如是閑は解釈する。この見方によれば、日本において近代は先行していたことになる。

また、芸術における特定社会階層の独占性と排他性が欧州諸国において大衆化したのが彼等の近代化の側面であったとするなら、「日本の文化的なものの多くは、社会一般の空気から離れた、上層の一部によって創造されたものではなく、むしろその時代の社会的の空気から生まれている」とされる。如是閑の「近代」概念では、資本主義生産こそが封建的社会制度を解体させ、芸術の大衆化などをもたらしたことがすでに日本では先行していたことになる。

一般に「近代」とは、如是閑も述べているように、欧州諸国におけるルネッサンスや宗教改革によって、封建的絶対主義がフランスに象徴される市民革命によって解体された時期の総称となっている。この時期に、国民国家の成立、これを支える官僚制、個人主義と人権思想の普及、資本主義経済の拡大などがその内実と指摘されてきた。如是閑の近代観はこのうち、近代化の文化面に着目したものであった。不思議なぐらい、如是閑は日本社会の生産力や生産関係には言及していない。

この文化面に着目した如是閑には、それゆえに、あるいはその結果として、戦後においてもほとんどブレが見られることはなかった。戦後、如是閑は同じテーマを「日本のヒューマニズム」（昭和二八〔一九五三〕年）で、日本人の「ヒューマンネイチャー（人間的なるもの）」としての日本の「ヒューマニズム」をつぎのように論じている。

「世界史的に近代の現象と見られるヒューマニズムが、日本では比較的早期に現われているという特色がある。……ヒューマニズムとは、その社会人の人間的感覚・感情のことで、近代的自由とは、これを圧迫していた封建的統制から解放された人間的生命の自由である。それは原始時代から人間そのものにあったに違いないが、軍国的・政治的統制がそれを圧迫していたのが封建時代で、その圧迫を撥ねのけて、はっきり、そのヒューマニティーの意識を持ち得たのが近代市民であった。ところが、日本では、その人間性が、古代から著しく文学・芸術に現われていたのである。近代的ヒューマニズムは、日本では近代の特徴ではなく、古代から、そして中世、近代を通じて現われていた心理である。」

江戸っ子で大工の棟梁の家に生まれた如是閑は、若いころから庶民の芸能に興味をもち、こうしたもの——欧州で「近代的」といわれた劇芸術も含め——が早くから大衆化してきたところに日本の近代性の特徴があったことをいろいろな文学作品を通して指摘する。アングロ・サクソンの経験主義への好みと、庶民の視点を蔑むような学者たちを毒してきたドイツ臭さを嫌った如是閑の見方は、つぎのような文章にもよく表れている。

「『大陸哲学』を真剣に信仰している（？）日本の学者は、数からいうと、日本人口の〇・一パーセントにも足りないだろうが、しかし日本人口の大多数が、イギリス人のように積極的にその『大陸哲学』をゲジゲジ扱いにする叡智も感覚も持ち合わせていないのがあぶない。ドイツ的イデオロギーの日本版の作者、昭和の軍人に日本を引きわたしたのも、そのような無知から来た無関心のおかげである。……イギリス人の実証主義の立場は、常に現実の、具体的の事実を、平たく、知覚的に認識するにあるので、……ドイツ流の形而上学や哲学に堕してはならない。」

こうした如是閑の「実証主義的」近代観で重要であるのは、国民的言語の成立時期であり、欧州ではこれがむしろ遅れ、日本ではより早期に形成されたとみる点である

「西洋では、近代まで国民的言語の発達しなかったために、その人間的感覚・感情が、国語による高級芸術として表現され得なかったのである。近代に至って国民的言語が発達したので、始めてヒューマニズムの文学ができたが、……日本のように、ヒューマニズムが古代からの文学芸術の形式であり、内容であったところでは、同じヒューマニズムが、あながち近代的表現に限らず、色々の表現をとって来たのである」とみなす如是閑にとって、日本のルネッサンスは欧州よりも早く平安時代にまでさかのぼれるのである。しかも、そのルネッサンス的文学芸術などが貴族階級だけではなく広く民衆に共有されていたととらえた。

イプセンの『人形の家』（一八七九年作）などが日本に紹介され、封建道徳と近代道徳との衝突というテーマこそが近代文学の成立とされたが、如是閑にいわせると、「その時代のモラル（道徳）と人間性との衝突は」何も西洋の近代に限ったことではない。このように考える如是閑は、むしろ日本文化の世界性や国際性を強調していった。「日本のヒューマニズム」の六年後に発表した「日本文化の世界性」で、如是閑は再び日本の近代性を取り上げた。

如是閑の日本文化への理解は戦前のそれとほとんどブレはなく、「軍事征服・被征服の関係を、その国家構

成の歴史に全く持たなかった」日本は古代初期より海洋交通面に恵まれていたこともあり、その当時の世界である大陸文明に対して排他的ではなく、むしろそれを積極的に取り込み、「東西の古代国家と違って、その先進文明の移入を、帝王の首都のみに集中せしめることはせずに、あたかも近代国家のように、海外からの優秀の技術家や生産者の移住を全国に配置した」のであって、これは西洋近代国家の「態度」が先行し、「古代日本は、ヨーロッパの近代国家以上の国民国家」であることが指摘された。ゆえに、明治維新以降の、近代化は西洋文明にすでにふれていた東洋諸国に比しても、日本が近代化において先行しえたこともこのように解釈された。

　とはいえ、日本の文化――「ウキヨエ」とか「カブキ」など――が西洋人によって発見され、「それらの文化形態の底にある日本的の性格を、近代的の思考と言語とで語ったのも、みな西洋人で、日本人はかえって、日本文明の世界性を西洋人に教えられたのだった。……もし近代の人間発見とは、要するに自分が己を知ることであるとすると、今の日本人には、いささかその自己発見の意識が、即ち自覚が足りないようでもある」ものの、如是閑は「現代の日本人に、近代的性格を持ちつづける性能さえ失わなければ、……やがて日本の古典文化にある、近代的性格に立った創造へと進んで、日本独自の、世界性をもった現代的文化形態を生み出すに違いない」と主張した。

　この意味では、戦中の狭隘なナショナリズムと排外主義の日本は、如是閑の日本歴史観にあっては例外的であり、短期のものであり、戦後、日本文化の健全なあり方――国際性――は従来の流れに戻るものとされた。八六歳の如是閑は、「日本文明の総合性」（昭和三五［一九七〇］年発表）で、この点を取り上げている。如是閑によれば、日本文化の性格とは、その「総合性」、「多様性」、「持続性」にあるとされる。

総合性というのは、「日本人は独自の創造的なるものは持たなかったにしても、他国から受け入れたものに対しては、必ずそれを自国流につくりかえ続けて来た」ことであり、他国において観念的なものであってもその実践的効果を求めるところに日本の総合性の特徴があると指摘される。持続性とは、「一国の文化は必ず持続的に発展する」ものであり、日本の場合は、多様な他国文明を受け入れることができることを意味する。如是閑は、こうした日本の総合性は近代の英米人に類似性をもつとつぎのように述べる。

「思想的なるものも、日本は宗教と同じく、日常生活と職能生活との活力と安定のために、力強い実践的効果を持つものに作り変えて、哲学宗教における『絶対理念』のようなものを頭脳の中だけでもてあそぶようなことは、上下層を通じて決してなかった。……いくらかその点で日本人に近いのは、近代の英米人である。日本が近代文明に触れた明治時代に、まずアングロ・サクソン系の文明に近い西洋文明に追従したのは、自覚的ではなかったにしろ、日本国民の伝統的性格に近い西洋文明を選んだわけで、日本人が先進文明を選んだ場合に、直感的に正しい態度を持ちつづけて来たことが思われる。」

如是閑は、日本を第二次大戦へと突き進ませ敗戦をもたらした原因をこの論考でも、軍部と官僚がドイツ文明へ「追従と転向」したことに求める。「明治十年からの日本のドイツ化は、急速に進展して、政治、法律はもちろん、学問、その他一般にわたって文明の典型をドイツに則ることになったので、明治の初めには武官以上に有力だった文官も、これに化かせられて、維新当時の文官の台頭を制圧する力を失ってしまった……アングロ・サクソン系からゲルマン系のそれに転じて、大陸政策と大東亜政策とに盲目的に突進して、ついに昭和の没落となったのだった」と。

したがって、如是閑は敗戦と米国占領を明治期のアングロ・サクソン系への還元ととらえたものの、「日本の中堅はことごとく、大正・昭和以来の歴史に育てられた人たちなので、……早急に明治に返るわけにもゆかない」と指摘した上で、戦後の米国的なものがいずれも日本化させられていく総合性に期待を寄せた。この翌年、如是閑は「文化デモクラシーの国」（昭和三六［一九七一］年発表）でこの点をさらに強調するようになったのは、この五年前、如是閑八一歳のときに米国と英国――戦前には、明治四三［一九一〇］年、三五歳のときにロンドンで開催された日英博覧会取材のため渡英、欧州諸国にも足を伸ばした――を訪れたこととも関連している。

如是閑は、「敗戦後の日本を指導したアメリカ人たちは、日本のインテリ諸君と同じように。この日本の反動的動向を、日本の歴史に伝統的な傾向とみていたものが多い」ことに「文化デモクラシー」という概念を提示して反論している。文化デモクラシーは彼の造語であろう。この見方は、文化の創造者や消費者が社会上部の特定層に集中せず、むしろこの担い手が日本では社会各層に広く分布し、日本の近代性をこうした文化構造に求める如是閑の持論でもある。では、文化的デモクラシーがなぜ日本ではいわゆる政治的デモクラシーにまで昇華しなかったのか。如是閑はいう。

「日本のデモクラシーは、政治以外のあらゆる方面に既に神代に成立して、江戸時代まで持ちつづけられたわけである。明治維新後の、米英文明への追従が、十年後のドイツ化によって中断されなかったら、日本は神武以来わずか一、二回しか行われなかった外征を短い明治年間に三度も繰り返すような過ちを犯すこともなく、従ってアメリカの強制をまつまでもなく、今頃は立派な民主国家となっていたことであろう。」

如是閑によれば、ドイツ化こそが日本の近代性を狂わせ、その文化的デモクラシーを突き崩させ、「文学、芸術等の高級のものは、すべてドイツ的教養で育った少数の知識人の占有に帰して、『文化的デモクラシー』の伝統は影がうすくなった。……先進文明国の文物は選り好みもしないで取り入れるという神武以前からの伝統も、昭和時代には、ドイツ一辺倒に押されて中断されていたが、戦後日本では、その邪魔が除かれたので、盛んに最新の欧米文明が移入され、明治維新後の『文明開化』時代の再来となった」と認識された。

とはいえ、如是閑も認めるように、こうしたドイツ教養層などは日本の人口層のほんの一部であって、なぜ、それが日本社会全体に影響を及ぼしたのか。そこには文化の大衆化を早期に成立させた日本の文化デモクラシーが、日本の社会の深部にまで溶け込み、政治的デモクラシーを成立させなかった日本の近代なるものがやはりあったのである。それは如是閑のいう近代とは大きく異なるものであったことに留意されてよい。日本の対外的膨張主義とその失敗の原因を日本のドイツ化だけに求めるのは、我田引水に過ぎる。

如是閑の視点からは、日本とは過去に遡れば遡るほど近代性が増してくるような社会に映じてくる。これは如是閑の文化史観の特徴である。如是閑の近代史観には、若いころにマルクス関連の著作から学んだであろう生産力と生産関係との緊張を問うような唯物論的な思考は消え失せ、彼自身は文化のあり方を問う姿勢に沈潜していった。

そこに、むしろ、ドイツ観念論——如是閑がいうように、日本の知識人の内面的精神性と思考方法までに深く根を張ったかどうかは甚だ疑問であるが——の「威張り」に反発する「江戸っ子」気質の「張り」のようなものを感じるのはわたしだけであろうか。こうした如是閑とは異なり、日本臣民という「張り」から自由になって日本の戦前を問うたのは辻潤であった。

戦前・戦中・戦後を経済的視点という「張り」から、問い続けたのは石橋湛山であり、「張り」という人間のより内面的な精神から問い続けたのは城山三郎でもあった。

辻　潤

辻潤は、明治一七［一八八四］年に東京浅草に東京市の「俗吏」の長男として生まれた。辻は父六次郎の三重県庁の転勤で東京をすこし離れたことがあるが、東京下町の雰囲気のなかで育ったといってよい。開成中学校に学ぶが、すぐに退学している。同級に、後に詩人となる斉藤茂吉（一八八二～一九五三）や哲学者となる田邊元（一八八五～一九六二）がいた。辻は、英語教育で実績を挙げつつあった国民英学会に入学、英語を学ぶ。卒業後、辻は小学校の代用教員となり、やがて女学校の英語教師となった。

辻は上野女学校の英語教師時代に、教え子であった伊藤野枝（戸籍上はノエ）を知る。福岡の瓦焼職人の家に生まれた野枝は高等小学校を出ると郵便局に勤めたが、一年余りで辞め上京、辻が教鞭をとっていた上野女学校に入学してきた。野枝は在学中に結婚するが二年後に離婚し、辻と同棲しやがて結婚、二男をもうけることになる。辻自身は「教え子」との恋愛が学校の知るところなり、上野女学校を退職させられ、以後、定職につくことはなかった。

辻は代用教員のころに幸徳秋水等が発刊していた『平民新聞』を愛読し始めた頃から、アナキスト等の交友も始まっている。野枝の方は雑誌『青鞜』の編集に携わる。辻夫妻がアナキスト大杉栄（一八八五～一九二三）と知り合ったのはこの頃であった。野枝の方といえば、二男の流二を連れて辻のもとを飛び出し、大杉栄と暮らし始めた。野枝が関東大震災の混乱のなかで東京麹町憲兵隊に拘引虐殺されることになる。辻潤はこの野枝の元「亭主」ということですこしばかり言及されても、「ダダイスト」作家、詩人あるいは評論家として人びとの記憶を呼び起こすことは少なくなった。辻は歴史のかなたに消え去った作家となってしまった。

ところで、教師を首になった辻は定職につかなかった。だが、翻訳、評論や詩を発表するようになった。辻は大正一一[一九二二]年に雑誌『改造』に「ダダの話」を発表したころから、自らを「ダダイスト」と名乗り始めたようだ。大正一三[一九二四]年に、辻自らの精神史のようでもあるし、短編や文学評論のようでもあり、また文学史や社会史のようでもある作品を収録した『ですぺら』が発刊された。

この『ですぺら』には、辻が『改造』に発表した「文学以外？」、「らぷそでぃや・ぼへみや」、『婦人公論』に発表した「ふもれすく」などの作品が収められている。後になって大正デモクラシーで特徴づけられた大正という時代が終焉に向かっていたこの時期に、辻は『ですぺら』で叫ぶようにつぎのように記した。

「人はだれでもみんなめいめいなにかしらの人生観をもっている。意識的或いは無意識的に。持たなければならないものではないが、みんな自然にもっている。人生はただ一ツ。それを見る眼は千差万別だ。そこで色々様々な人生がその色眼鏡に反映する。……うるさいのは自分の色眼鏡をやたら他人に押し売りをしようとする奴だ。自分が考えて、信じているだけでは満足せずに他人にまでそれを押しつけようとする奴だ。

人はみんな自分の好き勝手な人生観を持つことが出来る。しかしそれを他人に押しつける権利はどこから考えてもありそうもない。しかし、押しつけなければ人生観ではないように考えている奴に遇ってはやりきれない。己が今彼奴とケンカをするから御前も一緒になってケンカをしろという奴程厄介な奴はない。ケンカはケンカのしたい奴だけがすればいいのだ。」

この世の中には、辻潤が生きた時代と同じようにいまの時代にも自分の人生観から食べ物の好みまで押しつけたがるおせっかいな人たちはいるものだ。ただし、辻はこうした人間の心理を取り上げているのではない。辻は「六法全書を悉くそらんじなければ国民の資格がないなどといわれたらどんなものだろうか。……歌をつくるなら『万ニョウ集』――ことだまがさきわっているので読むのに恐ろしく骨が折れる――一体、字を覚えるだけで人生の半分暮らさなければならない国などは随分と厄介なものだ。……自分の国の文学だけじゃ駄目で、西洋人の物まで色々と研究しないとエライ文学者にはなれない。……私にはだがどうも今の日本で製造される文学が大半なくなっても別に苦にならない、何を読んで面白くないからだ」とも指摘した。

わたしたちにとって昔である、辻にとっての当時の日本社会――日本という国――の「一緒になってケンカをしろ」という押しつけがましい時代の精神が、辻には我慢ならなかったようだ。国が専売権をもっているわけでもない文学においてすら、辻が当時の時代の流れをそのように感じていた。このあと、辻は「ダダ論」を展開する。

「ダダのことにはダダで話すのが一番いいが、必ずダダで話さなければならないということもない。日本で、ダダイストだという名乗りを揚げたのは僕が一番最初だが、その前に『俺はダダ派の詩人だ』といって僕に自己を紹介した若い詩人に高橋新吉という男がいる。」

辻は自らダダイストと名乗ったのは日本で最初であるといったが、ダダイストではないまじめな日本人によるダダの紹介は当時の「早稲田文学」などで紹介されていた。英語などが堪能であった辻はダダなることばの語源について述べるが、それは何語であるかどうでもいいことだ、とそっけない。

語源的には第一次大戦中の一九一六年にスイスのチューリッヒで欧州各国から危険視されていた亡命者が集まった飲み屋でワイワイやっていたころ、そこで歌っていた女性の芸名をルーマニア人やドイツ人がフランス語辞書からダダということばを見つけ、実に適当につけたのだという説が紹介される。ちなみに、『岩波哲学思想辞典』はこの説をとっている。辻自身は、「どちらでも諸君の好きなように解釈しておけばよい。こんなことの疝気を頭痛に悩む天職は大学のプロフェッソナルとか、博士とかいう人達に任せておけばよい」とこれまたそっけない。

辻によれば、ダダとは「結局、プロレタリアから生まれたアリストクラチックな芸術家なのである。……どんな宣言を発表したかといえば、その要旨とするところは、徹底共産主義及び私有財産制度の廃止を実施すること、インテリゲンチャを国費で養うこと、工業を機械化して労働者に修養の閑暇を得させること……」と欧州の風を紹介するが、日本社会において「諸君がダダになるか、ならないかは諸君の随意である。だが、諸君にダダになる日には恐らく、諸君の生活意識と思想と感情とエトセトラとの破滅の日であることを覚悟しなければならない」とさらにそっけない。日本ではダダ的主張あるいはダダ的生き方がどうも承認されそうにもないというのだ。

ダダイストのレッテルを貼られた詩人高橋新吉（一九〇一～八七）は「とうとう発狂した」と辻はさらっと紹介する。辻は高橋が当時すでに禅の道に入ったことを知っていたが、戦中を生き延び戦後に多くの禅的な詩を残したことを知る由もなかった。他方、自らダダイストと宣言し、「まだ発狂しないでいる」と自らを語り、それは高橋より「意気地がないから」と自己分析してみせた。

辻自身はその後の自らの人生と結末を「ですぱら」を発表した時期にうすうす感じていたかどうかはわからない。高橋新吉について、彼が天才でないとしても「自殺か？　狂気か？――彼のような人間のとるべき道はその二つより他はなかったのである。酸性過多な天才はなまぬるい妥協に遂に我慢しきれなくなるのだ。

僕は石川啄木や、村山槐太を……恐らく同型の人間であることを思わせられるのである。あまりにも本物はいつでもフィリスティンやブルジョワの世界にとっては一大パニックなのだ」と辻は書いた。辻は意識していたかどうかはわからないが、自分自身について書いていたのかもしれない。

辻は、野枝が去ったあと、別の女性と同棲し一男をもうける——六年後に破局、この六年後に別の女性と同棲——。彼は英語教師という正業を離れたあと、『改造』、『婦人公論』、『新潮』などに詩や評論、小説などを発表した。これで生活が成り立っていたとも思えないが、昭和に入ってからは、読売新聞の援助でパリへ伊藤野枝との間に生まれた長男を連れて渡仏し、以後、すこしまとまったかたちで読売新聞に寄稿している。辻は『ですぺら』では、ダダ論をしばらく展開したあとの部分で、わが身についてつぎのように述べている。

「ありがたくも勿体ない大日本帝国臣民たるの籍が抜けない限り、『わが輩』が『猿』でない限り、無能なら無能なりに『職業』というものを持たなければならぬのである。実際なにをやっても碌なことの出来ない己は区役所や、村役場の届けの職業欄には『無職透明』とかなんとかして置きたいのだが、無産者の無職というのは大日本帝国の法律というものが御許しならない。強いてそれを押し通せば、浮浪罪で拘引もしかねない始末だ。」

当時、「友人の下宿や知人の住宅にゴロゴロして、寄食していた」辻は続ける。「『御商売はなんですか？』と訊かれればやむを得ず、『ホンヤクのような仕事をやっているのですが！』と答える。『では著述業ですな』と先様ではなんの苦もなく、簡単明瞭に己の職業に命名してくれるから……引退がるより仕方ない」。わが国で大正九［一九二〇］年に最初に実施された国勢調査にも、職業論にダダイストという分類があったとは思えないが、辻は自らの生き方におせっかいな「大日本帝国」につぎのように異議を唱えた。

「そんな風にして一生を送られるものなら結局太平楽で、世話はないと考えていた。しかし、そうは問屋が卸してはくれない。……この国で生まれたとなれば大日本帝国の臣民で、陛下の赤子だ。その赤子が餓死するのをみすみす見逃しにしてはいられない。……己は全体、なんのために生まれてきたのか？　少年の時学校で教えられたように、国に忠誠を尽くし、親に孝行するために、生まれてきたのだろうか？——国家のために戦場で華々しく死ぬこと、親のために苦界に身を沈めること、御主人のために、骨身を挫いて働くこと、社会の進歩発達に貢献するために学問をする学者、人類の運命を気にしてそのために努力する文芸家、社会奉仕のために節約する金満家、人間の霊魂を救済するために楽隊を鳴らして歩く宗教家、プロレタリアを双肩に担って階級戦のために奮闘する労働運動家……」。

辻の描くこうした人物像は大正期の日本社会像でもあったろう。この時期、売文業とさげすまれた作家たちも大衆読書市場の拡大によって生活も一息つきつつあつた——辻潤がどうであったかは別として——反面、上昇志向が強かった明治の精神にも陰りが見え始めていた。辻はそれをするどく感じ取っていたのである。

辻は父親についても語った。

「死んだおやじなども五十歩百歩の組で、金持ちが一番エライとはいわなかったが総理大臣が一番エラク、学者なら博士が一番エライと己の子供の時分に教えてくれたから恐らくその自分でもそう信じているのだろうか。だが、御自分様はその時分高々月給四五拾円の俗吏より、一歩も出ず、無能で淘汰されてからは、士族の商法のように骨董屋を始めたがそれも一向商売にはならず、息子の教育は碌に出来ず、終始生活を脅かされ、挙句の果てに気が狂って死んでしまったとはなんたる愚かにも気の毒なおやじだったことよ。」

だが、辻にとって何よりも教育の場であったのは正式な学校ではなく、こんなおやじの周りの大人たちや兄弟から「人間の醜悪愚劣なこと」を学んだのであった。いずれにせよ、辻は「傑作とか不朽の名篇などを造りあげようという別段の欲望も野心もない」ままに、文学作品を沈読するようになった。

辻はその後の自らの半生について、中等教育さえ受けていない身の上で「若い時分から飯を食うために働かなければならなかった」事情のなかで、「己を教師などで雇ってくれる学校があったので、どうやらこうやら二十六七までは教師生活にかじりついていたがとうとう我慢しきれなくなってきた」と語っている。その後、辻は「食うことに心身を疲労させている間に、僕はいつの間にか志とか目的とかいうものを見失ってしまった」ところに、物好きな『改造』という雑誌に「日本の大家先生ばかりでなく、遠く海外の名家――アインシュタイン、ラッセル、リッケル……」がいたおかげで、「文士」たる職業範疇ですこしは有名になってしまう。

辻が自らを本当に文士――彼自身は「『文士』という言葉位い凡そ虫の好かない古語はあまりないと思う」ともいっている――と思ったかどうかはわからない。問題は大正という時代精神はすこしばかり有名になった辻潤をどのように扱ったかである。辻自身に語らそう。

「僕はまず文士としてよりも、社会主義者として町の人達から注目されるようになった。……マルクスの経済学の一頁も覗いたこともなく、巡査に尾行されたことも、牢屋に入れられたこともない――それでも世間は僕のことを社会主義だという、――真面目なソシアリストが聴いたら嘸かし苦々しく思うことであろう。……酒と女が好きだといえばデカダン、生きているのがつまらない、実にナンセンスなどといえばニヒリスト、駄原稿を雑誌や新聞に売りつけて売文の恥を曝しているといつの間にか文士になる。その他、危険思想家、自由人、アナアキスト、エゴイスト、コスモポリタン――なんでもござれである。大阪の新聞は嘗て僕のことを音楽評論家だといったそうだ、なんでも勝手に御命名になるがいい。で、僕は面倒臭いから自分では最近ダダイストの看板を自分でかけたのだ。」

辻にいわせれば、こうしたなかで「ダダはいつも自分に対して正直で忠実だ、――ダダは自分の生地そのままで生きてゆくことが好きなのである。ダダは山師ではないのだ、有を無にすることは好きかもしれないが、無を有の如く見せかけることを憎むのである」からして、無を有に見せかけるような「現世の社会組織というようなものに対して一応その時々の自分の標準で批判をしてみないでいられない癖がついた」のかもしれない。辻はいう。

「自分はこの世の中に原稿を書くためにのみ生まれてきたのじゃない、――日本にダダイストを宣伝するために生まれてきたのでもない、――勿論、高橋新吉を有名にするために生まれてきたのでもない――恐らく僕には天職はない筈だ。僕はただなるべく自分が自由に生きたいと思うから、なるべく他人の邪魔をしたくない。」

辻は「これから書こうとするのが小説なのだか、創作なのだか、雑文なのだか自分にも一向見当がつかない」――むろん、読者にもわかるはずもないのだが――無法庵に住む猫、婆さんと彼の物語が『ですぺら』に収録されている。『ですぺら』には辻が『婦人公論』へ発表した文章「ふもれすく」もある。

辻はそれまでもいろいろな方面から野枝について書くように求められたが、これが最初であるとわざわざ断りもしている。辻は号外で大杉栄とともに伊藤野枝が惨殺されたことを知った。大震災が落ち着くと、新聞記者たちは興味津々で辻ではなく伊藤野枝について記事の材料探しにやってきた。さまざまな推測記事が出た。
辻は「ダダイスト」とはいえ、毀誉褒貶の記事などに面白いはずはなかったろう。辻自身が伊藤野枝のことを「ふもれすく」で書いた。「野枝さんがメキメキと成長してきた」ことで著名になり、やがて大杉栄のもとに走ったことで、「これまで度々小説のモデルになったりダシに使われたりしているが、未だ一回たりともモデル料にありついたことがないほど、不しあわせな人間」である僕（＝辻潤）の存在意義について、辻が皮肉交じりにつぎのようにいう。

「僕の生活は浮遊で自分では生まれてからまだなに一つ社会のためにも、人類のためにも尽くしたことがない位にバイ菌でもあるが、……三面種を提供して世人をしばしの退屈から脱却せしめる点に於てもあまり無意味でもなさそうだ。なにも大日本帝国に生まれたからといって、朝から晩まで青筋を立て、シカメッツラをしてなん等生産にもならないやかましい議論をして、暮らさなけりゃならないという義務もあるまい。偶には僕のような厄介な人間一匹位にムダ飯を食わして置いたとて、天下国家のさして害にはなるまい。……警察の諸君も御心配は御無用だ。……全体、神経が過分すぎる。脅迫概念が強すぎる。洒落やユウモアのわからない野蛮人に遇っては助からない。……社会主義というものがどんなに立派なイズムだか知らないが、それをふりまわす人間は必ずしも立派な物じゃない。仏や耶蘇の教義だって同じことだ。仏教やヤソ教の歴史を考えても見るがいい。神様をダシに使って殺人をやった野蛮人がどれ程いたか。野枝さんや大杉君の死についてなんにもいいたくはない。」

辻は野枝を「一躍して婦人解放運動者となり、アナアキストとなって一代の風雲児と稀有なる天才の最中、悲劇的の最期を遂げたるはまことに悲惨である。……開いた口が塞がらない程に馬鹿げたこと」であり、野枝等の惨殺に関与したとされた憲兵隊の甘粕について、「同じ軍人でもネルソンもあればモルトケもいれば、乃木大将のような人もあるかと思うとアマカスとかマメカスという様な軍人もいる。……鮮人が放火人で、社会主義がバクダンでボルシェビキが宣伝ビラで、無政府主義が暗殺で、資本家が搾取でプロレタリアが正直で、唯物史観がマルクスで、進化論が猿で、大本教が御筆先きで、正にあるべき筈なのが大地震であったりしては、……至極迷惑な道理である」とこきおろした。

個人のそれぞれの生き方に決して寛容であるようには思えない大日本帝国への皮肉ともとれるような文章ではじまりダダを論じた『ですぺら』の最期は、やはりダダ論で終わっている。「過去よりも、未来よりも現在を愛」する辻潤にとって、わたしたちが後に大正デモクラシーで思い浮かべる大正時代とは、決して寛容な社会ではなかったことを訴えているようにわたしには思える。

「私は、いま、日本に生まれたダダイストのことを考えているのです。ランプやトンネルやステッキやシャボンやキネマは全体何処の国の言葉でしょうか。学校の先生達がきている衣物はどこの国の衣物でしょうか。キネマや、蓄音機や、写真機や、アイロプレーンや、万年筆や、印刷機や、その他エトセトラはみんな僕等の生活を構成している要素の一部分です。……ダダは立派な日本語です。誰かが朝鮮を日本だというように、印度を英国だというように。」

辻は大正が昭和となる一年半ほどまえのこの文書で、昭和という偏狭で閉塞感が強くなりつつあった時代の行く末を示唆していた。辻はダダイストの運命を自殺か発狂かと問い、「この国で生まれたとなれば大日本帝国の臣民で、陛下の赤子だ。その赤子が餓死するのをみすみす見逃しにしてはいられない」と述べた。

辻自身は四九歳のときに、名古屋で警察に保護され精神病院——前年も斉藤茂吉の診断で青山脳病院に入院――に収容され、敗戦の一年前に誰にも知られずそっと静かに餓死することになる。それは辻流の「ダダイスト」としての生き方であったかもしれない。

ところで、読売新聞の欧州特派員として戦前長くパリに過ごした松井邦之助（一八九九～一九七五）は昭和四二［一九七七］年に「辻潤の人間像」という評論を残している。松井は、日本の社会か辻潤か、どちらが狂人かと問うたのだ。明治以来の近代化精神がもたらした「偉人」像――松井の言葉では、「経世家」、「実学の徒輩」など――とは、「明治、大正、昭和にかけて、全国に満ち満ち胃袋を気にする民衆が、専制偽善な政治によって、卑屈にされ、盲従に馴らされ、忠順を誓わされ、精神的にまったく虚勢された人間族」のなかにあって、「その巨大な群族の方を振り返って、『お前たちは、狂った時代の狂人ども』といって絶望の宣言書をたたきつけたのは『狂人』辻潤だったのだ」と述べている。

戦前・戦中をパリなどに過ごし戦後帰国した松井にとって、外からみた日本社会とは「愚民を濫造した」祖国として映っていた。松井はいう。

「はじめから『間違い』があったので、この『間違い』に気づいて、絶望した辻個人が狂人か、その間違いに騙されていた忠良なる民草が気違いにされていたのか、そのへんのことは『太平洋戦争』という現代史がすでに答えを出しているはずだ。」

酒飲みでありかつ猛烈な読者家でもあった辻潤は、透明人間――彼のことばでは「無色透明」あるいは「無産者の無職」――として生きるわけにもいかず、大日本帝国の臣民としては無能なら無能なりになんらかの職業をもたなければ許してもらえない――もっとも、もちたくとももてなかった人たちも相当数いたのであるが――日本社会にあって、お世辞にも経世家とも、実学者ともいえなかった。そのダダ論でただ自分の価値観を大切にして自分に正直に忠実に生きて、なるべく他人の邪魔をしたくないというささやかな「宣言」をした辻潤が、果たして狂人だったろうか。いうまでもなく、これは二回ほど精神病院に収容された経緯を離れてである。

松井は「彼は、狂った世の中で、正常純粋は認識と感情で生き抜いた非凡人であり、彼のいう『白雉』の心境で、現在ある日本の姿を予言していたことは事実である」と高度経済成長の真っ只中でこの文章を残した。行動派「アナキスト」の大杉栄や伊藤野枝の華々しさのなかで、アナーキーでダダイストであった辻潤は忘れ去られていった。そして、彼のアナーキーがどこかで消しさられ、ダダイストだけが墓碑銘として残り、一部の人たちの記憶の中にだけ残った感がある。

だが、『ですぺら』に残された辻潤の叫びは、酔っ払いでディレッタントな詩人の戯言ではないのだ。松井はいまもむかしも「経済的動物」が群れる日本社会において、辻潤をいまもむかしも「無抵抗の『のんしゃら』（どうでもいい主義）な人間と見るのは大きな誤りである」とみて、辻潤という人物をつぎのようにとらえた。

「彼は、日本の途方もない偽善社会、その悪質陰険な権力政治の欺瞞に『忿恨』をぶち投げるために『絶望の書』『ですぺら』など、六巻の著作を残した。社会行動家の抵抗は、それが実践であり、歴史を変えるがごとく華々しく顕著である。だが、その実践行動が、イデオロギの衣を着、政治づいた行動となる限り、永い歴史の眼で観れば、所詮、テンポラルなものといわざるをえない。辻潤の才能、あるいは彼の『人間的あり方』は、日本の土壌で発見され、理解さるべくあまりにも、その環境や、また歴史の宿命をもった精神風土が、形而下であり、プラグマティックでありすぎた。そしてそのことは、現在においても同様である。日本では自我人的伝統は、ほとんど皆無であり、いまもなお、そうした伝統が育ち難い悪条件ばかりが揃っている。」

戦後日本社会を見ることなく辻が亡くなって七〇年ちかくが過ぎ、戦後の高度成長期のなかで、日本はなにも変わっていないのではかと心中で叫び、日本では稀有ともいえた自我人であった辻潤を松井邦之助が論じてから四〇年以上が過ぎようとしている。

わたしは辻潤に日本における自由主義者のあり方とその結末をみる思いがする。辻潤と日本、どちらが狂人だったろうか。

石橋湛山

石橋湛山（一八八四〜一九七三、本名省三）は、戦前、記者としてあるいは編集者や経営者として永く関わった『東洋経済新報』の自伝的随想に手を入れ、自らの生い立ちと日本の敗戦以後のことなどを書き加え、朝鮮戦争のころに『湛山回想』を毎日新聞社から出版した。この回想録は自伝としてのみならず、日本の近代化なるものを知る上で興味深い史料となっている。

石橋は『湛山回想』で普通選挙運動に関わらせて、のちに「憲政の神様とまで敬われた」尾崎行雄―当時は東京市長――に雑誌記事取材で会った時のエピソードなども紹介しながら、日本の近代化――民主主義の普及と政党政治の未成熟――の課題を実に明快なことばで分析してみせる。石橋は日本社会での民主主義意識についてつぎのように記した。

「日本の普通選挙は、あまりにもおくれて行われた。大正十四年にその法律が議会を通った時には、最早これに対してわれわれは感激を失っていた。何だ、今ごろになってようやく男子普選かと、いささか鼻であしらう気分であった。せめて大正八、九年ごろに尾崎さんと同様に、時勢の変化を早く察し、普選実行の決意をいだいたら、日本の民主主義はその時代にもっと固まり、したがって昭和六年以後軍閥官僚が再びその勢力を盛り返すがごとき不幸を防ぎ得たかもしれない。……しかるに当時の諸政党は、いずれも民主政治を口にし、……当面の政権争奪に目がくらみ、互いに相反撃して普選の実行をもはばみ、反民主勢力に乗ぜられるすきを作った。」

広く国民の意見を聞くという意味での民主主義は、明治元年の「御誓文」にすでにある。にもかかわらず、「日本の民主政治は十分の成功を収め得」なかったのはなぜか、と石橋は問う。国民の意識以上に、政治家の意識の在り方に石橋はその「源流」を求めた。

「その源流を尋ねれば、けだし元来中国の政治思想に養われた人々であったことであろう。中国の政治理想が王（すなわち理想的独裁者）たることであって、民主主義ではないからである。……しかしそれはたとえば牛飼が、牛を大切にしなければならないと教えられるのと等しい。王の利益を保護する手段として考えられた思想である。しかるに王道を敷くには、まず王の位地を獲得しなければならない。それには力を用いる要がある。けだし中国には覇道なるものが生まれた理由だ。明治以来の日本の政治が、形体は一応民主化されながら、本質において政権争奪の修羅場化したのは、すなわちこの覇道政治に堕したものといえる。」

明治維新そのものは、民主主義の原理や民主主義政体に目覚めた人びと——こうした西欧思想を知識として知っていた学者がいたが——や、あるいは自らの経済力に見合った政治権力を欲した商工業者たち——一部の商人が浪士たちに資金援助をしていたが——が起こしたものではない。それはいわゆるウェスタン・インパクト——西欧列強の帝国主義的膨張——がアジアに押し寄せ、徳川体制下では日本の独立を維持できないと慌てた薩長土肥などの若い藩士たちや脱藩浪士たちが、自分たちの藩を中心に西欧諸国に対抗しうるための変革を行ったものであった。

必然、平安を貪った徳川親藩や旗本たちとは異なり、彼らは徳川家から生命をかけて政権を奪取し、明治政府を打ち立て、旧来の藩主たちや武士層の確執のなかで藩閥政治が形成されていった。彼らにとって民主主義政体を認めることは、旧秩序で重きを為した社会階層の復活を意味するものであり、自分たちの政権を不安定にさせるものとしてとらえられた。

不幸であったのは、明治の政治家たちが自分たちの出身旧藩の復活を夢見て、藩閥政治そのものを形成していた政治システムを問題視せず、それにとって代わる新たな藩閥政治を持ち込もうとしたことであった。石橋は日本の「政党政治」なるものの問題点をつぎのように見事に指摘している。

「彼らと（引用者注—薩長という二大藩閥以外の旧藩に属する政治家たち）その一味とは、この形勢に対処する手段として、政党を組織した。……政党は必然民主主義運動を伴わなければならない。日本の政党ももちろんその方向をたどった。そかしそれは方便であって、……薩長閥を倒し、政権を獲得することにあった。換言すれば、日本の政党は民衆のために起こしたのではなく、政治家が民衆を利用する方法としてくふうしたのであった。」

それでも、明治政府が成立し、時間が経過するにつれ、政党政治というかたちで、日本国の国民とされたあらゆる階層の人たちの意見が国政に反映すべきとする機運が高まらなかったわけでもなかったのである。

だが、実際には、藩閥打倒が困難とみた政治家たちは、藩閥政治家と妥協するため、あるいは妥協されるための政党が出現することになった。

いま振り返ってみて、政友会や憲政党たちの政治理念が何であったかといえば、政権獲得のために結成されたとしか言いようがない。日本の政党史にみられる政党間あるいは政治家間の集合離反を振り返れば、石橋湛山のいう「政党と藩閥との苟合妥協史（時おり両者は反発したが）であった」といえよう。

石橋はこうした政党と藩閥との苟合妥協が「大正初期の折角の民主主義運動」を「ほとんど竜頭蛇尾」に終わらせ、政権をとって何をするのではなく、政権を奪取することだけが目的化した泥試合こそが「藩閥軍閥のだき込み」競争と政治家の暴露戦術を生み出し、やがて日本社会を戦争に駆り立てていったと指摘する。この泥試合は金融恐慌を回避させたどころかさらに悪化させ、やがて大恐慌の影響を大きなものにさせたと石橋はみる。石橋はつぎのように振り返った。

「およそ大正から昭和にかけ、政党の勢力がさかんになって以後の政党政治家は、年から年じゅう、こうした政争を事としたのである。しかしてついに群衆問題、満州問題等を政争の具に供し、軍部を利用するにいたり、政党自らその身を滅ぼし、また国を滅ぼした。」

石橋の視点では、明治以来の藩閥政府の成立とこれに反発し藩閥政府打倒を目指した政党政治なるものは、日本の政治の成熟を遅らせ、それを未成熟なままに終わらせた、藩閥政府を支えた官僚政治家がその主犯であったなら、これを打倒しようとした政党政治家はその共犯なのである。

この主犯と共犯がやがて軍部――むろん、これも武器をもった官僚である――の独走を許し、石橋の「政治学」で見落とされなかった中国や韓国のナショナリズムの強さを誤認し、石橋の「経済学」で当時の日本経済の現状では決して支えることの出来ない軍備——これは決して軍需スペンディングによる経済効果だけではなく、それ以上に戦地などでの軍隊の駐留費用を膨張させる点においても——を拡張させてしまったのである。

石橋は政治学や経済学を大学で専攻したわけではなかった。早稲田大学での専攻は哲学であって、その頃は宗教家か地方中学の英語教師あたりを目指していたようである。むろん、学生時代に、政治学などは勉強しなかったであろう。だが、卒業後、偶然とはいえ、のちに新劇指導者として名を為す島村抱月（一八七一〜一九一八）の紹介で東京毎日新聞社の記者となり、足でかせぐような社会部に配属され、政治家たちなどへの取材で日本の政治の実態を垣間見た。湛山の毎日新聞記者の生活は七、八か月ほどであり、しばらくして一年志願兵として東京麻布歩兵連隊で兵役に就いている。

その後、石橋が三〇年以上にわたって記者などを務めるようになる東洋経済新報社への入社は明治四四［一九一一］年のことであった。湛山の回想録にある当時の編集室の図では、湛山の前に『東洋時論』の創始者で、のちに『東洋経済新報』編集主幹として「小日本主義」を掲げた三浦銕太郎（一八七四〜一九七二）——のちに同社社長——、その隣に労働組合運動の指導者として知られることになる片山潜（一八五九〜一九三三）などがいた。湛山にとって生きた政治学を学ぶにはこれ以上の人物と学習環境はなかったであろう。

湛山は東洋経済新報社に入社したが、担当は後年その主筆となる『東洋経済新報』ではなく、月刊『東洋時論』であり、社会評論や思想評論の編集であった。『東洋時論』は大正元［一九一二］年一〇月号を最後に『東洋経済新報』に併合されていくことになる。湛山は当時をつぎのように振り返っている。

「哲学書生であり、学校卒業後は新聞や雑誌に思想評論を書くこともしていた私には、経済とは違い、政治はそうむずかしい題目ではなかった。しかしこれも具体的に実際問題を取り扱うことは、東洋経済新報社に来て初めての経験であった。しかもその第一に接触したのが普通選挙問題であったことは思い出が深い。」

湛山は当時の東京市長であった尾崎行雄（一八五八〜一九五四）などを取材している。普通選挙制度をめぐる日本の政治状況を通じて、湛山は多くのこと、とりわけ、日本の政治体質について多くを学んだ。「当時の諸政党は、いずれも民主政治を口にし、また実際その確立の必要も認めていたと思われるが、当面の政権争奪に目がくらみ、互いに相排撃して普選の実行をもはばみ、反民主政略に乗ぜられるすきを作った」という湛山の観察では、やがてこの「すき」が軍部に利用されることになる。この時の経験が石橋の経済学をより実践性の高い政治経済学とするのに役立ったに違いにない。

さて、哲学徒の石橋湛山と経済学との関係である。石橋は回想録で自ら経済学へ取り組むようになった事情について、「私は、もともと宗教家として働くつもりで、学校でも哲学科を選んだ。東洋経済新報社に入社したのも、『東洋事情』の編集のためであって、経済記者としてではなかった。……東洋経済新報社に来て見ると、元来が経済を専門とする雑誌社であるから、幾ら自分は『東洋時論』の受持だといっても、経済の話がわからなくてはおもしろくない。いわんや経済は自分としても一通り知って置いてよい学問だから、この際どんな物か勉強して見ようという気になった」と振り返っている。

石橋は早稲田大学の天野為之の『経済学綱要』や、当時の経済学の標準的教科書あたりとして高等商業学校や早稲田などで使用されていたセリグマンの『経済学原理』などから始めて、自宅から会社への通勤電車の中で得意の英語で経済学書に本格的に取り組んでいった。

概していえば、当時の日本の経済学は、先進国に追いつくための国民経済学として発展したドイツ経済学の問題意識とその影響を大きく受けてきた。(*) こうしたなかで、日本の現実により根ざした経済学を目指したのは農業や中小商工業を研究対象とした経済学者であった。彼等はドイツなどの経済理論の有効性が、経済の現実の場としての日本の農業や商工業の現状分析とその問題解決に有効ではないことにいち早く気づいたからであった。日本の農業や中小商工業の分析は、やがて人口過剰論を中心とする日本の経済学、とりわけ、経済政策学を成立させていった。

＊輸入学問としての日本経済学、あるいは、そこから自立を目指した日本経済学の歴史については、つぎの拙著を参照のこと。寺岡寛『通史・日本経済学―経済民俗学の試み―』信山社、二〇〇四年。

石橋がのちに満蒙問題や中国出兵問題に関する社説で、日本の過剰人口問題を論じ、自由貿易理論によって移民や短兵急な領土拡張による経済安定をはかる経済政策を強く批判できたのは、こうした地道な研究と現実の世界経済の動きを的確に把握していたためであった。経済の現状――「経済」学では当たり前のことであるが、時に学会経済学や教壇経済学では「経済学」学が優位を占めた――を重視した石橋は、日本の人口過剰論的経済学が指し示す経済政策の有効性をつねに問い続け、三浦銕太郎の小日本主義を継承し、自由貿易を主軸として発展できる日本経済の現実的可能性を一貫して主張した。

石橋湛山は大正一〇［一九二一］年七月後半から三回にわたって「社説」に「大日本主義の幻想」を連載した。湛山は朝鮮・台湾・関東州（満州）と日本の貿易利益と英米などとの自由貿易利益を比べた上で、「朝鮮・台湾・樺太を領有し、関東州を租借し、支那・シベリヤに干渉することが、我が国経済的自立に欠くべからざる要件だなどという説」（＝大日本主義）に疑問を投げかけた。日本人の移住という面からしても、人口問題の解決には程遠いことが主張された。そして、経済的利益と軍事問題との関連について湛山はつぎのように述べた。

「経済的利益のために、我が大日本主義は失敗であった。将来に向かっても望みがない。……また軍事的にいうならば、大日本主義に固執すればこそ、軍備を要するのであって、これを棄つれば軍備はいらない。国防のため、朝鮮または満州を要すというが如きは、全く原因結果を顛倒せるものである。」

経済的現実という面では、「朝鮮・台湾・樺太または満州という如き、これぞという天産もなく、その収入は当時の費用を償うにも足らぬが如き場所を取って、而して列強のその広大にして豊穣なる領土を保持する口実を与うるは、実に引き合わぬ話しである」とみた。また、日本移民を排斥しようとしている米国に対しても必要以上に批難することについても、「労働者を移民として外国に送り出し、外国労働者と競争させるなどということは、……決して利益でもなければ、名誉でもない。……一人の労働者を送る代りに、その労働者が生産する生糸をまたはその他の品を米国に売る方が善い。またあるいは米国からの棉花を輸入して綿糸を紡がせた方が善い」という見方は湛山の自由貿易観であった。湛山の自由主義者としての経済学がつぎのような指摘によく表れている。

「資本がないならば、いかに世界が経済的に自由であっても、またいかに広大なる領土を我が有しても、我はそこに事業を起せない。ほとんど何の役にもたたぬのである。しからば即ち我が国は、いずれにしてもまずその資本を豊富にすることが急務である。資本は牡丹餅で、土地は重箱だ。入れる牡丹餅がなくて、重箱だけを集むるは愚であろう。牡丹餅さえ沢山に出来れば、重箱は、隣家から、喜んで貸してくれよう。而してその資本を豊富にするの道は、ただ平和主義に依り、国民の全力を学問技術の研究と産業の進歩とに注ぐにある。兵営の代りに学校を建て、軍艦の代りに工場を設くるにある。」

湛山のこうした自由主義経済観は、その自由主義政治観にもよく貫かれていた。明治以来の中央集権的な官僚政治と画一主義は、人びとの自由な発想と経済活動への取り組みを引き出すことが困難であるとの湛山の認識は、「社説」にもたびたび登場していた。普通選挙の実施による政治と分権主義こそが湛山の「小国主義」の政治的主張であり、大正から昭和に入っても変質することは決してなかった。議会主義と自由な討論こそが、湛山にとって小国主義を補償するものであった。

しかしながら、日本の政治と社会、そしてこれを支える経済は大きく行き詰まり、議会主義と自由な討論は形骸化し、やがて大きな制限を受けていった。日本は中国政策――満蒙問題――で大きな失敗を重ね、それを取り戻すためにさらに大きな失敗を重ねた。いわゆる昭和六［一九三一］年九月に勃発した満州事変から一週間後の社説「満蒙問題解決の根本的方針如何」で、湛山は大正四［一九一五］年の中国への二十一ヵ条要求(*)に言及しつつ、国民統一のための中国のナショナリズムの高まりについて日本の明治維新のころを振り返れば理解すべきであり、「満蒙問題を根本的に解決する第一の要件は、……支那の統一国家建設の要求を真っ直ぐに認識すること」と訴えた。

＊二十一ヵ条要求――第一次大戦中に、日本政府（大隈重信内閣）が中国の袁世凱政権に対してドイツの山東省権益の継承、南満州権益の延長などを二十一ヵ条――対華二十一ヵ条――にわたって要求した。これにより中国の対日感情は大きく悪化し、対日抵抗が激化していった。

中国の統一国家への動きは決して日本の安全と繁栄を妨げる性格のものではなく、満蒙占領は日本の人口問題の解決にも経済発展にも役立っていないことを強調した。湛山はこれ以降も満蒙問題への軍事的解決に批判的な論陣を張ると共に、日本の真珠湾攻撃による太平洋戦争勃発に先立つ数か月まえに、神戸や名古屋などで「百年戦争の予想」という講演で戦争の行方を論じている（速記録をもとにした原稿は『東洋経済新報』の「論説」に収録）。

湛山は第一次大戦以来の総力戦化した戦争は、戦争中のみならず戦後の世界秩序を大きく変え、多くの問題を未解決のままにその後に残してきたことがさらなる世界戦争を引き起こしてきたことを歴史的に振り返った。経済についてみても、従来の資本主義体制が行き詰まったとして計画経済や全体主義的な経済運営を行う国がでてきたが、これは官僚制に基づくものであって企業家が自らのリスクで行う効率性の良い資本主義経済体制からすればやがて行き詰まることを、湛山は予想した。

湛山はスターリン、ヒットラーやムッソリーニも「百年に一人出るか、二百年に一人出るかという傑出した人物であるよう」だが、彼等もまた官僚であり、「官僚という者に、今後の国内国際の経済を運営して行く力があるかどうか。経済の運営を担当して行く力がなければ、政治も支配して行けない」と述べた上で、かといって英米の資本主義国が行っているブロック経済も自由貿易による世界経済の安定と成長を阻害することを正確に見通している。湛山は自由貿易体制の堅持こそが世界経済のみならず各国経済の安定につながることを熱心に説いている。この視点は、戦後、湛山の論考や講演録などを見ても一貫して主張されている。

湛山は若いころから、アダム・スミスからアルフレッド・マーシャルなどに繋がる英国の自由主義経済学に多くを学ぶと同時に、マルクスの『資本論』などからも純粋な市場経済制度もまたあり得ないことも学んでいた。昭和恐慌から金解禁論争のころに、湛山のみならず日本の経済記者は忙しい日々を送った。

湛山は「金解禁問題以来、経済を知らずに、世の中のことはわからないという観念が一般にひろがって、経済雑誌は、単に財界人だけの専門雑誌ではなく、いわば大衆化するにいたった」と当時を回顧した。金解禁のもたらす現実的な影響については、湛山は、単に理論家からだけではなく、生きた経済の動きを知る現実経済学者のケインズなどの論文からも多くを学んでいた。

ここで興味ある対比は、日本銀行総裁を経て蔵相を務めた井上準之助（一八六九〜一九三二）と石橋湛山である。この対比は、官僚的経済学と実態派的経済学との対比でもあった。湛山は回顧録で井上準之助と当時の光景についてつぎのように記した。

「昭和五年から六年ごろ、井上蔵相は、金の再禁止をやってもよいが、それでは、金解禁に反対することで飯を食っている連中が困るであろうと放言したと、当時何かの新聞に出たことがある。たぶん私とか、高橋亀吉君とか、小汀利得とかをさしたのであろう。井上という人は、そのくらいのことをいう人であった。しかし、それも必ずしも当たらない悪口とばかりはいえなかった。井上蔵相が無理な金解禁をやったために、経済雑誌あるいは経済記者が、大いにはやらせてもらったことは確かに事実であった。むろん、世の中のためには悲しむべきであった。」

井上準之助は、大分県の造り酒屋に生まれた。石橋湛山より一五歳ほど年上であった。東京大学法学部卒業後に日本銀行に入行し、英国などに留学した後、若くして営業局長を務めた。一五年間ほどの日銀勤めのあと、横浜正金銀行に入り頭取を務め、大正八［一九一九］年に日銀総裁となった人物である。井上は大正一二［一九二三］年の第二次山本内閣で蔵相となり、翌年、貴族院議員に勅撰され、政界入りを果たした。昭和二［一九二七］年の金融恐慌の際には、高橋蔵相の要請により再び日銀総裁となり、関東大震災の震災手形の処理をめぐって起こった信用不安の収拾に当たっている。

昭和四［一九二九］年に井上は浜口雄幸内閣の下で蔵相となり、緊縮政策を実施して、翌年正月明けに金解禁を断行した。二年後に暗殺された浜口首相に代わり民政党総裁となる。昭和七［一九三二］年二月、井上は選挙応援演説のために訪れた小学校で、血盟団の青年によって背後から撃たれ命を落とした。

わたしの手元にその翌日の東京朝日新聞朝刊の井上暗殺記事のコピーがある。病室に運ばれている井上蔵相の写真とともに大見出しには「応援演説会場の入り口で、井上前蔵相射殺さる。兇漢、拳銃三発を連射。その場で捕縛」とある。小見出しには「手術室に運んだ時、早や既に絶命」と医師の「ほとんど即死」というコメントも掲載された。その下に「民政党支柱を失ふ、総選挙を控へ大打撃」という政界観測記事がすでに登場していた。その左下には、「呉淞砲台を目指し、我が猛攻撃つづく」という記事もある。

同年一月一八日に日本人僧侶が上海で中国人――のちに日本陸軍特務機関に教唆されたことが判明――に射殺されたことをきっかけに、海軍陸戦隊が上海に急行し、十日後、中国軍と交戦し、海軍はその後も次々と増派を重ねた。上海事変の勃発であった。記事は井上暗殺の六日前に航行中の海軍艦船三隻に砲撃を行ったことへの報復として、日本海軍陸戦隊が呉淞砲台への攻撃を開始し、戦闘継続中の状況を報道したものであった。三月三日、海軍は砲台を占拠している。この二日前には、日本陸軍主導で満州国宣言が発表されていた。以降、日本の政治は軍部が握っていく。井上の暗殺と上海事変を奉じた昭和七［一九三二］年二月一〇日のこの朝刊記事はその後の日本の命運を象徴していた。

井上は幼いころからの負けず嫌いであり自信家でもあった。この性格が結果として早くして日銀のプリンスとなり、若くして日銀の営業局長に抜擢されたが、すぐに横浜正銀に転じたのも、同時に人とぶつかり合うことも多かったことに起因した。井上は蔵相や日銀総裁を務めてからも、自らの政策を強引に実行した。

自ら権威主義を嫌うことで自らが財政や金融について権威主義となっていったことは、井上にとって皮肉すぎるぐらい皮肉であった。井上は良くも悪くも負けん気で自信家であった。

日本にとって不幸であったのは、金解禁をめぐる金融観あるいは金融「勘」において、井上が自らの経験と理論に自信を持ちすぎたことであった。井上は金融恐慌の際に蔵相として周囲の慎重論にもかかわらず、モラトリアムを実行し事情収拾しえたことで金融財政政策に自信を持っていたこともあった。この点において、ケインズらの現状認識と実態としての経済のあり方が変化しつつあったことに敏感で、それを認識する上で柔軟であったのは石橋湛山の方であった。

井上準之助は過去の経済理論と蔵相・日銀総裁としての官僚的経済学に、必要以上にこだわった。一緒に緊縮財政と金輸出解禁の政策を打ち出した浜口雄幸が暗殺されたことで、政策実行こそを残された自分の責任とした。結果としてみれば、昭和四［一九二九］年一一月の金解禁——「金貨幣または金地金輸出取締等に関する大正六［一九一七］年の大蔵省令」を廃止する大蔵省の省令。実際の実行は昭和五［一九三〇］年一月であった——は、当時、ますます厳しさを増していた世界恐慌という台風に向かって窓を開いたようなことになった。十分に体力回復できなかった日本経済にとって、金の流出が続いた。

井上等は金本位制による正貨流出が短期間続いた後に、日本の通貨量減少による物価下落と輸出促進によって日本経済が回復すること期待した。それゆえに、金解禁のすぐ後に、その是非を問うかたちで衆議院を解散して総選挙に打って出た民政党の浜口は、政友会を百票近く上回る議席数を得た。だが、その後、期待された日本経済の回復は遅れず、むしろデフレの深刻な影響が農村などを襲うことになる。

昭和六［一九三一］年一二月一三日、浜口内閣（民政党）を引き継いだ犬養毅首相（政友会）は、その日の初閣議で金輸出再禁止を決定した。その犬養も半年後、首相官邸で暗殺——五・一五事件——されることになる。日本の暗黒時代といってよい。

石橋湛山は回想録の「新日本の構想」でこの暗黒時代について、「日本は、どうして、あの無謀な太平洋戦争を起し、亡国の一歩手前まで転落するにいたったか。その主たる責任が、昭和六、七年以来、しだいに増長した軍部の専横にあったことは、いうまでもない。だが、しからば軍部は、どうして、さような専横を働くにいたったか、それには私は大いに日本の政党に責任がある」と論じた上で、日本政治の転換点を浜口・井上の暗殺から犬養の暗殺された時期に求めた。

政党政治家の政権争奪戦のために軍閥官僚の力を利用するところに問題があり、政権の先にある日本のあるべき姿とこれを可能にしようとする政策面での貧困こそが亡国の原因とする湛山の半世紀まえの指摘は、そのまま現在の日本政治の貧困さを見通しているようでもあった。

城山三郎

城山三郎は、金解禁をめぐる首相浜口雄幸と蔵相井上準之助の生き方を小説『男子の本懐』(『週刊朝日』に昭和五四[一九七九]年三月から一一月まで連載)で描いた。「男子の本懐」とは東京駅で狙撃され重傷を負った浜口がその苦しさのなかで言い放ったことばであった。

金解禁をめぐっては、それを予想した為替市場でドル買いなどを通じて大きな利益を確保した財閥系商社などがあった反面、国内デフレによって日本の農村や中小商工業者は苦渋にあえいでいた。この元凶を二人の政治家とみた若者が彼等の命を奪ったのだ。

城山はこの小説の終わりを「青山墓地三条　木立の中に、死後も呼び合うように、盟友二人の墓は、仲良く並んで建っている。位階勲等などを麗々しく記した周辺の墓碑たちとちがい、二人の墓碑には『浜口雄幸之墓』『井上準之助之墓』と、ただ俗名だけが書かれている。よく似た墓である」と結んでいる。城山の小説やのちによく書くようになった評論などにも共通したテーマはすでにこの作品によく表れている。

一橋大学で経済学を学び、愛知県の小さな大学で経済原論などを教えていた城山にとっては、井上準之助の経済理論や金融財政策にも当然ながら興味があったろうが、作家としての視点は井上等の筋を通して変節しない生き方そのものにあったように思える。

この作者であった城山三郎（本名、杉浦栄一）は平成一九［二〇〇七］年三月下旬に世を去った。新聞・雑誌は城山を日本での経済小説の開拓者として紹介し、その死を悼んだ。半年後、ＮＨＫ教育テレビは城山三郎を取り上げた。番組での紹介者の一人は元通産官僚で大分県知事を務めた平松守彦であった。

この二人の邂逅は日本のオイルショックのころであり、それは偶然であったという。当時、城山が取り組んでいた『官僚たちの夏』のモデルとなった通産次官が平松のかつての上司であったことから、城山から平松に取材の申し込みがあり、以来、公私にわたって付き合いが続いた。平松は番組の中で平成二［一九九〇］年に城山から受け取った年賀状にあった一文を紹介した。そこには、「深く生きた人を追って、また一年。流れの速いこのごろです」とあったという。

城山三郎は経済小説のほかにも多くの著作を残したのはいうまでもないが、その経済小説において彼が描こうとしたのは日本経済そのものではなく、その背後にある日本社会において「深く生きること」の困難さが何に起因しているのかを「深く生きた人」を通じて描いたことであったのではないか。わたしは城山三郎の根底には社会科学小説観があったと思う。城山にとって、深く生きる人とは変節しない人のことであり、それは城山三郎の若き日の体験に根差していることは本人も語っている。

城山は昭和二[一九二七]年に名古屋市で生まれた。商業学校から徴兵免除があった工業専門学校へと進んだが、一八歳で海軍特別幹部練習生として志願入隊した。だが、特攻訓練のなかで終戦を迎えた。すでにふれたが、戦後、一橋大学で経済学を学び、故郷で十数年間ほど大学講師など務め、上京し作家となる。

私の城山三郎読書史に脱線すれば、わたしが城山の作品を読むようになったのはその題名に惹かれて、日本経済史の副読本代りに読んだきわめて実利的な理由からであった。たとえば、鈴木商店の番頭金子直吉とその周辺を描いた『鼠——鈴木商店焼打ち事件——』、日本の輸出立国という大義名分を背負って、現実の過当競争の中で苦悩する商社の海外駐在員を描いて、文学新人賞をとった『輸出』、銀行業界の闇の部分を描いて直木賞を受賞した『総会屋錦城』、資本・貿易自由化をめぐる通産省内の政策形成を描いた『官僚たちの夏』などを読むうちに、この作家は経済という外面的世界ではなく、むしろそこにいた人びとの内面的世界を描くことに最大の関心をもっていたのではないかと思うようになった。そして、いまもそのように思っている。

城山の作品には大義の下でもがきつつ、深く生きようとした人たちへの理解がある。城山には経済小説のパイオニア的ラベルが貼られたが、彼自身、それは迷惑であったに違いない。深く生きるというテーマは経済分野だけではなく、政治などの分野にも貫かれていた。

福岡県の石工の家に生まれ、外務官僚からのちに外相、二・二六事件の責任を取って辞任した岡田首相の後を受けて内閣を組織した広田弘毅（一八七八〜一九四八）を取り上げた『落日燃ゆ』という作品もある。広田は東京裁判でA級戦犯となった七人のなかで軍人以外の唯一の人物であった。広田は東京裁判でほとんど弁明せず、死刑判決――裁判官のなかでも死刑をめぐって対立もあり、無罪判決を行った裁判官もいた――を受けた。この作品でも、城山は大義と個人の内面的葛藤を描いている。

城山はこうしたいわば硬いテーマばかりを取り上げ続けたわけではない。城山の作品の多くが文庫化され、通勤電車などで日本のサラリーマンたちに読まれ、あるいはテレビドラマ化された背景には、日本経済の変化の下で組織の生き残りや変貌のなかで、揺れ動きつつも日々深く生きようと願った普通の人びとへの城山の眼差しがあったからであろう。

製紙会社で部長となった主人公が「つまらない会社勤め」を定年で一区切りにして、残りの人生を俳人として生きた姿を描いた『部長の大晩年』。戦場でおなじトラックに乗り合わせた二人の兵士が、戦後、自動車業界に入り、一人は大手自動車メーカーの部長となり、もう一人はその下請工場の社長となり、それぞれの生き方を通して戦後の経済発展の内実を描いた『勇者は語らず』。

とはいえ、城山は大企業=悪者、中小企業=弱者という単純な構図を提示したりはしない。むしろ、城山は戦後の日本経済の発展に大きな役割を果たした大規模組織の頂点になった人物などの伝記的作品を描き、直接インタビューなどを行いその人物像や考え方などもまとめている。

戦前は三井物産の社長を務め、戦後は総裁として国鉄再建に取り組んだ石田禮介（一八八六～一九七八）の悪戦苦闘を描いた『粗にして野だが卑ではない――石田禮介の生涯――』、戦後の産業金融で日本産業の発展に尽くした日本興業銀行総裁の中山素平についての『運を天に任すなんて――人間・中山素平――』、戦前、逓信官僚から生命保険会社へと転身し、戦後は東芝の経営を立て直し、のちに経団連会長を務めた石坂泰三

（一八八六〜一九七五）を描いた『もう、きみには頼まない——石坂泰三の世界——』などはこうした城山作品の代表的なものであった。

『静かなタフネス一〇の人生』は、城山が「大きな挫折やハンディキャップの中から静に立ち上がり、たしかに歩み続けてきた」、「しかも地味でぎらぎらすることがない」、「『オレが』『オレが』というタイプではない」、そして「いまはトップの座から一歩二歩と退いて、比較的自由に物の言える立場に在る」人たちへのインタビューをまとめたものである。そこで取り上げられた人物はすべて実業界の人たちである。彼等の人生は、城山の指摘通り、若いころに大きな失敗や挫折、あるいは身体的なハンディキャップをもちながらも、深く生きようとしてきた経営者たちである。

城山は「あとがき」で「こうした肩書にとらわれぬ人たちとは、会っていてたのしく気持がよかった。魅力を感じさせる人々に共通のものとしてわたしはこのごろ三つのことに気づく」として、つぎのようにそれらを掲げた。城山が五九歳のときである。

一、常に生き生きしていること。

二、いつも在るべき姿を求めていること。

三、卑しくないこと。ポストに執着するのも驕りもまた一種の卑しさである。

城山は、とりわけ「卑しい」こと、そのような人物を嫌った。だが、城山三郎の作品にはそうした説教臭さも、また理屈臭さもない。むしろ、口ばかりの理屈への生理的ともいえる嫌悪感がそこにある。それは城山が少年のころに海軍特別幹部候補生——水中特攻部隊——へ志願した大義と、城山がみた現実の軍隊幹部の腐敗との落差への失望と怒りでもあった。城山にとって、それは組織と個人、大義と現実との問題として、生涯にわたって地底にあるマグマのように燃え続けた。

城山は具体的な世界――経済界、産業界、政界など――に生きるまっとうな自由主義の現実的姿や、これを担った自由人の姿を追い求めたのである。それは、日本社会における自由人の自画像でもあったのだ。この延長に、平成一五［二〇〇五］年に成立することになる「個人の情報の保護に関する法律」への城山の強い反対声明があったことは自明であろう。

第四章　近代化への自画像

明治後期から大正の初めに生を受け、いわゆる大正デモクラシーのなかで精神形成を行った世代は、敗戦のときに年齢でいえば、三つの層があった。だが、いずれの層にも共通したのは、学校で公式化された民主主義や民主化なるものについて学ぶ年齢層ではなかったことである。

本章で取り上げた作家や研究者で年長は伊藤整である。敗戦時、四〇歳であり、戦前すでに多くの小説などを発表していた。年少は二六歳の東大医学部の内科教室にいた加藤周一である。加藤は教室ごと疎開していた信州上田市の診療所で敗戦を迎えた。八月一五日を境にして診療所の内外の空気は急に変わったという。加藤は『羊の歌——わが回想——』でその様子をつぎのように記した。

「『焦土戦術』などという無意味に残酷なうわ言を口走っていた人々は、一体どこへ行ったのか。またそういう指導者たちに諂い、『死ぬことは生きることだ』とか『桜花のように散るのが大和魂である』とか、人間の生命を軽んじることにさえも理くつらしいものをつけ加え、自他を欺くことに専心していたあの御用学者・文士・詩人は、どこへ行ったのか。……嘘は、嘘だとわければ、もはや何の意味も残さない。焼き払われた東京には、人の心をうつ廃墟も、水火に耐えて生きのこった観念も、言葉もない。ただ強大な徒労の消え去った後にかぎりない空虚があるばかりだ、と私は思った。」

敗戦を原爆が投下された広島宇品の陸軍船舶本部で迎えた三一歳の丸山眞男もまた、敗戦によって日本のかつての自画像なるものが崩れるのを感じた。大学に復帰した丸山は日本政治思想史の研究を通じて、日本の近代化や近代日本の自画像に関わる論稿を多く発表していくことになる。

中国文学の研究家となった竹内好も丸山眞男と同様に陸軍に召集され、大学生のころに旅した中国に兵士として派遣された。竹内は敗戦を中国湖南省で迎え俘虜となり、翌年の七月に復員することになる。復員後、竹内は魯迅の研究にのめり込み、魯迅を通じて、さらにアジアとの関係で日本の近代化とその自画像を考え続けた。他方、伊藤整や加藤周一は日本文学への精緻な接近方法で、日本文学の土壌なる日本社会の自画像としての文学を探ろうとしたのである。

こうしたなかで、彼らのある者は戦前の日本の自画像を疑い、ある者はそれに代わる自画像を求め、ある者はあるべき近代化の姿を求め、ある者はいまだにアジアとの距離を測りかねて近代的自画像を描けない日本を問題視し続けた。

丸山眞男

カリフォルニア大学教授のアンドリュー・バーシェイは、丸山眞男の二人の師の思想を取り上げた『南原繁と長谷川如是閑――国家と知識人・丸山眞男の二人の師――』で、丸山眞男について「丸山は、天皇制が最も深刻な危機に直面している時に、帝国大学で教育を受けた世代の代表者である。この世代の人たちは、天皇制の正体を『解読』し、そして、戦争に敗れて占領された祖国にとっての戦後の意味を定めることを、自分たちの世代の責任とした」ととらえた。

バーシェイは日本の近代化と天皇制との関係を解読することを運命づけられた世代の代表責任を丸山だけに負わしているわけではない。同世代ということでは、経済学者の大塚久雄（一九〇七〜九六）、法学者の川島武宜（一九〇九〜九二）、比較文学者の桑原武夫（一九〇四〜八八）、社会学者の福武直（一九一七〜八九）や清水幾太郎（一九一七〜八八）にも言及している。

こうした「近代主義者」といわれた人たちのなかでもっとも著名となった丸山眞男について、バーシェイは「戦前の体制下での国民の『非合理な』精神的隷従性を克服し、日本人の間に政治に関与する主体性という近代的エートスを育成しようとした」ことにおいて彼の戦後での生き方のあり方を見出した。バーシェイは丸山の近代化への視点についてつぎのように分析する。

「丸山は、日本本来の伝統の中に近代という『魔物』が深く忍び込んでいることを示した。……この隠れた合理性を表に引き出して、これにはっきりとした形と力を与え、そうすることによって、当時の日本人の意識を変革しようとしたのである。実際、この変革こそが、問題解決の鍵であった。……丸山の近代主義は、新しい覇権を無批判に受け入れた結果ではなくて、年来の深い核心に基づくものである。」

にもかかわらず、戦後日本社会で丸山眞男は主流派にはなれず、結局のところ「少数派」に終わったのである、というのがバーシェイの見方である。バーシェイ自身はその「なぜ」を解こうとするうちに丸山の師であった南原と長谷川に行き着いたのではなかったろうか、とわたしには思える。

バーシェイはこの点について、丸山こそがマルクス的教条主義者が見落とした日本人の心性などに「爆発的ともいえるすごい創造力」で、「常に偉い先生で……インサイダーであることを徹底的に利用して」――彼自身が意識したかどうかは別として――切り込んでいこうとしたのではないかととらえた。このような姿勢を堅持した丸山は、「自分のことを、体制の中にはいるが、体制の一部にはなっていない知識人、公的人間として描いた」というのがバーシェイの結論である。だが、同時に、バーシェイは「それほどまでに体制に関わりながら、同時に距離を置くことなどできたのであろうか」という素朴で素直な疑問も提出している。近代主義者の丸山が日本の戦後の「近代化」のなかで少数派に止まったのは、彼の師であった南原繁のようなインサイダーにも、もう一人の師であった長谷川如是閑のようなアウトサイダーにもなれなかったからなのか。バーシェイの解釈はつぎのようなものだ。

「彼の特殊な『少数派』の地位は、戦後の公論で最も貴重であったもの（拓かれた政治過程、公的問題における公明さ、思想と行動の自由、この三つを守り、育てようという誓約）の擁護者としてのものであったことを認識した上で、なされるべきである。……視角の独立と行動の自由への誓約が、要求されるであろう。この独立はいかにすれば維持できるかを我々は理解しているのかという点になると、おぼつかないところがあり、〔まさにここに現代の問題が存する〕。」

バーシェイは、少数派は丸山眞男ではなく、むしろ現代のわれわれではないかと言いたげである。この一六年後、バーシェイは『近代日本の社会科学』で丸山眞男を経済学者の宇野弘蔵（一八九七〜一九七七）との対比で再び取り上げている。

ここで、バーシェイは宇野弘蔵のマルクス経済学による近代化――いわゆる前近代＝封建的なるものへの対抗――への接近方法との対比において、丸山の親マルクス的ではあるが非マルクス的解釈にこだわり続けた点に注目している。つまり、「日本における社会科学と歴史学方法論の言葉を大いに豊かにした」丸山眞男の親マルクス的でなおかつ非マルクス的な接近方法とは一体何であったろうか。

バーシェイからすれば、資本主義経済解明の宇野理論である三段階分析方法論によって、日本経済について『「後進』資本主義をそれでも本物の資本主義と見た」宇野の「客観主義」に対して、丸山の「『主体主義』の目的は、個人の責任というエートスに基礎づけられた民主主義的な市民大衆の形成であった。この二つの潮流（引用者注—宇野の客観主義と丸山の主体主義）が合流することの成果は……政治的に成熟し道徳的に力強い独立左派であったはずである。ところがこれと反対に、戦後社会科学のこの二人の偉大な創世者は、歪んだ鏡のうちで無理矢理戦闘をさせられたかのようである。それによってそれぞれの思想家の像と意図が、事実上わからなくなってしまった」と解釈が下された。

だとすれば、戦後日本社会は丸山眞男を裏切り続けたことになるのだろうか。あるいは、「戦後民主主義の虚妄に賭ける」と言った丸山眞男の日本社会を映し出そうとした「鏡」——彼の思想や方法論そのもの——がそもそも歪んでいたのだろうか。そうであれば、丸山眞男が戦後日本社会を裏切り続けたことになるではないか。丸山眞男は戦後日本社会の何を見て、何を問題視し、何を変えたかったのだろうか。

丸山眞男（一九一四〜九六）は新聞記者の丸山幹治の次男として大阪で生まれ、東京で育ち、東京府立第一中学校、第一高等学校をへて東京帝大法学部で学んだ。これだけみれば、まさに日本の近代化を担うべき役割を負わされたエリートの典型的な学歴貴族像である。だが、丸山は留置された経験をもつ。この点について、丸山は政治学者の松沢弘陽等のインタビューに応じて、一高時代の「留置場体験」についてつぎのように語っている（松沢弘陽・植手通有編『丸山眞男・回顧談』（上）所収）。

「決定的なのは留置場体験です。……。自分を左翼ともなんとも思っていなかった。ぼくはもちろん右翼ではなかったけれども、左翼運動に対して生理的な反発を持っていた。左翼学生には、非常に厳しい教育を受けた、軍人の息子なんかが多いのです。それが高等学校に入り寮に入ると、いきなり自由になる。それで急速に左翼化するのです。こっちは中学のときから、非常に素朴なものだけどなまじっか思想的洗礼を受けているから、急激に左翼化した連中に対して、なんだあいつら、という身がするわけです。」

ところが、「なんだあいつら」と思っていた丸山にも時代の波は押し寄せてくることになる。「左翼運動の最高潮の時代」であった昭和七［一九三二］年、一高の寮生が検挙された。一高のあった本郷通りを歩いていた丸山は、父親の同僚であった長谷川如是閑の名前が目に入った。

そこには「唯物論研究会創立記念大講演会・長谷川如是閑」のポスターがあった。「唯物論ということは全く関係なく、関係ないというと言いすぎだけれど、とにかく如是閑という名前にひかれて行ったのが運の尽きだった」と後日、丸山は振り返ることになる。講演会に立ち寄り、如是閑がしゃべり始めたところ、「中止ッ！」という声が入り、東大生たちや高校生一名ともに、丸山自身も本富士署の特高に逮捕されてしまったのだ。

留置場に放り込まれてみれば、前に逮捕された一高の左翼組織のメンバーであった宇野修平がいた。びっくりしたのは丸山ではなく宇野のほうで、宇野からすれば左翼でもなんでもなかった丸山がなぜ留置場にいるのだ、ということになった。このときの経験を丸山はつぎのように振り返る。

「この事件の後、僕自身が逮捕された時、宇野（引用者注─丸山の同級生ですでに検挙）は、別の房からどんどん信号を送ってくる。柴田というのはぼくと同じ房にいて、宇野からの『丸山、元気か』という信号に『元気だ』なんて返事を出しているのですが、ぼくは元気どころじゃなくて、ボロボロ涙を出しているんです。一高に落ちたときと違った意味での挫折感です。生意気な口をきいていた自分がこういう目にあったときに、日頃の読書とか知性とか、そういうものが何も自分を支えない。……取調べの最中に、あんまりすごいんで、特高の前でも泣き伏してしまった。」

聞き手の松沢は、「すごいというのは暴力ですか?」と聞きなおした。丸山は「暴力ではなくて、取調べが峻烈ですから」と応じたうえで、持ち歩いていた読書日記なるものにあった「マルキシズム哲学」のような走り書きではなく、「日本の国体は果たして懐疑の坩堝に中で鍛えられた」という文言が特高の関心を引いたことを知るようになったことを丸山は語っている。

このときの経験が丸山の思想を鍛え上げ作り上げたともいえるし、丸山を「日本の思想」の探求に向けていったともいえる。ブラックリストに載った丸山は、この日から特高との付き合いが始まる。むろん、丸山は付き合いたくはなかったであろうが、特高は、丸山をお目こぼししてくれなかったようだ。丸山は振り返る。

「本富士署の特高は、学校にしらせなくても『いいよ、いいよ』と言ったけれど、実はぼくの名前は、学校だけじゃなくて警察および憲兵関係の思想のブラックリストに載せられているということなんですね。そこらへんに、ジーッと自分のほうを見ているのではないかという、それが実感です。だから戦後、特高警察がなくなったというのは、ぼくにとっては開放感だった。」

丸山は昭和九[一九三四]年に、「法学部へ入る学生で、法律を勉強したいという学生がほとんどないんじゃないですか。高文を含めて就職が目当て」であった東大法学部に入った。丸山はそこで法学ではなく、政治学と出会うことになる。丸山の入学した年に、憲法学者の美濃部達吉(一八七三〜一九四八)の「天皇機関説事件」が起こった。そして、丸山が卒業する年の夏頃には、盧溝橋事件が起こり、日本は中国との戦争へと突き進むことになる。

大学生のころに読書熱心であった丸山自らは「学者になろうという気は全くなかった」と語っている。丸山は外国へ行きたいと思って、連合通信——のちの同盟通信社——の入社試験でも受けようかと思案していた。学内の法学部助手五名——うち、政治学は三名——募集の掲示に出会うことになる。演習をとっていた南原繁教授に相談し、南原の推挙もあり、政治学者となる道が開けることになる。人の運命とはおもしろいものだ。

助手として残った丸山の大学にも、外の嵐の風が研究室内にも吹き込むことになる。丸山の助手二年目に「平賀粛清」の嵐が吹き荒れた。いまからしてみれば、どうということのないリベラルな教授までもが思想を判断する磁場が狂ったことで過激な思想の持ち主とされ大学から追放された。これに反発する教授たちのガス抜きのために、反対派も同時に追放された。喧嘩両成敗のようなやり方がいきなり復活したような時代であった。こうしたなかで、丸山は「東洋政治思想史」の研究に関わっていくことになる。

丸山は助手論文を書き終えたところで兵隊にとられ、終戦を広島県宇品の陸軍船舶司令部参謀部の情報班で迎える。原爆の直射を受けず九死に一生を得た。焼野原の広島から焼野原の大阪をへて、すし詰めの列車で京都に着いたら、京都だけが昔のままであったという。「無茶苦茶」となった東京へ戻った丸山の戦後が始まった。

丸山の戦後の歩みはバーシェイがいうように少数派を自ら意識して目指したものでは無論なかったろう。丸山は戦中の日本の「軍国主義」——日本的ファシズム——なるものの起源とそれがなぜ多数派となりえたのかを追及しようとした。そこには、日本人がそれぞれ自身の中でその自画像を明確に意識することで、戦後社会のあり方をより冷静に内在的に定めていくことに期待したのである。だが、期待しすぎたことでバーシェイのいう少数派となったといったほうが正確である。

ところで、バーシェイは丸山の二人の師を取り上げたが、丸山自身はこの二人について回顧談でつぎのように語っている。

「まさに南原先生的な、象牙の塔的学問を、ぼくはどっちかというと軽蔑していたでしょう。その南原先生に咫尺の間に接した。時代批判の厳しさというか、時代の潮流に対して少しも動かされない。その確固としたもの。如是閑を含めた人たちとはぜんぜん違うのです。宗教があるかどうかは別として、南原先生のそれはむしろ実存的なものだから、学者というよりも、人間としてしっかりしていて、右顧左眄しない。……存在と当為を結びつけるヘーゲルなんかをやっているのは、京都学派も含めて、全部時代に流されてしまった。ぼくが学問的に批判の対象とし、資質的にも馴染まなかった、カントばかりをやっている人のほうが、ちゃんとしていた。」

「だべる」ことを好んだ丸山は論文を発表した後などに、それに関連したような多くの座談を残している。日本の近代化は丸山のよく取り上げたテーマでもあった。その端緒は、戦争から大学に戻りすぐに著し、丸山眞男の「出世作」となった「超国家主義の論理と心理」(『世界』昭和二一[一九四六]年五月号発表)にもすでに見出すことができる。丸山は「日本国民を永きにわたって隷属的境涯に押し付け、また世界に対して今次の戦争に駆り立てたところのイデオロギー的要因は連合国によって超国家主義(ウルトラナショナリズム)とか極端国家主義(エクストリーム・ナショナリズム)とかいう名で漠然と呼ばれているもの」の実態、とりわけ、その「思想構造乃至心理的基盤」を明らかにしようとした。

なぜ、『わが闘争』や『二十世紀の神話』の如き世界観的体系」をもったドイツに対比して、「概念的組織をもたず、『八紘為宇』とか『天業恢弘』とかいったいわば叫喚的なスローガンの形で……真面目に取り上げるに値しない」公権的な基礎付けのないイデオロギーが日本社会で影響力をもったのか。

この世代の行論パターンとして、まず丸山は欧州型の近代国家のあり方を紹介する。すなわち、それはいわゆる「中性国家たることに一つの大きな特色があり、換言すれば、それは真理とか道徳とかの内容的価値に関して中立的立場をとり、そうした価値の選択と判断はもっぱら他の社会的集団（例えば教会）乃至は個人の良心に委ね、国家主権の基礎をば、かかる内容的価値から捨象された純粋に形式的な法機構の上に置いている」国家形態である。

これに対し、「国家主権の技術的、中立的性格を表明しようとはしなかった。……内面的世界の支配を主張する教会勢力は存在しなかった」日本社会においては、封建的権力の多元的支配を天皇制に一元化し集中化することによってのみ主権国家が成立しえたとされた。そこでは、「私的なものが端的に私的なものとして承認されたことが未だ嘗てない」だけではなく、「『私事』の倫理性が自らの内部に存せずして、国家的なるものとの合一化に存するというこの論理は裏返しにすれば国家的なるものの内部へ、私的利害が無制限に侵入する結果となる」逆説が常に存在するのである。

これは私事と公権的なるものとの危うい境界がいまも存在している眼前の日本社会にも継承されている。日本社会における私的利権がいとも容易に公的な利権として張り巡らされてしまっているゆえに、構造改革なるものが成功した試しがないのである。

丸山によれば、欧州諸国の近代的国家の下に成立した法律体系では、法とは個人と国家の制約をともに定めたものであるのに対し、それは「天皇を長とする権威のヒエラルヒーに於ける具体的支配の手段にすぎない」のであって、現実にはヒエラルヒーの上位に位置する者にはルーズであり、下位になるほどより厳格となる現実は、いまも汚職事件などにおけるトカゲのしっぽ切りのような事件の決着にもよく表れている。

戦前のこうした秩序観は国家秩序の「絶対的価値体たる天皇を中心として、連鎖的に構成され、上から下への支配の根拠が天皇からの距離に比例する」構造では、日本のいわゆる戦争指導者には独裁の意識はなく、したがって、戦争遂行の責任者としての自覚はまことに軽い。後日、丸山は東京裁判での日本の戦争指導者とされた高級軍人らの証言に強いいら立ちと怒りを示したことからもこの点は重要なのである。丸山はナチスの戦争指導者の意識との対比でつぎのようにいう。(*)

「我が国の場合はこれだけの戦争を起こしながら、我こそ戦争を起こしたという意識がこれまでの所、どこにも見当たらないのである。何となく何者かに押されつつ、ずるずると国を挙げて戦争の渦中に突入したというこの驚くべく事態は何を意味するか。我が国の不高は寡頭勢力によって国政が左右されていただけでなく、寡頭勢力がまさにその事の意識なり自覚なりを持たなかったということに倍加されるのである。」

＊丸山は『潮流』の昭和二四［一九四九］年五月号に発表した「軍国支配者の精神形態」で、東京裁判の戦犯の証言から戦争遂行の当事者意識のない無責任さに怒りを表している。日本の指導者層の証言が「その場の思い付きの責任逃れではない」だけに、官僚組織における忠実な事務官意識だけが闊歩した無責任の体系だけがそこにあったと指摘した。

確かに戦後の日本社会において天皇制は軽くはなった。だが、天皇の代りに官僚組織における上部層を位置させれば、日本の官僚における無責任さはまるで丸山の指摘した構造そのものである。後に、この点は丸山の著作のなかでももっとも読まれることになる『日本の思想』のなかに見事に継承されている。

個々人がその良心を内的精神として持たず、自らの判断がより上級の者の存在によって規定されている構造は、「上からの圧迫感を下への恣意の発揮によって順次に移譲することによって全体のバランスが維持されている体系」となり、単に日本の行政や政治のあり方のみならず、より上級の者としての親企業と下請企業との階層構造による生産の全体的効率性の達成という産業組織のあり方にも見事に完結されている。丸山にとって、このような構造こそが日本の近代社会の自画像であった。丸山は「これこそ近代日本が封建社会から受け継いだ最も大きな『遺産』の一つということが出来よう」と指摘する。

丸山は「超国家主義の論理と心理」の最後で、戦後の天皇制の変革の行方を考えつつ、「日本軍国主義に終止符が打たれた八・一五の日はまた同時に、超国家主義の全体系の基礎たる国体がその絶対性を喪失して今や初めて自由たる主体となった日本国民にその運命を委ねた日でもあった」と結んでいる。丸山は戦後社会において自由なる主体となった日本国民にその運命を自ら切り開くことを期待したのである。先にもふれたが、ごバーシェイのいうように、にもかかわらず期待をかけた丸山が少数派に終わったとすれば、自由なる主体と「なった」のではなく、自由なる主体に「なれなかった」日本国民をとりまく構造なるものが、丸山が予想した以上に強固なものであったことになる。

丸山は日本の軍国主義やファシズムが突然変異的なもので特殊な時代のものではなく、本質的には日本社会の縮図であったことをその後も一貫して取り上げている。たとえば、「日本ファシズムの思想と運動」（昭和二三［一九四八］年）で、丸山は日本型ファシズムなるものの根本に、家族主義的な国家構成の原理が国民の

「総本家」としての皇室＝赤子関係があり、ファシズムが日本では下からの運動としては形成されなかったのはこの点に起因することを結論づけている。

その点はファシズムの担い手が日本では、「軍部及び官僚という既存の国家機構の内部における主たる推進力として進行した」こと、また「いわゆる民間の右翼勢力はそれ自身の力で伸びて行ったのではない」ことに如実に表れており、この矛盾はより上位にある天皇制イデオロギーによって統一されることで一件落着したとされるのである。ドイツやイタリアなどでは、ファシズムはあくまでも下から上への運動であるにもかかわらず、日本の社会階層では被支配層に属している大衆層がいとも簡単に「小天皇的権威をもった一個の支配者」として現れ、「いとも小さく可愛らしい抑圧者」として国家的ファシズムを大衆層に浸透させてしまったのである。

丸山はここでも軍隊組織のアナロジーを使ってこの構図を説明する。この小天皇的権威をもった可愛らしい抑圧者は軍隊にあっては下士官である。彼らは兵に属しながらも意識としては将校的であり、日本の兵を統率する上で中心的な役割を果たしたとされる。

日本の戦争を支えたファシズムは、下からの大衆的突き上げや下からのし上がったヒットラーやムッソリーニのような独裁者をもたず、全国にはりめぐらされた憲兵組織だけをもって、「独伊のような独自の国民組織をついにもつことなく、明治以来の官僚的組織とえせ立憲制（Scheinkonstitutionalismus）を維持したまま八・一五を迎えたのであり（中略）……要するに日本におけるブルジョワ民主主義革命の欠如が、ファシズム運動におけるこういった性格を規定している……日本では下からのファシズム革命を要せず、明治以来の絶対主義的＝寡頭的体制がそのままファシズム体制へと移行しえた」と丸山は指摘した。(*)

＊丸山は前述『潮流』に掲載された「軍国支配者の精神形態」でも「日本ファシズム支配の厖大なる『無責任の体系』」の典型的組織としての軍隊組織を取り上げ、日本的ファシズムの本質を論じた。それはそのまま日本の現在の官僚組織や官僚主義の分析にも有効な視点であり続けている。

むろん、いまはファシズムなどということばは若者たちの間では死語となり、それは歴史教科者の数行に押し込められたが、丸山がとらえようとしたファシズムの底流にある構造が日本社会から完全に消え失せてしまったとも断言できまい。ゆえに、近代主義者丸山眞男はその後もさまざまな概念でもって分析対象を変え、日本の近代化で決して近代化されなかった日本社会の「古層」を探り当てようとしたのである。

丸山自身は日本思想史研究において、日本的なるものを追い求めるなかで古層という概念に辿りつくが、それは単に日本の古来思想に関わるものだけではなく、日本社会の構成原理についても妥当する。丸山は昭和五三［一九七八］年に慶応義塾大学のゼミナールで学生を相手に分かりやすく古層問題を語っている（「日本思想史における『古層』の問題」、『丸山眞男集』第十一巻所収）。丸山は語る。

「日本の歴史を見ますと、いつもユートピアの替わりに『模範国』があるんです。長い間中国が模範国だったんです。つまりユートピアがないかわりに模範国があるから、模範国に追いつけ、追いこせです。だから維新のときは中国という長い間の模範国を西欧諸国にきりかえればよかったわけです。……『模範国』がなくなったのが現代の日本です。……ゴールを設定する能力がミニマムで、模範国に追いつき、追いこす達成能力がマキシマムで……」。

必然、こうしたなかで日本思想にはある種のサイクルが生じることになる。つまり、「過去の歴史を見ますと、外来思想のさっきいったところの『摂取』の歴史ですから、あるところへ来ると必ず反動がきて、〃日本とは何か〟というアイデンティティの探求が来る」ことになる。丸山によれば、日本の国学もまたこうしたサイクルのなかで生まれたことになる。あるいは、日本的なものへの探求が外来思想へ向き合い自家のものに統合させようという意識を醸成させるのではなく、現実のあり方としての集団所属主義がそれに代わるものとしてとらえられてきた。

　だが、それぞれの同心円型のまとまりをもった諸集団が容易に全体としてまとまる保証などないのである。異なる同心円型集団がまとまるには、共通項となるある種の普遍的な思想を必要とするのである。丸山はこの点について、日本では「『普遍』というものが内蔵した思想が全部外来思想なんです。そこで『外来』ということから、これへの反発が間欠的に起こる。『普遍』がいつも外にある。それに対して『特殊』という、『外の普遍』対『内の特殊』あるいは『外発』対『内発』。こういう悪循環が繰り返されるんです」と指摘する。

　丸山にとって、日本社会の構成原理の古層こそがこの「ウチ・ソト思想」であって、それは思想のみならず、日常的な組織のあり方に強く規定するものとしてとらえた。とはいえ、丸山は「ジェット時代」の登場で「『古層』が持続する条件は亡くなっていくと思います」と述べ、その方向性をつぎのように指摘する。

「(引用者注─こうした古層を持続させた)歴史的地理的条件というのは、現代のテクノロジーとコミュニケーションの発達によって急速に解体しつつあると思います。ウチ・ソト思想だって長くは続かないとは思うんだけれど、ただ、惰性はまた、非常に強いから、われわれの根本的な思考様式はそう急には変わらないです。精神革命というのは口でいうほどやさしくない。たとえ現実は変わっても、ただ思考惰性としては、いろんな形のヴァリエーションとして生きつづけている。」

そして、いまはインターネットの普及によってウチとソトの距離は丸山の時代とは比較にならないほどに縮まったが、はたして日本の古層はどのように変化したのだろうか。

竹内　好

竹内好（一九一〇〜七一）は長野県南佐久郡に生まれた。父の転職で東京へ移り、東京府立第一中学校をへて大阪高校へ進んだ。同級生には保田與重郎などがいた。大阪高校三年生のときに、共産党員の一級下の学生との関係が疑われ阿倍野署に検挙された。とはいえ、竹内は同級生たちの左翼運動にはさほど興味をもっていなかったようだ。

竹内は卒業後、東京大学文学部支那文学科に進んだものの、その漢学的中国語学習に興味を持てず、外務省対支文化事業プログラムの奨学金を得て、満州や北京を二ヵ月間ほど旅行し、生きた中国に興味をもつことになる。同級生には大島覚（武田泰淳）がいた。一生涯を通じての友となる。

竹内は当時のことを、昭和三五［一九六〇］年一月に国際基督教大学で行った講演「対象としてのアジアと方法としてのアジア」で、大学にはほとんど顔を出さず、昭和九［一九三四］年に武田らと中国文学研究会を設立、『中国文学月報』を発刊し、東大の漢学的あるいは支那学的アカデミズムとは一線を画した中国研究を目指すようになったことを振り返っている。その後、外務省の補助を得て、昭和一二［一九三七］年から二年間、北京で過ごした。帰国後、中国文学に関する評論などを発表。

竹内は、前記の講演で、「この会（引用者注―中国文学研究会）をやっております間に――実はその会を始める前から、と言ってもいいのですが、私たち日本人が考える中国と、実際の中国とは大きなズレがあるのじゃないだろうか、ということを感じておりました。……もののほうから生活を見るのでなく、心の面から生活を眺めるのが文学だ。そういう態度で研究を続けておりました」と述べている。

竹内は昭和一八［一九四三］年末に応召し、陸軍の中支派遣歩兵旅団に入隊し、敗戦を中国湖南省で迎えた。昭和二一［一九四六］年九月に復員、東大助教授の要請もあったが大学には行かず、竹内は文芸評論活動を再開した。その後、慶応義塾大学や東京都立大学で教鞭をとるが、昭和三五［一九六〇］年の政府の安保条約強行採決に抗議して、大学を去り、野に在って魯迅を中心とした中国文学研究を続けた。竹内は中国研究への動機についてつぎのように語っている。

「私がどうして大学を出てから中国文学をやるようになったか、というと、在学中に一度中国旅行をいたしました。……当時は、中国旅行というのは非常に簡単にできました。旅券が要らない。船の切符を買って乗り込めば自然に上海なり天津に着いてしまう。楽なものでした。……北京に行ったとたんに、……そこにいる人間が自分と非常に近い感じがした。……当時の私たちは大学の中国文学科に籍を置きながら、困ったことに、中国の大陸に自分たちと同じような人間が実際にいるんだというイメージは浮かばないのですね。」

竹内はこの原因を日本の教育のあり方に求め、「これは学校で歴史を習う、あるいはアジアの地理を習う時に、そこには人間がいるということを教えない。わたしの記憶ではたしかにそうだった」とふり返り、大学ですら現代の中国を知るための中国現代文学を研究しないことに反発して前述の中国文学研究会を結成したことを述べている。やがて、竹内は古典のなかでしか中国像を結べず、常に日本より遅れた存在としてしか中国をとらえることのできなくなった日本の近代化そのものに疑義を唱えることになる。

このような軌跡をもつ竹内好は日本では忘れられたかもしれない。だが、竹内はドイツや中国などでは忘れられてはいない。その理由は何処あたりにあるのだろうか。竹内は魯迅を論じ、そしてやがて日本の思想を論じた。

竹内が日本で忘れられ、日本以外で忘れられていないところに、日本の思想をめぐる逆説（パラドックス）があるように思える。彼が日本の思想について問題を提起し、自ら回答に応じた末の日本思想論についてみれば、後者ではなく前者、つまり、彼の問題提起そのものが国や地域、そして時間を超えて未だに普遍性をもっているためではないだろうか。すくなくとも、わたしにはそう思える。

竹内好が亡くなってから三〇年目の平成一九［二〇〇七］年の朝日新聞（一一月七日）は竹内好を取り上げた。四ノ原恒憲は「竹内好は終わらない」という記事で、「左翼とか右翼なんて単純な枠組みがまだ生きていた一九七〇年代から八〇年代ごろだったか……その存在は何ともわかり難いものだった」魯迅研究者としての竹内好の思想と行動の変遷について、「表層的なイデオロギー区分なんて彼の前では意味をもたない」と述べ竹内の思想の現在についてつぎのように紹介した。

「そんな独自の思想が、ここ数年、日本や、世界で注目を集めている。中国や韓国で彼の著作が訳され、ドイツでも、大規模なシンポジウムが開かれた。日本でも、彼に言及する著作が増えている。……アジアも、今や、竹内の時代ほど貧しくはない。多くの国々が西欧的な価値を取り入れ、経済発展をとげたが、中国、インドを筆頭に国内の経済格差など課題は逆に山積の感がある。単に、西欧先進国に肩を並べるだけが目標の、これまでのやり方でいいのか。そんな時、『西洋を東洋で包み直す』という竹内の問いは今、輝いて再浮上する。」

こうしたなかで、日本でも竹内好への再評価論が出てきている。こうした流れを受けて、竹内好の魯迅論や日本やアジアを論じた評論を再録した選集も出た。『竹内好セレクション』（平成一六［二〇〇六］年）の選者の一人である丸川哲史は、竹内をなぜいま読み直さなければならないかを論じている。

丸川の竹内への視点は、日本の国連安保理への参画をめぐって中国で起こった反日デモに対して、日本の中国通たる研究者たちが「じつに影の薄い存在」にとどまったにもかかわらず、当時、中国で翻訳された竹内の『近代の超克』が大きな評判を得たのはなぜかというところから発しているようだ。

なぜ、日本で忘れられてしまった竹内好の言葉が中国で関心を呼ぶのだろうか。残念ながら、丸川自身はこの問いに対して暗に竹内以降の日本の中国研究者の知の集積の弱さに落胆し、読者には竹内好の再読を勧めるだけできちんとした回答を必ずしも与えるまでに至ってはいない。

その点、中国文学研究者の孫歌の視点はよりは鮮明である。孫は同セレクションに寄せた解説「今、なぜ竹内好なのか」で竹内が忘却から蘇ってきた現代的意義をつぎのように提起する。

「彼（引用者注─竹内好）がこだわった視座とは、過去は決して重苦しい所与ではなく、あくまでも分解可能な構築物であるというもので、『学者の責任について』という論文の中で書かれたこのテーゼは、竹内の生涯の仕事を貫いていた。」

結論からいえば、孫歌の評価する視座は当時の日本で暖かく受け入れられたわけではなかったものだ。むしろ、事実は逆であった。竹内は進歩的文化人からも現実派といわれる人たちからも理解されなかった。竹内への批判は、竹内が学者たちの得意とする実証的方法論という領域にも、白黒をはっきりさせた政治評論的な領域にも属さなかったことにも起因したに違いない。あるいは、毛沢東による中国近代化への竹内の期待が大きかったゆえに、毛沢東を理想化しすぎたことにも依ったであろう。にもかかわらず、孫歌は竹内好の思索の軌跡には現代的意義が十分にあると考えている。孫は日本のアジア主義に対する竹内の思索にはある種の危うさだけではなく、アジアを包み込めることのできる何かがあるのではないかとみている。

「竹内好は、連帯と侵略という二分法の妥当性に、疑問を呈した。彼はむしろ、連帯と侵略の組み合わせの諸類型こそが、歴史の複雑さに近いと考えた。彼のこうした未完成のままであったが、……竹内の『歴史を書き換える』という作業は、左翼―右翼、連帯―侵略などというような抽象化された『立場』を具体的な歴史状況の中に戻させ、その状況意識において『中国』と『日本』を同じ構造に位置付けた。……それは、竹内にとって、中国本位の発想法ではなく、彼が歴史を書き換えることによって構成しようとした、侵略を裁くことのできる文明としての『アジア主義』なのであろう。竹内の生まれる前の明治時代に、竹内の生きていた戦争期に、連帯という心情は、このような文明としてのアジア主義を形成するチャンスを逃し、ファシズムに滑り込まれてしまった。今日のわれわれの目前に、このチャンスは今もう一度やってきているのかもしれない。それが、今なぜ竹内好か、という問題の本質なのだ。」

孫が竹内の生涯の仕事を貫いたテーゼが示されたという『展望』(昭和四一［一九六六］年六月号）に発表された「学者の責任について」にふれておこう。

そこでは、歴史学者の遠山茂樹らの竹内の「アジア主義」への反批判が、竹内らしいスタイルで展開されている。竹内は自身に下された遠山らの「大東亜戦争肯定論者」という日本的マルクス主義史学の固定化された考え方と決めつけに反発している。竹内は戦前日本のアジア主義に関連させせつぎのように述べる。

「遠山氏が要約した私の『問題意識』なるものを認めるとしよう。その問題意識から、連帯と侵略の二分法を採用すべしという要請は、論理必然的には導き出せない、導き出せると考えるのは『党派性』にもとづく独善である。私は逆に、連帯と侵略の二分法の妥当性を疑うことから出発しているのだ。……私の問題は連帯と侵略の組み合わせの諸展望を考えることにある。……遠山氏において、人間は動機と集団の区別が明確な、他者によってまるごと把握できる透明な実体であるし、私にあっては流動的な、状況的にしか自他につかめぬものである。歴史もまた、遠山氏には重苦しい所与であるし、私には可逆的な、分解可能な構築物としてある。」

アジアとの距離を現在でも自ら測ることができず、戦前の日本のアジアとのかかわりがいまだに重苦しい所与となっている現在の日本人にとって、竹内好が古くて新しいのは日本にとってアジア史が可逆的で分解可能な構築物としてとらえつづけることができるとした視点なのだ。竹内好が「日本のアジア主義」を打ち出したのは昭和三八［一九六三］年の夏であった。その原題は遠山らが引用していた「解説・アジア主義の展望」——竹内は『現代日本思想体系』（筑摩書房）第九巻の編者でもあった——であった。

竹内は「日本のアジア主義」でアジア主義を「アジア主義は特殊的であり、おそろしく多義的でもある。……そもそもアジア主義の名称そのものが雑多である」と前置きしたうえで、雑多なアジア主義の「ある種の一致点」にかかわる定義について、「アジア主義は多義的だが、どれほど多くの定義を集めて分類してみても、現実に機能する形での思想をとらえることはできない。……ということは、アジア主義は、膨張主義または侵略主義と完全には重ならないということだ」と述べる。

つまり、明治以降に登場したさまざまなアジア主義は、結果として日本の膨張主義から生まれたかもしれないが、膨張主義が直接にアジア主義を生んだのではない。むしろ、アジア主義は「膨張主義が国権論や民権論、少し降って欧化と国粋という対立する風潮を生みだし、この双生児ともいうべき風潮の中から」生まれたもの、と竹内は考えた。

それは風潮であるかぎり、「心的ムード」として欧化と国粋の間で揺れ動いた日本の近代化過程のなかであちらこちらに顔を出したのである。ただし、アジア主義は、「民主主義とか社会主義とかファシズムとか、要するに公認の思想とはちがって、それ自体に価値を内在させているものではない。それだけで完全自足して自立することはできない。かならず他の思想に依拠してあらわれる」のである、とする竹内の見方は現在も有効である。

竹内のこの評論の解題で「かねてこの分野の文献を一度包括的に眺めたいと思っていたので、この機会を利用してかなり材料を漁った」と書き記しているように、明治維新以降から大東亜戦争にいたるまでの多くの思想家、運動家などを取り上げそのアジア主義を論じ、日本のアジア主義の帰結点は「大東亜共栄圏」思想であったが、それは本来のアジア主義からの「逸脱、または偏向」ではなかったかととらえている。では、日本のアジア主義の帰結が大東亜共栄圏であったとすれば、それは何であったのか。竹内はいう。

「実際についてみると、『大東亜共栄圏』は、アジア主義をふくめて一切の『思想』を圧殺した上に成り立った疑似思想だともいうことができる。……この思想は何も生み出さなかった。この天下り思想の担い手はもしくは宣伝がかりの官僚は、一切の思想を圧殺するために『大東亜共栄圏』といういちばん大きな網をかぶせただけである。……思想の圧殺は、左翼思想からはじまって、自由主義に及び、次第に右翼も対象にされた。中野正剛の東方会も、石原莞爾の東亜聯盟も弾圧された。これらの比較的にはアジア主義的な思想を弾圧することによって共栄圏思想は成立したのであるから、それは見方によってはアジア主義の無思想化の極限状況ともいえる。」

大「アジア主義」なる書物やこれを名乗る講演会などは戦時中において興隆をみたが、竹内のいうように「アジア主義ほろびてアジア主義を称する議論が横行したのである」。そして、他の思想との中でしか生息できなかった日本のアジア主義は、依拠するものがないままに大東亜共栄圏という間に合わせで粗雑な官製の疑似思想とともに霧消してしまったかにみえる。

だが、大アジア主義は霧消したが、アジア主義の命脈はいまも流れているのではあるまいか。すくなくとも、いまもわたしたちのまわりに「アジアなるもの」が顔を見せるとき、アジア主義のもつ危うさを見通した竹内の「アジア主義」は安易にそれに就くことを許さない磁場をもっている。いまもいろいろな場面で現れる「これからはアジアの時代だ」というアジア主義なるものが心的ムードだけの疑似思想であるのかどうかの検討をわたしたちに迫るのである。竹内の古くて新しい視点がそこにある。

竹内のアジア主義は日本とアジア――中国――の「近代化」を考え続けたなかで生まれた思想である。竹内は冒頭で紹介した国際基督教大学での講演「方法としてのアジア」で日本の近代化について、「私は戦後に一つの仮説を出した。後進国における近代化の過程に二つ以上の型があるのではないか。日本の明治維新後の近代化というものは、非常に目覚しいものがありまして、東洋諸国の遅れた、植民地化された国の解放運動を励ましたわけです。結果として最後に、どんでん返しの失敗をやった」と前置きしたうえで、日本の「失敗」から何を学ぶべきかについてつぎのように述べている。

「日本の近代化は一つの型であるけれども、これだけが東洋諸国のあるいは後進国の近代化の唯一絶対の道じゃなくて、ほかに多様な可能性があり、道があるのではないか、と考えたのです。」

竹内のこうした思考を促したのは、自身の中国体験だけではなく、日本をへて中国に二年ほど滞在した米国の思想家ジョン・デューイ（一八五九〜一九五二）の中国への洞察力であった。竹内はデューイの中国への見方について、「予言がほとんど的中しているのです。日本は、見かけは非常に近代化しているようであるけれども、その近代化は根が浅い。このままでは日本は破滅するだろうということを彼は予言しております。（中略）デューイは、中国文明の見かけの混乱の底に流れている本質を洞察した。世界において今後発言力をもつことを予見した。見かけは進んでいるが日本はもろい。いつ崩れるかわからない。中国の近代化は非常に内発的だ。……一九一九年にそういう見通しを立てた」と評価する。

竹内は魯迅（本名は周樹人、一八八一〜一九三六）を通して学んだ方法としてのアジアから、戦後、日本の近代化を見据えることになる。竹内は敗戦の三年後に発表した「中国の近代と日本の近代――魯迅を手がかりとして――」（『東洋文化講座』第三巻、後に改題され「近代化とは何か――日本と中国――」）で近代化について論じた。

魯迅は日本の仙台で医学を学んだが、文学へ転じて『狂人日記』、『阿Q正伝』などの作品のほかにも社会批評などを残した。竹内は魯迅について「前近代的なものが多く含まれているが、それにかかわらず、前近代を含むという形で、やはりそれは近代というほかないようなものである。」ととらえる。竹内にとって、この近代というほかないようなものとは、欧州を封建制から自己解放させた資本主義発展＝自己拡張が変革を強制したことへの東洋の「抵抗」であった。竹内はこれを説明する文脈で、「抵抗」ということばを実に二六回も使った。竹内はいう。

「ヨーロッパがどう受けとったにせよ、東洋における抵抗は持続していた。抵抗を通じて、東洋は自己を近代化した。抵抗の歴史は近代化の歴史であり、抵抗をへない近代化の道はなかった。ヨーロッパは、東洋の抵抗を通じて、東洋を世界史に包括する過程において、自己の勝利を認めた。それは文化、あるいは民族、あるいは生産力の優位と観念された。東洋はおなじ過程において、自己の敗北を認めた。敗北は抵抗の結果である。抵抗によらない敗北はない。」

竹内は中国と日本の近代化の決定的な相違を「抵抗」と「敗北」感の有無に求めた。中国の抵抗を象徴したのが魯迅であり、日本の無抵抗と敗北感の欠如を象徴したのが日本人の近代観であった。竹内は「中国の近代と日本の近代」の一か月ほど前に発表された「指導者意識について」(『総合文化』所収)でも同様に指摘した。日本にあるのは秀才主義的な「一高—帝大型」のヒエラルキー構造だけであって、「アジア的な野蛮な抵抗」が弱かったからこそ、表層的な近代化(＝進歩主義)を進めることができたのであると。

「日本の進歩主義たちは、進歩を信じている。しかしその進歩は、進歩という観念であって、ヨーロッパの進歩ではないし、魯迅のいう『人類の進歩』でもない。魯迅の進歩は絶望に媒介されているが、日本の進歩は影のない観念である。……進歩主義は、日本イデオロギーの重要な特徴の一つだと思うが、それは否定の契機を含まぬ進歩主義であり、つまりドレイ的日本文化の構造にのっかって安心している進歩主義である。」

さて、「抵抗」である。竹内は魯迅から抵抗について「自分の気持ちを理解する手がかりをえた。抵抗ということを考えるようになったのは、それからである。抵抗とは何かと問われたら、魯迅においてあるようなもの、と答えるしかない。そしてそれは日本には、ないか、少ないものである」と記した。

抵抗があるのは自己を保持したい欲求があるからであり、抵抗がないことはその欲求がないことを示唆する。日本において「近代化」なるものが可能であったとすれば、それは抵抗のない近代化であり、抵抗のあった近代化ではなかったことになる。竹内が日本とアジアの近代化比較論を展開したのは昭和二三［一九四八］年秋であり、この時点で戦後日本社会の民主主義的再出発なるものに冷めた見方をしていた。

欧州諸国の近代化は封建社会と近代社会との不調和への抵抗が生み出したものである。日本の抵抗なき近代化とは一体何であろうか。ここに竹内の根本的な疑問があった。中国には抵抗があった。日本には抵抗がなかった。

戦後社会にも抵抗がなさそうだ。日本は戦争に負けたが敗北感はない。敗北観がないのだから失敗感もない。観念が現実と不調和となれば、以前の原理を捨てて別の原理を探せばよい。戦前の全体主義がダメなら、戦後の民主主義で良い。「日本イデオロギーには失敗がない」。竹内はいう。

「魯迅のような人間は、日本の社会からは生まれない。たとえ生まれても、生長しない。それは受けつがれるべきものとしての伝統にならない。もちろん、魯迅は中国文学のなかで孤立している。しかし、孤立している形が見える。そしてそれは受けつがれている。」

魯迅の中国は近代化が遅れた。日本の明治維新以来の進歩という近代化は一九四五年の敗戦を生んだのはなぜか。竹内は問う。日本に近代化への抵抗がなかったことは、日本には「型」というものがなかったからではないか。竹内はつぎのようにいう。

「日本には、型といえるようなものがない。つまり抵抗がない。強いていえば型のないのが日本の個性だ。……日本文化は、伝統のなかに独立の体験をもたないのではないか。そのために独立という状態が実感として感じられないのではないか、と私は思う。外からくるものを苦痛として、抵抗において受け取ったことは一度もないのではないか。自由の味を知らぬものは、自由であるという暗示だけで満足する。ドレイは自分がドレイでないと思うことでドレイである。『呼び醒まされた』苦痛は、日本文化には無縁でないのか。」

このように考える竹内にとって、日本の近代化（＝資本主義的発展）とはその封建制の抵抗の上に成立したものではなく、むしろその「儒教的構造（あるいは無限の文化受用の構造）の上に心地よくのっかっている」ことで成立したものであって、そののっかっていること自体も意識されなかったのではないか。このことに呼び醒まされはしなかったのだ。竹内の一九四五年を境とした戦後日本社会の変革なるものへの深い疑念と憂慮があった。

それはこの六年後に発表された「近代主義と民族の問題」（『文学』所収）にも継承されていた。戦後抵抗なく民主主義を受け入れた日本社会では、民族主義は悪とされるようになった。竹内はこれに疑義を唱えた。だが、当時の世界情勢の下では、民族問題は大きな位置をしめた。なぜ、日本の内外で民族への思いが異なるのか。戦後、日本の文学者や研究者の中で「民族という要素は、思考の通路にはいっていない」ようになった。だが、かつての日本の民族イデオロギーを支えた「日本ロマン派」はどうなってしまったのか。竹内はいう。

「マルクス主義者を含めての近代主義者は、血ぬられた民族主義をよけて通った。自分を被害者と規定し、ナショナリズムのウルトラ化を自己の責任外の出来事とした。『日本ロマン派』を黙殺することが正しいとされた。しかし、『日本ロマン派』を倒したものは、かれらではなくて外の力なのである。……戦後にあらわれた文学評論の類が、少数の例外を除いて、ほとんどがすべて『日本ロマン派』を不問に付しているさまは、ことに多少でも『日本ロマン派』に関係のあった人までがアリバイ提出にいそがしいさまは、ちょっと奇妙である。」

日本民族の敗戦によって日本民族の文学を論じた日本浪漫派が、「ザマ見やがれ」の対象となったことについて、竹内は「戦後の近代主義の復活が、『日本ロマン派』のアンチ・テーゼであることは認められるけれども、『日本ロマン派』そのものが近代主義のアンチ・テーゼとして最初は提出されたという歴史的事実を忘れてはならない」と鋭く指摘した。

要するに、日本の近代化において「民族」という要素が大きな役割をはたしたにもかかわらず、良くも悪くも文学者や研究者の間で明示的に民族がきちんととらえられたことはなかったのだ。むしろ、民族主義の検討を避けた近代主義こそが逆説的に民族主義そのものを硬化させ、それに制約を課すことができなかったことが日本の近代主義なるものに歪みを与えたのではないか。これは日本浪漫派や白樺派からプロレタリア文学の作家たちにいたるまで共通したのではないだろうか。

竹内はこの点について「近代主義は、日本文学において、支配的傾向だというのが私の判断である。近代主義とは、いいかえれば、民族を思考の通路に含まぬ、あるいは排除する……プロレタリア文学も例外ではない。『白樺』の延長から出てきた日本のプロレタリア文学は、階級という新しい要素を輸入することには成功したが、抑圧された民族を救い出すことは念頭になかった。むしろ、民族を抑圧するために階級を利用し、階級を万能化した。……（引用者注―このような）無理な姿勢は逆の方向に崩れる。極端な民族主義者が転向者の間から出たのは不思議ではない」と指摘したうえで、このような無理強いを強行させた日本の近代社会とは何であったのかをこの評論で問いかけた。

竹内の認識では、「民族」とは無視され、抑圧されたときに表面に顔をだすものであり、日本のファシズムは戦中にこの作用を利用して日本人のなかで眠っていた民族意識を呼び覚ました。そうであったとしても、民族意識そのものを否定すれば、日本以外のアジアの民族主義の何たるかを理解できない、と竹内はみた。抵抗や民族はその後の竹内の中で竹内の近代化論の大きなモチーフとなっていった。この八年後の昭和三四［一九五九］年、竹内は「近代の超克」を発表した（『近代思想史講座』第七巻所収）。

この評論は、雑誌『文学界』が大東亜戦争直後の昭和一七［一九四二］年七月に開催された座談会の記録を九月号と一〇月号に連載した「近代の超克」を取り上げたものである。座談会には本書で取り上げた林房雄、亀井勝一郎、河上徹太郎のほかにも京都学派の哲学者、日本浪漫派の文学界同人の作家たちも参加した。彼らは大東亜戦争の意味を「近代の超克」という視点からとらえようとした。

「近代の超克」というシンボリックな表現は、戦争中の日本の知識人の間の流行語の一つであった。戦後、作家や研究者たちは「近代の超克」座談会について、戦争協力やファシズム思想として断罪した。竹内はこの座談会から日本の近代化思想なるものを引きずり出し、日本の近代化イデオロギーの内実を明示しようとした。

竹内は日本の当時の知識人が「純粋に自家消費用につくり出した」近代の超克という思想を「いま読み返してみると、これがどうしてそれほどの暴威をふるったか、不思議に思われるほど思想的に無内容である」と指摘する。竹内が戦後一四年が過ぎ去ったころにこのテーマを取り上げたのは「近代の超克」が座談会という事件として過ぎ去ったが、「思想としては生き残っていて、事あるごとに怨恨あるいは懐旧の情をよびおこす」にもかかわらず、まじめに取り上げられていないところにあった。

「近代の超克」は知識青年を戦争に駆り立てたとされてきたが、思想的に無内容なそのような思想にはそれほどの力がなかった。とすれば、「近代の超克」への批判は「逆うらみ」にすぎないのか。竹内にとって分析対象とすべきはこの無内容な思想そのものではなく、「根はもっと深く日本の思想および職業思想家の伝統のなかに」あるのではないかとされたのだ。竹内にとって近代の超克思想は断罪されたかもしれないが、克服されたわけではなく「日本の思想」として戦後に生きつづけているのである。

近代の超克を語った座談会参加者は既述のように三つの系譜に分類される。「文学界」グループ、「日本ロマン派」グループ、京都学派である。彼らが一堂に会した座談会の司会役であった河上徹太郎は、第一日目の冒頭で「実は『近代の超克』といふ言葉は、一つの符牒みたいなもので、……一二月八日以来、吾々の感情といふものは、茲でピタツと一つの型の決まりみたいなものを見せて居る。この型の決まり、これはどうにも言葉で言へない。……例へば『近代』といふ言葉一つにしましても食ひ違ひがある……僕は今更『近代』といふ言葉を先づ厳密に定義しようとは思ってゐないのです」と口火を切っている。

つまり、「近代」という言葉が出席者にとっても明確ではないものである以上、「近代の超克」とは一つの符牒、つまり合言葉みたいなものだ、と言っているのである。必然、その後の議論は「近代」ではなく、「西洋の近代」について語られた。そのため、河上は二日目の冒頭で「昨日、大ざっぱ乍ら西洋に於ける近代といふやうなことを一通り喋舌ったとしておいて、今日は日本の方へ入って行かうと思ふのです」と述べ座談をスタートさせた。結局のところ、西洋の近代を離れて日本の近代について十分語られたとはいえなかった、とわたしは思う。

二日間にわたる座談会において、「近代の超克」という符牒は出席者の、そして竹内自身の眼前にあった太平洋戦争の思想的政策を明らかにしなかっただけではなく、日本人は何に対して何のために戦ったのかがあいまいなままに終わってしまった。出席者は当時の日本の知的指導者——本人たちにその自覚があったかどうかは問わない——たちである。それは京都学派などへの竹内のつぎのような感想からも伝わってくる。

「教義学としては彼らは完璧である。その完璧さのゆえに、この発言はある意味では戦争の将来の予言ともなった。つまり戦争そのものが『和戦という低い対立』では処理しきれなくなって、思想的混乱におちいり、戦争遂行の目的が喪失してしまったのである。そして飢餓による虚脱という形で、『当為即事実、事実即当為』、『他力即自力、自力即他力』の『絶対行為即絶対無』の境地がアジアの廃墟の上に実現されたのだ。」

こうしたイデオロギーが西洋の近代を超克するための戦争遂行に大きな役割を果したとするなら、それはあまりにも過大評価に過ぎる、と竹内は指摘したのである。竹内は続ける。「公の思想を祖述しただけである。あるいは解釈しただけである。それがイデオロギー的に働いたのは、別の要因からである。彼らの思想が現実を動かしたのではない。……京都学派にとっては、教義が大切なのであって、現実はどうでもよかった。『既成事実の弁護』でさえなかったと私は思う。事実は眼中になかった」と。

太平洋戦争のもった「二重構造」観——対英米（西洋）と対アジア——は戦後においても認識されないままに不問に付されているのではないか、と竹内は感じていた。竹内によれば、それは「明治国家の二重構造が認識の対象にされないからである。明治時代を一貫する基本国策は、完全独立の実現（引用者注—不平等条約の廃棄）になった。……しかし一方、日本は早くも明治九年に朝鮮に不平等条約を押しつけている。朝鮮や中国への不平等条約の強要が日本自身の不平等条約からの脱却と相関的である。この伝統から形成されたのが『東亜共栄圏』のユートピア思想であり、そのために『大東亜戦争』は不可欠の条件であった。

竹内は日本ロマン派に対しては、きちんと理解しきれていないことを正直に述べる。何をもって「ロマン」というのかが判然としない保田與重郎等のイデオロギーについて、竹内は「保田の果たした思想的役割は、あらゆるカテゴリーを破壊することによって思想を絶滅することにあった。この点で彼は、概念の恣意にカテゴリーを従属させた京都学派よりもさらに前進していた。……自己を無限拡大することによって自分をゼロに引き下げるのが彼の方法である。……彼の判断は定着形式をとらない。一見、きわめて強い自己主張に見えるものが、じつは自己不在である。彼の文章には主語がない。主語に見えるものは、彼の思惟内部の別の自己である」と述べた。やがて、こうした流れが日本文学派にも流れ込んだのではないだろうか。

つき詰めれば、竹内によれば、「近代の超克」論は思想的な試みであったことはたしかであった。だが、それは「失敗した試み」であった。竹内は「思想としての『近代の超克』」には、『文学界』グループと、京都学派と、『日本ロマン派』の三つの要素が組み合わさっていた。マルクス主義敗退後の中間的知識人のいちばん活発な活動舞台であった『文学界』が、一つの延命策として『日本ロマン派』の国体思想から自己を防衛する目的と、一つは逆に国体思想を利用する目的で、窮余の策として知性の最後のあがきを見せたのが『近代の超克』であった」と位置づけ、「近代の超克」とは「日本近代史のアポリア（難関）(*)の凝縮であった」と結論付けた。

＊アポリア——通路や手段のないことを意味する行詰りを意味するギリシア語である。ギリシアのアリストテレス哲学で、一つの問題に対する論理的に正しいが、相反する二つの見解である。要するに解決のつかない論理的難

問のことである。

三つのグループはそれぞれに日本の近代化というアポリアをとらえたまではよかったが、結果的には思想の試みとしては失敗して大東戦争と太平洋戦争の解説に堕してしまった。いまも、グローバル化やグローバル主義とか、アジア主義やアジアの時代といわれている。こうしたとき、竹内の視点は、わたしたちにこの種の議論に安易につく事を考えさせる力をいまだに保持しているのである。

冒頭ですこしふれた竹内好の外国での再評価とその現代的意味という視点にもどっておく。松本健一は『朝日新聞』（二〇〇四年一〇月五日）に「『竹内好という問題』浮上――地殻変動する現代史を背景に――」で、ドイツのハイデルベルク大学で開催された五日間にわたった国際シンポジウム「竹内好――アジアにおけるもう一つの近代化を考えた思想家？――」の様子を紹介している。

松本はこのシンポジウムがドイツで開催された背景の一つに、「アングロサクソン主体の近現代の世界史に対するオルターナティヴ（代案）として、一方でヨーロッパの復権を考え、他方でアジア主義の可能性（問題点）を考えようとした」のではないかと忖度したうえで、すでに欧州でも研究蓄積のある福沢諭吉や丸山眞男に加え、アジア主義や民族主義と向き合った竹内好が選ばれたのではないかとみている。

だが皮肉なことに日本ではこうした竹内好の視点への取り組みは希薄であり、民族主義やアジア主義がいまではタブー視される傾向もある。松本は「一昨年末に、インドで『岡倉天心とアジア主義の百年』という国際シンポジウムがおこなわれたことを考えると、日本アカデミズムの怠慢は度し難い、という気さえする」と指摘するとともに、竹内好の論文集が英語や韓国語で刊行され、これからドイツ語や中国語に翻訳刊行される予定であるという。

竹内好のアジア主義などの評価が海の向こうからやってきて日本でも再評価されるようになれば、竹内の日本近代化論の正しさが証明されるに違いない。

伊藤　整

小説家や翻訳家としての伊藤整をここでは取り上げない。社会科学作家としての伊藤整を取り上げたい。伊藤を社会科学作家といったのは、彼が日本の小説の「紹介」ではなく「分析」を通じて日本の近代小説なるものとそれを生み出した日本社会の構造を解明しようとしたからである。そこには自ら小説家——若いころには詩集も残しているが——であったことから、日本の小説を対象に日本の近代化とその自画像を小説家ならではの鋭い視点で明らかにしようとした伊藤整という作家の特徴があった。

伊藤整（一九〇五〜六九）は北海道松前に生まれた。伊藤の自伝『若き詩人の肖像』によれば、伊藤の父は広島出身で日清戦争に出征した後、北海道最南端の灯台の看守兵となり、地元の漁師の娘と結婚した。その後日露戦争に出征し、除隊して村役場に勤めた。伊藤は姉一人、弟妹一〇人の大家族のなかで育った。

伊藤は『若い詩人の肖像』で、「私の入る前の年、全国の高等学校や専門学校に軍事教練が行われることになった。……その年（引用者注―中学五年生）、すなわち私が入学する前の年に軍事教練が実施された時、この高等商業学校の生徒たちは軍事教練反対運動を起した。それに続いてその運動は各地の高等学校や大学に飛び火し、全国的な運動になった。北国の港町の、この名もない専門学校は、その事件のために存在を知られるようになった」と当時を振り返っている。

伊藤が小樽高商に入学したのは大正一一［一九二二］年であった。その前年は、大正一〇［一九二一］年のことになるが、これは伊藤の勘違いであろう。宇垣軍縮により余剰となった陸軍将校の受け皿と総力戦を念頭に置いた軍事予備教育との両面を兼ねた学校教練制度――「陸軍現役将校学校配属令」――が導入されたのは大正一四［一九二五］年四月であった。この年の一〇月に、小樽高商で軍事教練反対運動が起こったのである。

伊藤は学校教練について「第一次世界大戦の終了とロシア革命の成立によって、自由主義、共産主義、無政府主義、反軍国主義などの新思想に正義を求めていた知識階級や学生の反感を煽った」と述べている。伊藤が勘違いした大正一一［一九二二］年という年には、労働組合や小作人組合による争議が各地に起こり、その後も増え続けた。知識階級予備層の学生たちもこうした世相に大きな影響を受けた。

伊藤は自伝の中で軍事教練反対運動や教授攻撃の記事などで意気盛んであった学校新聞を読んでから、その騒ぎに自分も巻き込まれるのではないかと恐れたことを正直に記している。伊藤は、小樽高商を卒業して東京商大へと進んだ一級上の先輩に「ブルジョワとプロレタリアという新しい言葉を……覚えておかないとこれからの世の中に遅れる」と言われたことにもふれた。

軍事教練の反対運動を全国に先駆けて起こして有名になった北海道の小さな港町の高等商業学校は、その後、プロレタリア作家となった小林多喜二（一九〇三～三三）でも有名となる。小林は伊藤の一級上であった。伊藤は小林に会った最初の印象を「髪を伸ばして七三に分けた小柄で……少し横柄な表情を浮べた」生徒とすれ違ったときに、「小林多喜二という名がすぐ私の頭に浮かんだ……あの新聞で教師攻撃をしているのは小林の仲間に違いない、と直感的に悟った」と記している。

伊藤が、同じ学校で文芸誌に投書をしている小林多喜二を強く意識しはじめたことが彼の自伝の行間から伝わってくる。伊藤整が文芸誌への投稿や同人誌への取り組みで作家となることを強く意識するようになったのもこのころであるという。伊藤はいう。

「私は小林多喜二なる文学青年をそれと知りながら、近づかなかった。……校友会誌編纂部にも近づかなかった。……入学して間もなく原稿募集案内が張り出されたが、私はそれに応じようとする自分の衝動を押えた。」

館長であった商業英語教師の好みで商業学校の図書館にしては、文学書や文芸雑誌が揃っていた環境下で、伊藤は「本のどれもが、私が借りる前に、あの顔の蒼白い小林多喜二に読まれていることを、自然に意識した。……あいつが読んだ後では、私は自分の読んでいる本の本当の中身がもう抜き去られているような気がした。それに、その頃には、私は小林の関心が専ら小説にあること、彼が小説を書いていることを知っていた。……私が小説を嫌ったのも、この気持ちのせいであったかも知れない。……ただ私は軽蔑するという安全ペンを持っていたので、これ等の新作家たちの小説を何となく読みなれて、相当の数をこの図書館で読んだ」と回顧している。

その頃、小林は『クラルテ』という同人誌に取り組み、社会主義的傾向の作品に興味を持ち始めると同時に、志賀直哉に作品を送って批判を受けていたという。伊藤を小説ではなくまずは詩に向かわせたのは、伊藤自身の小林へのこのような一方的なライバル意識であったかもしれない。

当時は第一次大戦終結による反動不況がやってきた時期である。三井や三菱などへの就職は、小樽高商ではトップの一握りの学生にすぎなかった。伊藤は地元銀行への教師の推薦もあったが、別の教師の勧めで地元の中学校の英語教師となった。伊藤はこの年、二一歳のときに処女詩集『雪明りの路』を自費出版した。

詩集について、伊藤は「中学校教師の出す本にしてはまずいな、と思った。しかし、それ等幾篇かの恋愛詩を抹殺するのは、その一冊の詩集の命を消し去るようなことであった。……私はこの詩集の著者となる責任を負わねばならないと覚悟した。それはやがて学校をやめるつもりで同僚や生徒たちの目に自分の恋愛を曝すことであった」と述べている。にもかかわらず、自費出版にこだわったのは、『日本詩人』の新人募集に応ずる気持にはなれなかった。それが最も権威ある詩壇の公器のような雑誌であったため、そこで下手な格づけされたり、そこで選に洩れたりするのは、ひどい屈辱的なことに思われ」ることへの恐れがあったという。

詩人として独り立ちできるかどうかの不安と自信が見え隠れしていた。また、詩集を出せば、「中学校の教師という今の境遇を不満として上の学校に入り、もっとましな何かの地位を自分の将来に予定しながら勉強している男がそばにいる、……同僚の教師たちにとって不愉快なこと……その上私は、教師を失格するような恋愛詩集を出そうとしていた」と伊藤は当時を振り返っている。伊藤は東京へ出ることを目指した。

伊藤は昭和二［一九二七］年に東京商科大学に入学——最初の年は休学して中学教師を続ける——し上京、東京で梶井基次郎や三好達治らを知り、詩人から小説家への道を歩み始めた。伊藤は東京商大を中退し、本格的な執筆活動に入る。後に、伊藤は小林多喜二も自分と同じ道を歩もうとしていることを知る。北海道拓殖銀行小樽支店に勤めていた小林は大正一四［一九二五］年に、伊藤と同様に東京へ出る手段として東京商大を受験したが不合格となったことで、このころより本格的に小説を書き始めている。

伊藤は、「その頃、小説の書き方では、自然主義の写実的な手法で書いて、かなりうまいけれども、書き方が少し時代遅れ」とみていた小林多喜二を自身との対比でつぎのように描いている。

「私は彼のように祖父の庇護を受けて、やっと学校にやらせてもらうというような屈辱感なしに少年時代を過ごした。そして、潜水夫の空気ポンプを押して金を得るというような、倦怠感で人間らしさをすりへらす労働をしたこともなかった。小林は社会的怨恨の感情というものを深く人間の心の中に持って育った魂であったのだろう。……要するに私は、軍人恩給をもつ村役場官吏の子であった。……また自分は漁夫や農夫とは違う、という小さな優越感を持って育った。」

小林多喜二は社会派小説を書き、昭和三［一九二八］年に共産党員の全国一斉検挙（三・一五事件）に題材をとった『一九二八年三月十五日』や、翌年には蟹を加工する労働者たちの過酷な労働条件を描いた『蟹工船』でその名が知られるようになった。と同時に、その名は特高(*)のブラックリストにも載ることとなった。小林は銀行を解雇され、やがて不敬罪や治安維持法の違反に問われ起訴され、奥多摩刑務所に収監された。小林は保釈出獄されたが、当時非合法の共産党へ入党。特高は小林を拘束し、築地署で虐殺した。昭和八［一九三三］年二月のことであった。

＊特別高等警察（特高）――明治四三［一九一〇］年の大逆事件を契機に、翌年、警視庁の高等警察とは別に社会主義などの思想に対処するために内務省警保局保安課の直轄組織として設置された。大正一四［一九二五］年の治安維持法によって思想取り締まりの法的根拠が与えられた。三・一五事件のあと、全府県に特高課が設けられた。

伊藤は、多喜二の死の前年に東京商大を中退し、翌年、最初の評論集『新心理主義文学』を発表した。『若き詩人の肖像』では、伊藤は多喜二の死を書き記してはいない。このことは、伊藤の中でライバルとして小林多喜二が生きつづけ、詩人であった伊藤整が小説に向かった時に、そこに社会的視点の必要性を意識させ続けたことを示唆しているのではあるまいか。

伊藤は戦後すぐに北海道大学で短期間教鞭をとったあと、作家活動を再開し、早稲田大学や東京工業大学でも教えた。伊藤整を著名にしたのはローレンスの小説「チャタレイ夫人の恋人」の翻訳がわいせつ文書として警視庁に摘発されたことにもよる。

この是非は裁判所に持ち込まれた。昭和二六［一九五一］年のことであった。翌年、訳者の伊藤は無罪となったが、出版元の新潮社は罰金を課され、刑事控訴となった。裁判は東京高裁――双方に罰金刑――から最高裁へと移ったが、最高裁で上告棄却となった。

伊藤は東京工大教授の傍ら、文芸評論を続け、日本ペンクラブの重鎮、日本近代文学館理事長などもつとめ一生涯を通じて生産的な作家であり続けた。伊藤は詩や小説だけではなく、日本の近代文学に対する緻密で分析的な評論を多く残した。

たとえば、伊藤は『小説の認識』（昭和三〇［一九五五］年刊）で日本の近代小説を、「人なみの生活への執着を持たず、生活の形を破壊させながら」、小説の世界で「わずかに行為者または認識者としての自己を認識して保持することが文士の生きる目あてであった」明治大正期から「売文業が多くの報酬をもたらす時になっても、その衝動のまま残って、現世に対しては責任を持たなくてもいい、自己のみを温存し、味うべきものを味い、他者とのバランスを考える必要はないという思想」ととらえた。伊藤は日本の近代文学の底流にある思想を自分自身と同時代の文学者全体の問題とみた。

伊藤は日本の近代小説の没社会的側面を問題視し、そのあり方に異議を唱えたのである。日本のこうした小説とその消費者である読者との関係について、伊藤はつぎのように指摘した。

「現在の多くの小説に見出される人間意識は、他者を認識することを拒否するエゴの拡大を基本形として、その反対の型としては、与えられた環境を批判せずに、単にそれを自己の鋳型として命令か運命のように受取り、いよいよ耐えられなくなると、それから逃れるか、それを抹殺しようとする、という型である。働きかける怒りは存在しない。批評せず、笑の対象とせず、ただ自己の環境を運命として甘受して、はかなみ愁うる人間のみがつぎつぎ現れる。これは現代、二十世紀の中頃の人間であろうか。然り、それが日本人なのである。そして今日本の民衆は、ほぼそういう生活意識を当代の小説の中に見出して、それを肯定し、『民主主義』時代の新しい生き方はそういうものでいいのだという安心と、自己の発想法が『文学者』によって是認されていることを感じて、その種の小説を電車の中で読み、寝床の中で、事務室で読みふける。人間の弱点の許容ということが公然と認められるということである。恥であったことが権利に変わったという意識である。それが今日の膨大な小説読者層を作り出した一原因である。」

伊藤はこれが近代小説ということなのだろうかと問う。否。これは「近代という実証精神が確立していない」日本という社会の「近代的」(＝非近代化) なるものではないのか。そして、この事象こそが日本における「近代化」という借り物意識が生んだ産物であるとみなした。これが伊藤の基本的な視点である。

伊藤にとって、ヨーロッパの近代社会とは、民衆こそが現世を支えているという自我意識によって生まれたものであったとすれば、伊藤は明治期でそれを担ったのは自由民権主義者であり、大正末期ではマルクス主義者であったとしても、一般民衆がついぞそうした意識を持てなかった、あるいは持とうとしなかったところに日本の近代化なるものの内実を見ようとしたのである。

小説家のなかでこうした日本の近代化のあり方を正面から取り上げた者が果たして多かったろうか。日本の作家たちは民衆が「ヨーロッパ的」市民意識を持ち得ないと「予めの絶望」感をもったからこそ、「小さな貝殻の中へ蓋を固く閉じてもぐり込ませる」世界を描いたのではなかったのか。この現状を憂い意識改革に乗り出したのは小説家──そういう作家たちもいたが、それは少数派にとどまったという意味で──ではなく、キリスト教徒とマルクス主義者（マルクス主義文学者）であったところにもまた日本の近代化なるものの内実と、近代主義者の孤独が象徴されている、と伊藤はみる。

では、第二次大戦後に新たに登場した中間小説──純文学と大衆文学の中間に位置するとされた風俗小説──はこうした日本の近代文学の限界を超えたのだろうか。「民衆との結びつきという願望は、紅葉から鏡花に来て、自然主義によって窒息」させられ、狭い隔離された文壇という中にひきこもってきた日本の小説のなかにあっては、「これまでになかった規模で民衆に結びついてゆくのをみると、文学作品がいかに強く環境の条件なる日本的発想や表現に縛り付けられているかを、新しい事実として発見しなければならなかった」ことや、あるいは戦後の文芸雑誌の増加からも、それはいえるかもしれない。

伊藤はこのように新しい傾向を指摘しつつも、戦後日本文学とその読者が本当に変わったのかというと、懐疑的な見解を示してもいる。伊藤は、日本の文学者たちが実社会に背き、そこから自らを隔離させ、民衆の生活意識とは無関係に作家その人の「自画像」を私小説というかたちで描き、日本社会の「自画像」に無関心であったととらえる。伊藤の指摘を再度引用しておく。

「現在の多くの小説に見出される人間意識は、他者を認識することを拒否することによってエゴの拡大を基本形として、その反対の型としては、与えられた環境を批判せずに、単にそれから自己の鋳型として命令か運命のように受取り、いよいよ耐えられなくなると、それから逃げるか、それを抹殺しようとする、という型である。働きかける怒りは存在しない。批評せず、笑の対象とせず、風刺せず、ただ自己の環境を運命として甘受してはかなみ愁うる人間のみがつぎつぎと現われる。これは現代、二十世紀の中頃の人間であろうか。然り、それが日本人なのである。」

伊藤は、日本の文学者たちを通して社会を正面から見据えるという実証精神が確立しなかったところに日本の近代という精神の特徴を見出した。では、日本のプロレタリア作家たちは例外であったのだろうか。伊藤は『小説の方法』で「あるがままの自己を見つめ描く」私小説家としての嘉村礒多（一八九七〜一九三三）と「対象としての自己を理想的人間として形成する自己」を貫こうとした小林多喜二の「昭和の戦争前期頃」の対照的な二人の作家を取り上げた。

伊藤は小林多喜二について「昭和前期のいわゆるマルクス主義文学が、あのように激しく政治実践へ傾いて行った衝動の根拠には、始原的には日本的自己放棄の情熱があり、文芸的な流れとしては、描くべき対象である自己自体を理想的人間像たらしめたいところの所謂私小説的創作心理から生じた変型があった」と論じた。伊藤が詩から散文（小説）に転じた頃は、マルキシズム文学が興隆し始めた時期でもあり、多分に若いころから知る小林多喜二の死を意識しつつ、伊藤はつぎのように当時を回顧しつつマルクス主義文学の私小説的出自を指摘した。

「この実践的な倫理が、芸術である文芸の性格を変更するという怖ろしい勢いは抵抗しがたいものに思われた。日本のような社会においては、漸進的にか急進的にか変革が来たされねばならないのは必然である。……日本のマルキシズムの芸術理論も常に、そうすると、日本の自然主義以来の私小説では全く抵抗できない。両者は現世そのものに対する態度で同じ地盤に立っているのだから。私は日本のマルキシズム文学が、実質において、生活実践者の報告であることで、私小説と同じ系統にあることを発見した。」日本の近代小説が私小説あるいはマルキシズムやプロレタリア文学などに分類されようと、その本質は小説技法の特徴にあるのではなく、「現世の造型は現世への絆なしにあり得ないことを感じた作家たちの本能的回避」にあったと、伊藤はみなしたのである。伊藤は自己犠牲型の小林多喜二等のマルクス主義文学者たちと多くの自己放棄型の私小説家たちを同根とみなしたのである。

それゆえに、マルクス主義文学者といえども、勝ち目のない現世に「言わば絶望的な陰謀を抱く逃亡奴隷であって、やっぱり現世を大きな距離を持っていたが故に私小説家たちと同様に、忍苦的な思想のみがあって、現世と戦う意識がありながら離れていた」のではないか。伊藤はここでは戦って敗れ去った小林多喜二ではなく、所謂転向者たちについてもふれているのである。

伊藤は「近代日本人の発想の諸形式」(『思想』、昭和二八[一九五三]年二・三月号)などでこれらの点を構図化して描いた。伊藤は西洋小説とその影響を受けた日本の近代小説との比較を通じて、キリスト教的背景をもって成立した西洋的近代と日本の近代との違いを、フィクションとしての西洋小説と私小説としての日本小説においてもとらえたのである。

明治期のキリスト教思想のあとに入ってきたマルキシズム——伊藤にとっては同根であるが——は「自我と他我を組み合わされて論理的に理想形を作ろうとする形での訓練になれていない」日本の知識階級者はそれを無理やり日本社会に接ぎ木しようとして、多くの転向者を生んだ。伊藤にとって、この構図はつぎのように解釈された。

「体験的伝統的な発想形式としては日本にはなかった社会的生活認識が、突然純粋形式のマルクス主義に接木されたのである。転向者は急速にそれから離れて無の認識に落ちて行った。そうでないものは、その図式をそのまま絶対君主制と結びつけて侵略的政治思想に転化し、近代思想以前の軍国主義に容易に展開した。」

この原因について、伊藤は指摘する。「それは日本の伝統的発想においては、人間関係は対等即ち横の等質の組み合わせで考えられず、タテの支配と従属の関係としてしか存在しなかったからである。日本では横の人間的関係が厳しく考えられる時は、人間相互を結びつけるようにならず、遊離、遁走という離反関係を呼び起こしがちなのである。私小説という孤立した人間にのみ強い真実が込められた真原因はこれであろう」と。

これは伊藤の多くの評論で繰り返して主張された持論である。日本社会の構成原理は依然としてタテの階層的なものであって、ヨコの「社会人市民」としての連絡はなく、「このような社会での自己確立は、外形のみであって、それは自己を失うことと同じこととなって行くのである」とされる。むろん、戦前のタテ型の階層社会は戦後の農村社会の変貌とともに解体され、いまではこのように主張する文学者もそう多くはないであろう。

だが、社会人類学者の中根千枝（一九二六〜）が昭和四二〔一九六七〕年に著した『タテ社会の人間関係』で、そうしたタテ関係は会社や役所などの組織に見事に継承され、いまも日本の内外で読み継がれていることを考えると全面否定もできない。

文学者伊藤はあたかも社会学者のように、日本の小説家を日本の近代化のなかで一つの社会階層として位置づけた。また、日本語の特徴に言及して、たとえば、「近代日本における『愛』の虚偽」（『思想』、昭和三三

〔一九五八〕年七月号）で「上下の秩序づけは明確であるが、他者との論理関係の説明には役に立たない日本語の構造は、そのまま我々の思考形式を示していると言っていい。……我々はなおこのような構造の言葉でものを考え、ものを表現しているのだ。決して我々は本質的には西欧化したとは言われない」とされた。

伊藤にとって西欧的近代化とはキリスト教世界観のなかでの自我の独立であって、キリスト教的な絶対的な神の存在への感覚をもたない日本社会において、どのようなかたちで「自覚的」かつ「自立的な」自我を社会意識として確立させるかが一生涯にわたっての課題であった。

こうした伊藤整には、『日本文壇史』という浩瀚の作品がある。伊藤が昭和二八〔一九五三〕年に第一巻を刊行してから亡くなるまでその完成——一九巻以降は瀬沼茂樹が引き継いだ——に取り組んだ。東京工業大学在学中から文芸評論に取り組み、卒業後に東芝でトランジスターの開発に携わったあと、文芸評論家に転じた奥野健男（一九二六〜九七）は、伊藤整とその日本文壇史への取り組みをつぎのように評した。

「伊藤整は、生涯文壇の主流ではなく、文壇からなんとなく疎外されていた。余りに理論家過ぎ、さめた意識を抱いていたためであろう。そして伊藤整は文壇からの疎外意識をもって文壇精通者になった。大作『日本文壇史』を書き、文壇の構造をモデルとして、現代社会への考察を構成しえた。」

奥野は伊藤を「世界でも先駆的に、比較文学、文化人類学の方法を用いている。そして体系より要素間の関係を文学において考え構造主義的な思想家であった」（伊藤整『近代日本人の発想の諸形式』〈岩波書店〉の解説）と評価したのである。

この評価は冒頭にも紹介した社会科学作家としての伊藤をよく表している。文壇の社会から遊離した私小説家たちのギルド体質を鋭く指摘し批難した伊藤にとって、それは当然であり、その疎外のされ方そのものが伊藤の考察の中心でもあった。

ところで、文芸誌の編集に長く関わってきた川西政明は、『小説の終焉』で近代日本文学の流れを整理する。明治期の自然主義文学では「日本の古い慣習とあたらしい生活とのしょうとつを描いた。封建主義のなかで息を止められていた『私』の確立が第一義であった。没落する旧家とあたらしく生まれてくる近代的な家との間の葛藤は避けられないテーマであった」大正期の文学では、「志賀直哉、武者小路実篤を中心に自我の拡大が叫ばれた」と。

昭和期に入って、「大久保や川路らが基礎を固めた内務省と軍隊と警察組織による支配にたいし、マルクス主義という外来思想の上に立って国家に反逆した戦であった。その戦に小林多喜二……は敗れた」。日本は戦争に突き進んだが、次章で取り上げる司馬遼太郎は、昭和の戦争とは「内務省と軍隊と警察組織を操る人間が暴走したところに現れた現象」とみた。

日本の戦争は二葉亭四迷の『浮雲』から数えて約六〇年たって敗戦となった。川西は、この六〇年間について、「近代を疾走した日本の歴史と歩調をあわせて歩いてきた。近代が手探りで作られてきたように、文士たちは『私』を求め、『家』を求め、『神』を求め、『性』を求めるように、『戦争』を求め、『革命』を求めた」歴史と位置づける。そして、革命とは同質ではありえなかった敗戦によって戦後社会がやってきた。

川西は指摘する。「よく考えてみると敗戦でつぶされたのは陸海軍と内務省だけであった。追われた官吏は軍人だけで、内務省官吏は官に残り、他の者もことごとく官に残った。機構の思想も、官僚意識も残った。基本は太政官時代からなにも変わらなかった。これが日本の官僚機構の本質である。そこには根深い日本人の魂と心が眠っている」と。いま、川西のいう日本近代文学の前期六〇年から、いまは後期六〇年が経過した。そこにも前後がある。
川西によれば、後期の前史では「戦争」、「革命」、「世界」、「存在」が小説のテーマとなり、「多くの作家が集大成ともいうべき作品を完成させた」昭和四六[一九七一]年でもって一区切りしたという。この区分は、川西が村上龍(一九五二〜)や村上春樹(一九四九〜)とその作品群を強く意識しているからである。川西は彼らの登場をもって、それらの作品は深い地下水脈で戦後小説とつながっているとしても、彼らが日本での小説を「終わりの場所まで」引っ張っていってしまったとみた。「日本の小説とは、指針をもたずに出港した日本という国と一介の文士が対等にたたかった魂の記録であった。今、小説は日本という国との戦を終えた。歴史の扉を閉める時がきたのである」と。

では、日本の小説は国との戦に勝利したのだろうか。少なくとも村上龍の歩みを見る限り、村上は小説という範囲をこえてネットの世界などで社会評論的な行動に移ってきた。それが小説に限界を感じてのことなのかどうか。また、伊藤は小説の商業主義化の方向に関心を持ちつづけたが、小説家は無頼漢の貧乏を小説の種としたかつての文壇から、テレビなどマスメディアの娯楽番組から政治や経済番組に露出化し、いまは文化人へと大きくその地位を向上させた。小説家の作品を知らなくても、その顔を知る時代となった。

伊藤整が亡くなったのは、川西が指摘した戦後文学史の前期が終焉しつつあった昭和四四[一九六九]年末であった。伊藤が日本の小説を通して見ようとした日本社会の構造は変わってしまったのか。日本の小説家たちはその構造なるものに向かい合って作品を生み出しているのだろうか、あるいは、向かい合うことそのものをあきらめてしまったことで小説を終焉させてしまったのだろうか。(*)

*小樽市は伊藤整を記念した文学賞を平成二[一九九〇]年に創設した。伊藤整文学賞は小説だけでなく、評論を

も対象にした。小説と評論の二本立てとなっているところに、伊藤整の歩み——これに詩集も対象にしてもよいだろうが——を象徴しているともいえる。

加藤周一

加藤周一（一九一九〜二〇〇八）は二〇〇〇年初めに日本放送協会（ＮＨＫ）で二〇世紀という世界について四回にわたって語っている（後に『私にとっての二〇世紀』に所収）。加藤は自らの世代についてつぎのように述べた。

「私は物心つくなりいきなり戦争です。中国侵略戦争があって、それが太平洋戦争に発展していく。大体、初めから嘘の体系のなかで物心がついた。新聞に書いてあったとか、みんなが言っていることというのは必ずしも本当ではない。ことに戦争中は嘘のほうが多い。騙されるのが嫌ならば何事もやっぱり自分の目で見なければならない。それ以後も、私の生涯の間、そうやたらに信じない。まず疑ってかかるという意識ができたかと思います。そうした姿勢は、医学という自然科学を専攻したこととも関係があるでしょう。自然科学の研究室では、疑えるだけ疑うのです。人が論文に書いていたら追試する。もう一遍やってみて確かだということを試さなければならない。」

自然科学を専攻した人たちのすべてが嘘を見分けられるとは思わないが、それでもどこかに理論値と実験値が異なることをわかっているだろう。ここでいう理論値とは戦争中で言えば大本営発表の大嘘であり、実験値とは現実の戦場である。加藤のいう追試は、文科系・社会科学系学部の卒業生なら、定期試験あたりに不合格であったため、もう一度受けることのできる試験制度のように思えるだろう。

理工系出身者なら、それは追跡試験の略語であることはすぐわかる。わたしは化学専攻の学生の頃、これを知ることになった。自分のテーマの実験を行う場合、まずは先例を調べ上げ、同じ条件でやってみる。これを追試（トレース）といった。同じ結果が得られることもあるし、得られないこともある。こうして自然科学の専攻者は疑うことを学ぶのである。この点において、読書主体の社会科学系などは、同じようなことを実験的に確かめる途が限られている。結果として、疑うことを学ぶことは少ない。ゆえにそれには工夫がいる。

加藤は物心つくなり戦争であったと語ったが、人は何歳ごろをもって物心がつき戦争などのことを記憶しているのだろうか。満州事変が起こったのは昭和六［一九三一］年九月であった。加藤周一は自伝『羊の歌――わが回想――』で、「私は一九三一年満州事変のはじまった年に中学校に入り、一九三六年二・二六事件の年に中学校を出た。その間毎日私は新聞を読み、放送を聞いていたが、日本国が何処へ行こうとしているのかを全く知らなかった」と述べる。

中学生であった加藤だけではなく、日本の多くの国民も遠い満州での戦争の実態については何も知らされていなかったろう。加藤が高等学校に入ったころには、国家総動員法が公布され、やがて「国民精神総動員」なることばを含んだ標語が増えた。加藤は、「愛国心」、「世界一」が周りにあふれだしたころの自身の精神についてつぎのように分析している。

「そういう話をあまりたびたび聞かされたので、私は『日本的なもの』にうんざりし、『西洋的なもの』を理想化するようになった。その頃の私は西洋を見たこともなかったから、西洋を理想化することは容易であった。『国民精神総動員』は、都会では、成功していた。小学生たちは往来の若い女たちに向って、

『パーマネントはよしましょう』と唱い、大学に劣等感をもつ男たちは、電車のなかで、外国語の教科書を読んでいる大学生をみつけると、『この非常時に敵性語……』……そういうものは農村に普及していなかったし、農家の人々は、『国民』よりも村に、『精神』よりも自分たちの畑に興味を持っていた。」

太平洋戦争については、加藤は大学付属病院に行く途中に、号外を手に入れた学生を通じて知り、その日の夕方から空襲に備えて灯火管制が始まったという。といっても、「爆弾は、私たちの頭上にはすぐには降って」はこず、真珠湾攻撃の成功に東京は沸き、「翌月の雑誌では、学識経験者が、これこそ『近代の終焉』であるといい、『大東亜共栄圏への道』はひらけて、大日本帝国の前途は洋々としていると書いた」と加藤は当時の光景を紹介している。その後、加藤は医師として東京空襲の犠牲者の手当を通じてこの戦争の行く末を感覚的にも知ることになる。

そして、八月一五日である。加藤の当日の印象はすでに本章の冒頭で紹介したとおりである。そして、その後のＮＨＫ番組で、物心つくなり戦争世代であった加藤が二〇世紀を語った。この内容は、加藤がいろいろな著作を通じて展開してきた日本の思想や文化に関する考え方を集大成させたようなものとなっている。この番組のなかで、加藤は二〇世紀という時代を「戦争」の歴史と位置づけた。戦争は一種の価値の転換を経験させたというが、加藤は「日本人は本当に変わったのか」と問う。

加藤は変わった面と変わらない面があるという。変わった面は「集団内部における人間関係が上下から水平な関係に近づく傾向がある。戦前ほどの強い上下関係はなくて、横の関係が出てきています」としつつも、変わっていない面として「集団所属性の価値としての重要さ」を挙げる。つまり、「一種の集団主義で、個人の価値よりも集団の利益を先行させるという意味で、集団に属しているということが大事にされる。個人主義的であるよりは集団主義的であるという傾向は変わっていない。そのことと関連して大勢順応主義は、変わっていない」と指摘した。

ここでいう「変わった」「変わらない」というのは、加藤にとって戦後の米国占領によって「変わった」とされるものは、日本人の意識に従来からあった傾向が促進されたゆえに変わったのであって、「もともとなかった、日本の歴史のなかにはっきり見えてなかった価値を外からかぶせたときは、それは日本人の心に深く浸透し定着しなかった。

要するに、「心理構造を変えるところまでいかなかった」という意味で「変わらなかった」とされたのである。この意味で、加藤にとって戦前来日本人の変わらなかった心理構造とは、「大勢順応主義」であり、これを支える「最後の根拠が個人の良心のなかにあるという考え方」であった、それゆえに、戦後日本社会においても「少数意見の尊重ということがあまり発展しなかった」と加藤は結論づけた。

さらに、加藤は戦前・戦後の連続性と断続性について語っている。加藤にとって、心理構造とは平たくいえば日本人の「くせ」である。加藤は江戸期の町人学者の富永仲基（一七一五〜四六）の研究成果——くせ——に言及して、中国人のくせが情報の「誇張」にあれば、日本人のくせは情報を「隠す」ことにあり、米国人のくせは情報を「公開」することにあるとすれば、戦後の米国占領によって情報公開は日本に定着し、日本人の心理構造を変えたのだろうかと問う。すなわち、

「日本では、前は徳川政府で後は天皇制官僚国家です。お上が人民を支配するのですから、何でもかんでも公開することはないのです。それが戦後変わったのですが、どこまで変わり得るかという問題です。」

民主主義が戦後日本社会における近代化であったとして、情報公開とこれに基づく選挙による政府の選択

こそが米国の民主主義という政治思想とその日常的慣習となったとしても、薬害エイズから社会保険庁による不正記録操作にいたるまで、どうみても日本は米国型の民主主義――実際の米国の民主主義がそれほど立派ではないにしても――が定着したとは言えない。

第一六代大統領アブラハム・リンカーン（一八〇九～六五）が一八六三年一一月、南北戦争の激戦地となったゲティスバーグの戦没者墓地で行った演説の「人民の、人民による、人民のための政府」は米国型の民主主義を如実に象徴化している。これは英国から独立を果たした米国の近代化思想そのものでもあった。

反面、日本の近代化とはこのリンカーンの演説とは対極にある、「官僚の、官僚による、官僚のための近代化」であり、決してそれは「普通の人たちの、普通の人たちによる、普通の人たちのための近代化」ではなかったところに、日本の近代化の自画像があったともいえる。そして、いまも、この構造は頑固なまでに日本の社会の骨組みを形作っている。

この日本人の心理構造は、加藤の分析から見る限り、断続面もあるが、それ以上に連続性が強いことにおいて継承されてきたとみなされている。加藤もまた竹内好や丸山眞男と同様に『近代の超克』座談会における知識人の近代化思考の内実を取り上げている。

加藤はこの座談会が対象とした「近代の超克」について、竹内等がすでに論じていたように「主として第一次大戦以来ヨーロッパで起きている問題です。つまり、ヨーロッパの中にヨーロッパの没落という考え方がかなり強く出てきて、ヨーロッパ近代に対する批判がありました。代表的にはシュペングラー(*)の『ヨーロッパの没落』です。『近代の超克』座談会に参加した人たちのなかにはそういう本をよく読んでいる人たちがいて、ヨーロッパ人自身が近代は破産したといっている。だから、その代りに日本が指導者になって、近代の超克、つまり近代の先の新しい文明を作るという議論をしたのです」と紹介した。

＊オスヴァルト・シュペングラー（一八八〇〜一九三六）――ドイツの哲学者。『西洋の没落』（第一巻は一九一八年、第二巻は一九二二年の刊行）。世界のさまざまな文化を形態学的に分析し、文化周期の視点から当時の西欧文化を没落段階と位置づけた。

それは日本人がそう思っているだけで、ヨーロッパ人から「日本に助けを求めよう」としたわけではなかったと、加藤自身はその座談会の趣旨に賛同していない。土地制度など近代以前の日本（＝反近代）で近代の行き詰まりがあったわけではなく、むしろ、近代化不足が現実的問題ではなかったのかと。二十歳を過ぎたころの若い加藤の感覚では、政治や経済だけではなく、男女同権などにとどまらず「個人の人権を認めることのほうが日本社会の目的であって、『それでだめだから、もっと新しい思想を』といわれても、それは空理空論だと思いました。今でも『近代の超克』に関しては、意見は全くかわっていません」と語っている。

「井の中の蛙と時代錯誤、それから御用学者の権力に対するへつらい以外の何ものでもなかった。それにしても、当時立派な知識人が明白につまらないことをなぜ議論していたのか？そうした傾向は現在の日本の議論の中にあるのか？　それを考える必要があります」と加藤は問題提起した。たしかに、戦前と戦後の非連続性は制度にある。戦前になかった制度が戦後にたくさん導入された。だが、制度が日本人の思想――心理構造――そのものを変えたのだろうか。加藤にとって、戦後日本社会というのは制度の非連続と思想の連続によって構成されたものではなかったのか。加藤は自身の回答を「戦争中に『近代の超克』をしゃべった人たちと同じ心理、同じ考え方の人がそのまま連続して今日に及んでいる。……この戦後の日本の思想は、良くも悪くも持続性ということ」であると用意した。

そして、日本の外、すなわち世界秩序が米ソ対立の中で模索されたことにより、米国は占領を日本の「持続の面を生かすことに方針を変えた。だからどうしても必要な場合には、有能な官僚と技術者を戦犯の牢屋から解放して、重要な地位に附け」る政治的安定が優先されたことで、天皇制も廃止よりも象徴制度によって維持された。加藤はこの帰結が日本での戦争責任のあいまい化につながったとみた。

「そうなったとき戦争責任は消えた。多かれ少なかれ冷戦はヨーロッパでもありました。しかし、ドイツでは事情が違っていて、それほど戦前の人間を利用しなかった。日本は総理大臣から警察署長まで、戦争中に活躍した有能な人たちをそのまま温存した。ということは、戦争責任は一切問わないということ。」

加藤にとって、「近代の超克」以前の問題が超克されないままに連続されてきているのである。ただし、この連続や持続、そして断絶といった場合、その判断を先にみた心理構造としてその属性を論じてみても、その基準そのものが状況的である。何を基準とするのか。加藤はそれを「国体」においた。

日本社会において、では、国体が基準とされるには、その定義が厳密でなければならないのだが、実はそれがあいまいなのである。加藤は日本歴史において国体を天皇制ととらえれば、江戸も現在も象徴制であるという点において変わっておらず、明治から敗戦までの七七年間、とりわけ、一九三〇年代が従来の伝統と異なった時期ではなかったかと指摘する。この背景には、偏狭で狂信的なナショナリズム——裏返せば西洋崇拝主義による劣等感——を醸成した日本の心理構造があったのではないかと。

それゆえに、加藤は「唯一の解決方法の第一歩は雑種文化を認めることである。……それは雑種文化を積極的なものに転嫁することだ……これが私の議論の全てです。私自身、ヨーロッパで生活したことの一つは、狂心的なナショナリズムを私自身の中から完全に追い出せたと同時に、西洋崇拝も完全に追い出したということです」と主張する。

加藤のこの考え方に立てば、いまある日本の思想にせよ、文化にせよ、それは時期に応じて外来のものとすでに定着したものとの融合――加藤の言葉では「雑種」――の結果であって、本来のものと異なって当然であることになる。加藤はこの事例として、日本人の平等観を挙げた。ただし、その平等観はヨーロッパが機会の平等であるのに対して、日本は行動の平等であると。加藤は日本語という言語に対して敏感であり、その集合体ともいえる日本文学に関する評論が多いのも彼の鋭い言語感覚にある。加藤は日本語や日本文学に関する自身の仕事の意図をつぎのように語っている。

「日本の中に閉じ込められていた日本文学というものを外に引き出して、世界文学の一つとしてみて、どの国の文学とも比較したり共通に論じることができるような場所、比較可能な知の世界で評価し直すということを目論んだ。ナショナリズムを一度否定して、どこの国の文学も平等の立場において比較して、それから、さて日本文学はその中でもなかなか面白い文学だとなるわけです。」

ここで先ほどの雑種文化論にもどれば、加藤は日本文学も決して外部から遮断されて発達してきたわけではなく、外来思想や文化の影響をうけて、日本的な方法で消化した結果として成立したという視点を重視しているように思える。そしてこうした方法そのものがナショナリズムを成立させるものはなくて、それがメディアを通じてナショナリズム化される構造――一般大衆の消費化――こそが問われるべきものである。

メディアを通じて言語化されるナショナリズムの構造について、加藤は日本の特徴を、戦中はナチスと同様に外国語を放逐したが、敗戦後はむしろ「日本語に対する態度は二義的……一方ではナショナリズムの感じが強く、他方では外国語を日本語のなかに取り入れることに熱心です。……おそらく、言語がナショナリズムの根拠になっていないからではないかと」と指摘する。

加藤の論点は、言葉がナショナリズムの根拠となっていれば、あえて日の丸や君が代といった画一的なシンボルが強調されないのではないか、という点にある。要するに、日本語に対する誇りが強ければ、伝統などを強調しなくてもよい。だが、敗戦は「終戦」、占領軍が「進駐軍」、中国との戦争が日中「事変」という言語に変換される戦後社会において、政府の一方的な、そして、それがしばしばマスメディアによっても、ただ単に繰り返されるだけのものを受け入れるわたしたちの日本語感覚なるもの議論されてよいのではないか。

つまり、言葉と事実との関係こそが問われなければならない。加藤はこの番組を「文学の仕事」というテーマで締めくくった。加藤は「文学がなぜ必要かといえば、人生または社会の目的を定義するためです。文学は目的を決めるのには役立つというよりも、文学によって目的を決めるのです。そしてその目的を達成するための手段は技術が提供する」といえども、文学も時代の中で変身し、いまは商業主義の中でさらに変わってきたとみている。

こうした中で、文学が変わってはならない点はその社会への関わりであって、文学者とは、人間とは社会的なものであるという認識と価値体系を転換させるのがその事業であるというのが加藤の文学観である。加藤は「文学というのは価値体系を転換する事業なのです。必ずしも理論的水準ではなく、感覚的直截的なある経験を通じて価値の転換をおこなう、それが文学の特徴だと思う」と結んでいる。

加藤には『日本文学序説』という浩瀚な仕事がある。加藤は万葉集から始まり現代にいたるまでの日本文学史をまとめた。加藤周一もまた伊藤整と同様に日本語への鋭い感性を通じて日本語表現と日本文学との関係を分析した。たとえば、加藤は『日本文化における時間と空間』で、欧州言語との比較で日本後の表現方法についてつぎのように指摘する。

「関係代名詞をもつヨーロッパ語と、それをもたない日本語の語順は異なり、ヨーロッパ語では読者の注意が全体から細部へ向い、日本語では細部から全体へ向う。すなわち従属句の叙述する細部が、日本語では、文の全体から離れてそれ自身を主張するのである。……文の全体から離れての細部(従属句)の強調は、前後の時間から離れての『今』の強調である。現在の出来事の意味は、自己完結的で、それを理解するために、必ずしも過去や未来の出来事を参照する必要はない。」

日常の言語表現によって、わたしたちの思考方法が基本的に形成されているとするならば、日本における近代化意識もこうした言語的思考方法というフィルターを通して解釈され、その範囲において定着したことになる。加藤によれば、日本人の行動もまた「今」を意識した行動様式であり、それは現在の「大勢」に順応した大勢主義でもあるとする。これは日本だけの特徴であろうか。程度の差こそあれ、パワーポリティックスとしての政治はどの国でも大勢順応主義であり、一定の国民性という文化がそこに刻印されている。日本だけが決して例外ではない。だが、加藤は結果としてそうであっても、その過程における抵抗のあり方に日本の特徴をみる。この点は竹内好の視点とも共通する。

加藤はいう。「伝統文化のなかに『大勢順応』対『信条の自由』、『集団主義』対『個人主義』の鋭い緊張関係を含む社会と、個人の信条や良心の自由の強い主張をその支配的な価値体系のなかに含まない社会とでは、大勢順応主義のあらわれ方がちがうのは当然である」と。この構造からすれば、政治的信条などは個人の信条の一貫性そのものであることになるが、他方において個人の信条がさほど問われず、集団という大勢順応主義が規範である社会では、個人の信条とはこの集団のその時点の信条——しばしば、心情（ムード）であるが——のことであり、そもそも抵抗という個人の信条がないことになる。すなわち、

「そこでは誰もが『無私』の立場から公に殉じ、『和』を貴び、にぎにぎしく、みな一緒に、めでたく豹変し、変節することができる。それは便宜主義ではない。『私利』を目的として原則を捨て、立場を変えるのが便宜主義であるとすれば、これは『無私』をタテマエとし、原則を捨てて立場を変えるのはなく、立場を変えることを原則とするのである。」

つまり、「『御一緒』が重要なのであって、御一緒に何をするかが重要ではない社会」が戦後において、一夜にして平和主義者を生み出し、高度経済成長を成し遂げさせた一側面であった、と加藤は指摘した。日本語の文法、個々の文章が重視され、それが関係代名詞で全体につながらない構造、部分重視と全体への低意識という表現形式に日本社会の構成原理の強さがいまもまた継承されているとされるのである。

加藤のこうした指摘がわたしたちの興味を引くのは、医学者という科学的分析的な分野から、日本文学や比較文学という世界に移り、そこから日本社会への分析へと向かった加藤の方向性である。通常は、社会科学という分野から日本文学などの分析へと向かう研究者もまた少数派のなかで、さらに少数派の——それだけで日本では大勢主義者でない貴重な存在となる——加藤の分析方法と分析結果が他の三人の作家たちと共通する部分がある。

加藤の見方は、丸山眞男、竹内好、伊藤整らの戦争世代の共通認識ではないだろうか。表現や分析対象が異なるとはいえ、戦後社会におけるいわゆる民主主義なるものや、それに先立った日本の近代化の内実への強い懐疑がそこにあったのだ。もちろん、単純な世代論で一括することで抜け落ちるところもあるが、それ

でもこの世代の社会認識の基本が加藤の指摘にも十分表れている。

既述の浩瀚な『日本文学序説』の結論部分で、加藤は「戦後の状況」について――一九四五年から一九七五年までの三〇年間――、もう一つの敗戦国の西ドイツとは対照的に、日本の文学活動は戦後三〇年間の前半に活発であったが、後半に独創的な活気を失ったと指摘する。この背景には、すでに指摘したように、日本の近代化の帰結としての敗戦経験への作家たちそれぞれの立場からの取り組みがあった。

加藤は丸山や竹内とともに鶴見俊輔（一九二二〜）を取り上げた。加藤は鶴見について「その独特の文章は、常に日常語と思想的言語との緊張関係の上に成立し、日常会話の発展のすじ道に即して厳密な思考を展開する。日本語で抒情的な散文を書くことは、あまりむずかしい仕事ではないが、日本語で思考する文体を作ることは、誰にも容易ではない。鶴見の文章は、明らかに現代日本語の散文への貢献である」と評価する。若くして米国に学んだ鶴見はその米国の三〇年代的な「自由主義者左派」の信条と行動を戦後日本社会に持ち込んだ。

にもかかわらず、戦後日本社会が必ずしも全面的に変わったとはいえないと加藤はみている。加藤は、占領政策による政治社会制度の変化があったものの、「官尊民卑」の風習が残ったこと、集団内部の上下関係の厳格さが崩れ、平等主義が普及したが、集団帰属性を強調する価値観は依然として強く、集団内の平等主義が返って集団相互の、あるいは集団内の競争を厳しくさせたこと、そして、以前にはなかったほどに、日本が特定国――米国――へ依存したことにより、高度管理社会が成立したことを重要視している。高度管理社会と戦後日本文学の関係について。加藤はつぎのように指摘する。

「管理社会の安定性が、文学の領域に生み出したのは、作家の世界の密室化 compartmentalization と商業主義（大衆伝達機関の発達）である。密室化現象は、現在の社会体制を前提としての『文学固有の領域』殊に私生活上の心理と美意識への、作家の関心の集中である。商業主義は、一方では、大衆的とされる保守的な価値観への順応として、他方では『センセイショナリズム』として、あらわれる。」

この傾向は、他方で反作用を生む。管理社会の進展は、管理社会への批判を呼び起こすのである。加藤はむろんこれを自覚している。加藤は、日本での近代化の方向は「昔は良かった」主義と「民主化徹底」主義を生んだと指摘した。前者を代表したのは三島由紀夫（一九二五〜七〇）や保田與重郎たちであった。明確に「昔は良かった」主義者に分類できないものの、加藤が司馬遼太郎に言及していることは注意を引く。三島が密室化現象のなかで昔は良かったと主張したが、高度成長社会での管理社会に生きざるを得なくなった大衆に一致するには難解すぎた——これは大江健三郎（一九三五〜）にも共通する——。この意味では、かつての吉川英治（一八九二〜一九六二）と同様の位置を占めたのが司馬であった。

加藤はこの理由を「経済的膨張の時代に、その条件をみたした、……司馬の主人公は、もはや『剣豪』ではなく、知的英雄であり、もはや架空の役者ではなくて、実在の人物にちかく、……主人公は、私生活において型破りで、仕事において正確な状況判断と強い意志によりすぐれた指導性を発揮する実際家である。管理社会のなかで型にはめられた『モーレツ社員』の分裂した夢——型からの脱出と型のなかでの成功の願望は、鮮やかにもここに反映していた。しかも読者はその小説を通じて『歴史』を知る、あるいは少なくとも波乱万丈の小説を楽しみながら『歴史』を学ぶと信じることができる」というように、人びとを型にはめることの閉塞感で息苦しくさせたと同時に、このような大衆読書市場の成立を促したのも高度成長期であった。

第五章　自画像への近代化

内田義彦

内田義彦（一九一三〜八九）は、昭和五〇年代初頭、中江兆民（一八四七〜一九〇一）の『三酔人経綸問答』についての講演会で、兆民の近代化への視点について語っている。この講演会では内田は経済史家の大塚久雄（一九〇七〜九六）から存在を教わったドイツの生物学者の話を紹介することからはなしを切り出している（「ユートピア物語としての『三酔人経綸問答』」）。

ある人が水を飲みたくなり、水をさがしたが見つからなかった、という逸話である。それは、その人の奥さんがいつも水を水差しに入れており、彼は水というものが水差しに入っているものと習慣的に考えてしまっている。ところが、奥さんがその日は水差しが見当たらず、水を水甕に入れておいた。

水差しを探し続けた彼は、水甕のなかに水があることなど想像もしなかったというはなしである。生物でも水を探さず、水甕だけをさがすようにできている世界がある。内田が問題とするのは生物のなかでも、とりわけ、人間の世界である。内田はいう。

「学問や思想にも、ちょっとそういうところがあるんですね。……明治以来、われわれは水をさがすのに、どこかの国で水のさがしよう——例えば水さしとか水甕とか、すでに諸外国のどこかで馴れとなっている水のさがしようをみならってきた。水さし学派とか水甕学派とか、いろいろあるが、それをさがせばいいことに慣れてきたわけです。モデル国家ですね。……兆民という人は、どうも見渡したところ、頑固に、頑固一徹に水そのものをさがしてきた。水甕とか水さしとかにこだわらない。……水をもとめるという点において、実に終始一貫している。そういう思想家として、われわれが兆民から学ぶところは非常に大きい、という気がします。」

内田によれば、中江兆民が『三酔人経綸問答』で論じ危惧したのは日本の近代化がともなっていたある種の危うさではなかったのか、と指摘する。内田は高度経済成長から低成長へと移りつつあった時期の日本経済のあり方、さらには日本社会のあり方を強く意識していた。内田のことばで紹介しておく。

「近代的なものが、かならずしも近代の形をとってあらわれない。あるいは逆に非近代的な形をとって、日本の中の近代の芽があらわれている。つまり、近代らしい形をしているから、そこに近代があらわれているというとんでもないことで、あるいは非近代的という形をとっていて、そこに近代が隠されているかもしれないということです。」

内田は大正二［一九一三］年に愛知県で生まれ、東京大学経済学部で学ぶ。内田は丸山眞男とも親交があった。だからといって、内田が日本の政治や近代化、あるいは近代化思想に興味をもったとはいえない。むしろ、こうした問題意識は内田等の世代に共通している。

内田もまた経済学を中心に日本の近代化のあり方を常に問い続けた研究者の一人であった。内田は、『三酔人経綸問答』を取り上げた講演会から六年後、三六年間教鞭をとった専修大学の最終講義「考えてきたこと、考えること」でも、自らの戦中経験を振り返りつつ、日本における近代と非近代の境目の危うさについてふれている。日本社会はバブル経済へと向かいつつある時期のことである。

「教育もそうです。戦時中のあの反動教育は、決して昔からある『古い』ものがそのまま強化されたのではない。新しい近代的教育への試みが行われている。とくに自然科学・技術の方ではそうでしょう。そうでなければ『時代の要求』に応えられない。……科学教育を軸にした近代化が——ある点では古い考えとの軋轢をしめしながら——……他面、古風な明治生まれの白足袋オールドリベラリストすら眉をひそめるほどの非合理な超国家主義が持ちだされる、こういう格好になっております。要するに、ナチ型と比較すると前近代が圧倒的に強いけれども、その前近代を破って近代的なものがそれなりに育っていた。……というわけで、前近代と戦うばかりでなく、こういう形に包摂される近代と戦わねば、社会主義どころではなく、近代は根こそぎになってしまう。」

内田がこだわったのは、近代化とは単に経済発展ということだけではなく、そこには近代的な精神の内実がなければ、それは日本の高度成長が達成した単なる物質的豊かさにすぎないことへの警鐘ではなかったろうか。この視点は、昭和四一［一九六七］年に著した『資本論の世界』にすでに取り込まれていた。同書は、内田が放送でしゃべった資本論講義のテープをもとに、「書き直してはテープにとり、それを聞きながら書き直すという作業を繰り返した」末に出来上がったものだ。内田の語り口を感じさせる本だ。

カール・マルクス（一八一八〜八三）が著した「経済の本であると同時に思想の本で」あった『資本論』を取り上げた内田の視点は、日本における『資本論』への関心が戦前と戦後で異なったことへの疑問から発している。つぎのような構図である。

戦前――「貧困という事実を思想界につきつけ、それに解決をせまるということによって、まさに思想の本として読まれたのであります。そのことは、貧困という外面的事実に目を閉じ勝ちな東洋的思考にとって画期的な出来事であった。」

戦後――「次第に思想と経済とが分かれて参りまして、『資本論』はもっぱら経済の本として受け取られて、そしてそういうものとしてもいささか古くなったというふうに受け取られている。」

なぜ、そうなのかは別として、そこには「そういう変貌を受け取る日本の思想にも問題はありはしないか。そして資本主義そのものの発展が、経済的関心を日常化することによって、かえって、経済の外に思想を求める傾向にいっそう拍車をかける」メカニズムがあり、それは一体何なのか。内田はそれを問いかけた。

内田が語りかけた相手は放送を通じてということで、学生ではなく広く一般人である――これがどの程度の広がりをもっていたかはわからないが――、時期は高度経済成長のど真ん中であった。内田は「このごろは思想論ばやりで、疎外ということをよくいわれており、マルクスについての関心も『資本論』よりも、どちらかというと疎外論というものに移っております」と前置きした上で、「経済学の書物である『資本論』をじっさいに使ってみて、その限りで人間と社会がどう見えてくるのか、それをためしてみたい。……経済学の体系という形をとらざるを得なかったマルクスの思想、さらに、そういう体系をつくり、あるいは作らざるを得なかったマルクスという人物が――歴史的な意味をはなれて――現代のわれわれに何を語りかけているのかを考えてみたい」と語っている。

戦後も目指された近代化の成果であった高度経済成長下の日本社会は、明らかに「衣食足りて礼節を知る」という時期にきていた。この意味では、内田は『資本論』を著したマルクスの歴史的な意味を離れて、当時の日本社会にマルクスが何を語りかけているかを探ったのである。その「歴史的」な意味について、内田がいまのわたしたちに何を語りかけているかをとらえる必要がある。いわば二重の意味での歴史性である。

少しわたしの個人史にふれれば、『資本論の世界』が出版された四年後に大学工学部の化学科で学んだころの雰囲気は、化学科のなかでも水俣病が象徴した公害への解決方法が論議されていた。そして、公害を技術的に解決する必要性が強く叫ばれていたのである。

むろん、化学専攻のわたしなどは「外部不経済」ということばなどは知る由もなく、公害を生み出したのは技術的な欠陥ではなく、経済というシステムそのものであることへの関心の薄さがあった。と同時に、それにわたしが気づき始めたのは、工学専攻の教授たちの技術的解決に公害発生の防止を求める楽観主義的（プリミティブ）な専門性なるものへの疑問でもあった。この時期に、わたしは内田義彦の著作などに出会っている。

さて、内田義彦である。内田はマルクス『資本論』の日本への受容の構図を描いている。戦前においてのそれはまずは「思想の本」であった。既述のように「戦前は貧困という事実を思想界につきつけ、それに解決をせまるということによって、まさに思想の本として読まれた」のであった。戦後は、それが経済の本として読まれるようになった。そして、マルクス主義者たちが批判し、その行詰りを予想した日本資本主義がむしろ強靭であり、貧困ではなく経済成長を達成したことによって、経済学としての『資本論』への関心が弱まった。結果として、「経済の外に思想を求める傾向」が高まったとみたのが内田であった。

考えてみれば、ある時代のある事象を強く意識し書かれた本が時代の制約を超えて読み継がれることで「古典化」する背景には、基本的に三つの理由がある。

一つめはその提起された問題が未解決なままに現代に持ち越されていること。二つめは変化しないとされてきた人間の本質などが取り上げられていること。三つめは現代人が異なった解釈を行いうる事象が考察対象となっていること。たとえば、ギリシア哲学の古典などはこの三つをすべて満たしている。

日本で『資本論』が物質的貧困から精神的貧困の書として、戦前から戦後へと継承されたことは、マルクスの思想というよりも、そのように解釈してきた日本の思想の内実そのものをとらえるべきである。内田はこの面にこだわったのだ。内田にとって、実は物質的貧困と精神的貧困は表裏一体の問題であって、戦後の議論などからはこの点が抜け落ちたのではないかとみている。

象徴的には、英国の経済学が物質的貧困を問題視し、ドイツの哲学は精神的貧困を問題視した。マルクスは両方を問題視した。マルクス自身は、二つの貧困の解決に労働の意味づけと私有財産制の廃止に可能性をみたに違いない。内田はこの点についてつぎのように解説している。

「ドイツ哲学は精神労働の世界だけを問題とし、イギリス経済学は直接生産者の肉体労働を前提として成立する。いわゆる経済的世界だけを問題とした。マルクスは、一般の人間はもともと労働はきらいなんだという仮定をすてて、一般の人々が労働する場所ととりくみ、体制の問題、つまり私有財産という問題を掘り起こします。そこに『精神』労働の世界を特殊領域にするドイツ哲学と、『肉体』にへばりついて『物を作る』という面でだけ『財の生産』の世界を対象としたイギリス経済学と、この二つを統一したマルクスの眼がある。」

マルクスと同様に、内田はこの「労働」にこだわり、資本主義経済では、資本の蓄積が労働という商品の再生産の「あり方」が封建性の下とは大きく異なってきたことを強調している。内田はいう。

「労働力商品の再生産のこうした仕方は、道徳のあり方の変化にもあらわれます。封建性社会の道徳＝社会的強制の形式は服従にありますが、資本主義社会の道徳は、人格、すなわち、内面的自発性の形をとります。私は自分の良心以外の何物にも服従しない。こういう形式で、内容的には、剰余労働の領有に関する社会的強制が働くわけです。」

残念ながら、内田自身は近代化（＝資本主義化）された日本社会において、加藤周一が提起したように、個人の良心という面でも個人主義が確立された欧州社会とどこが異なるのかを積極的には展開していない。ただし、そのあとに、内田が教育問題を取り上げていることからすれば、封建性の下での身分制に強く結びついたかたちでの強制力が衰えた近代社会において、個人の良心以外に服従しない範囲で社会的競争力をもたせるシステムが必要となる。これは企業経営において労務管理――最近は人的資源管理とよばれる――であるが、教育においてはある種の競争という試験などによる強制力になるのかもしれない。この面での内田の発言はきわめて歯切れが悪い。

精神ということでは、内田は「労働者」だけではなく、資本家の「精神」について「資本家の『精神』も、資本量の増大とともに変ってきます。フランクリン精神は、小資本家の場合には今申した意味で基礎（引用者注—「創意をふくんだ勤勉で、資本家になることが出来る。質素と勤勉のフランクリン精神で世間の信用と同時に信用業者から貨幣を得ることもできる」）を持っておりました。

しかし、第二の場合では、もはや、質素と勤勉は資本家たる彼には必要とされない。むしろ資本家らしくふる舞うことが信用の源です。それは社会的強制として資本家に働きかけるでしょう。贅沢という社会的にみた冗費は、強制された必然物となってきます」と指摘する。これはソースティン・ヴェブレンが『有閑階級の理論』で資本主義の将来について予想した通りである。

考えてみれば、内田義彦が『資本論の世界』やその前後に発表した一連の著作に共通したテーマは、繰り返しになるが、内田の世代のテーマでもあった。たとえば、梅本克己（一九一二〜七四）は『資本論の世界』が出版された翌年に『唯物史観と現代』を発表している。梅本もまた資本論との関係で疎外論を展開した。梅本も内田と同様に高度経済成長時代の到来にマルクスの予想のはずれをみるものの、「二十世紀は十九世紀風の大思想の崩壊過程だといわれている」ことに異議を唱えた。梅本はいう。

「では何が崩壊したのだろうか。だれにしろ何かの崩壊は経験しているのだろうか、その崩壊を語ることで今日の人々の関心をひくことの出来る思想体系が十九世紀にあるのかどうか。あるとすればどんな思想なのかと考えてみた方がいいかもしれない。その崩壊は、二十世紀と、そして二十一世紀への準備にとってどんなかかわりをもつのだろうか。」

梅本はマルクス主義が一九世紀が生み出した思想であったとしても、「それは二十世紀の現代に重くのしかかっている思想であり、二十世紀が資本の世紀につきまとい、たとえそれがどのような繁栄を示したとしても、その繁栄の底にはふかい人間否認が浸透してゆくであろうことを論証した思想である」ととらえた。同時代を生きた内田や梅本にとって、資本論とそれに連なる思想は戦後の世界と日本にとっても「重くのしかかっている」思想として現代性をもったのである。

戦後の日本経済学において、一方で狭い専門領域での講壇経済学、他方でテレビの白黒はっきりしたその場限りの思いつき経済学が成立したなかにあって、内田義彦は良質の経済学啓蒙家であり続けた。内田は、前述の『資本論の世界』でも「われわれが日常送っている生活が、資本蓄積論の眼でみれば、どうみえてくるか」という点に繰り返しこだわったのである。そして、やはり、同時代人の丸山眞男らと同様に、近代化としての資本主義のあり方にこだわり続け、日本の近代的自画像を追い求めた。

宮本常一

宮本常一（一九〇七〜八一）の生まれ故郷、山口県周防大島をわたしは訪ねたことがある。周防大島文化センターには宮本が残した記録――メモや写真など――や蔵書が保管されている。同センターでは宮本が全国各地を歩き几帳面な字で記録しつづけた膨大なメモの整理がいまでも行われている。この調査ノートはすこしずつではあるが、公刊されてきた。

宮本が昭和二四［一九四五］年大阪府下南部の漁村などを訪ねた記録『農漁村採訪録』が平成一七［二〇〇五］年に同センターから出版され、わたしたちは宮本の「あるく・きく・はなす・みる・きおく」したメモを通して、宮本のあゆみを体験できるようになった。同センターで宮本メモの編集にあたった田村善次郎は『農漁村採訪録』につぎのような序文を寄せている。

「研究者の調査ノートをこういう形で公にするのは、あまり例のないことではないかと思います。聞き書きを中心とした調査ノートやメモの類は、他人には容易に判読できないのですが、宮本先生の調査ノートは、カタカナ主体の独特の細かな文字で比較的整然と記されており、殆どぶれがないので読み取るのはそれほど難しくありません。何よりも大きな特徴は、話の筋道がきちんと立っており、聞き書きが錯綜していません。……先生が非常にすぐれたフィールドワーカーであったといわれる理由が、ノートを見るとよく分かります。……要するに資料としての価値が極めて高いのです。……研究者としての宮本常一の真価は、自身の手によってまとめられ公表された研究論文だけで充分だ、と、いわれればその通りですが、その背後に、これから何年にも渉って刊行されるに違いない『農漁村採訪録』に示されるような努力の集積があった事を知るのも意味のあることだと思われます。」

宮本はカメラでその時代の光景を撮りながら、几帳面なカタカナ文字で日本社会を記録し続けた。反面、宮本は記憶に残ったものだけが記録しうるともいっている。宮本が残した膨大なネガ以上に、彼の肉筆による時代とその背景、さらにはその歴史を探った記録がいまもわたしたちに日本社会と日本人とは何かを問い続けている。宮本が生涯をかけて日本を歩き回った距離は地球何周分にも達したといわれる。

宮本がわたしたちのよく知る場所を訪れていた場合、几帳面な字――漢字、カナ、ひらがな交じり――でメモに残された記録を通して、短期間に重要な事柄を掘り出していく宮本の要領の良さと手堅さに感心してしまう。わたしが三〇年間近く定点観測――おそらく八〇回以上は訪れたであろう――している広島の小さな島での調査ノートを開いてみた。

宮本は昭和二五［一九五〇］年の暮に竹原から「ポンポン船」で島に渡り、漁業組合に立ち寄り漁師に集まってもらいはなしを聞き、夜は組合に泊めてもらっている。翌朝は郷土史に詳しい元村長から話を聞き、午後は役場から古文書を借り写し、夜はいろいろな人から話を採集している様子がわかる。

意外であったのは村の古老のはなしだけではなく、実に多くの数字が記録されていることだ。漁法、副業、魚種、農作物の種類、本家・分家関係、相続方法、結婚、姓氏（その村落にもっとも多い名字など）、移住、収入、行商、出稼ぎ、瓦吹きの特徴、方言、行事、事件（災害を含む）なども具体的な数字とともにコメントが付けて整理されている。その場で記したフィールドノートとは思えないほどすでに完成度がきわめて高い。

戦前期から敗戦、復興期、高度成長期、そしてバブル期の直近までの日本人と日本社会を記録しつづけた宮本常一は明治四〇［一九〇七］年に山口県周防大島（現在の東和町）の農家に生まれた。小学校を終えて父親とともに農作業に従事するが、一五歳のときに大阪に出て、逓信省講習所で電信技術をおぼえ大阪の郵便局に勤務した。その後、天王寺師範学校（現、大阪教育大学）で小学校教員の資格をとり、大阪南部の小学校教員となるが、肺結核となり休職を余儀なくされた。この療養中に書いた論文が日本の民俗学の始祖の一人であった柳田國男（一八七五〜一九六二）の眼にとまったことが、常一の人生を大きく変えることになる。

この出会いがさらに、日本の実業界に大きな足跡を残した渋沢栄一（一八四〇〜一九三一）の孫で銀行家の渋沢敬三との出会いを生むことになる。敬三は銀行家のかたわら若いころから民俗学に興味をもち、日本各地を回っては民具などの収集をつづけた人物であった。肺結核という爆弾を抱えながら大阪府下で小学校教師を続けていた宮本は、敬三の下で本格的に民俗学調査を行うことを決意して上京する。宮本、三二歳のときであった。以後、全国各地をあるくことを生業のようにして、先に紹介したように人びとに会い、風景に接し、歴史をさぐりそれらをノートに記録しつづけた。

宮本が「正業」――大学教授――につくのはそれから二〇年ほどあとのことであった。それまでほとんど無名同然であった宮本の仕事が広く知られるようになるのは、昭和四〇［一九六五］年に発表された『忘れられた日本人』を通じてであった。

宮本は対馬などの島、岡山県、佐賀県、長野県、愛媛県、福島県などの山村を歩き「忘れられた日本人」を記録し続けた。宮本はこのフィールドノートを一冊の本にまとめ上げた。宮本は同書の「あとがき」で、各地の老人たちの姿を描いてみたいと記録しているうちに、考え方が変わったことを述べている。宮本はいう。

「途中から、いま老人になっている人々が、その若い時代にどのような環境の中をどのように生きて来たかを描いて見ようと思うようになった。それは単なる回顧としてではなく、現在につながる問題として、老人たちのはたした役割を考えてみたくなったからである。」

この背景には、宮本も当時、学問となっていた民俗学なるものへの不信といえないまでも不満があった。宮本自身もこのことについて、「今の日本の学問では日本の首府が東京にあり、また多くの学者が東京に集うており、物を見るにも東京を中心にして見たがり、地方を頭に描く場合にも中部から東の日本の姿が基準になっている。……一つの時代にあっても、地域によっていろいろの差があり、それをまた先進と後進という形で簡単に割り切ってはいけないのではなかろうか。また、われわれはともすると前代の世界や自分たちより下層の社会に生きる人々を卑小に見たがる傾向がつよい」と書き残していることからも忖度できよう。これは近代化＝東京など大都市への一極集中化＝先進化へのアンチテーゼであるといってよい。日本社会にはもう一つの「近代化」があってもよかったのである。

さらに、宮本は自らの歩みを振り返り、「最初まず日本全国を見ておきたいと思って昭和十四年から思いつくままに各地をあるいた。……戦後私は郷里へかえって百姓になり、二十七年まで、家に居ることが多かった。……農閑期に戦前に旅して世話になった仲間のところをあるいて、農業技術の伝達係をした。そのかたわら農村調査をした」と述べている。先に紹介した宮本のフィールドノートに目を通すとすぐにわかることだが、訪問地の農業などの素描は簡潔にして的を射ていることは、彼自身が農民であり、農業技術に精通していたことを反映している。

宮本のあゆみを探ってみると、常一はまず特定地域を選ぶとその村落などをしらみつぶしに見て回っていることに気づく。彼が教師時代から土地勘があった大阪府泉南郡なども実によく調査している。彼は「人にあえば立ち話をして目にうつった疑問をとく事にした」と書いているように、彼の著作には読者を民俗学の世界に引き込むような魅力があるのは、この素朴な疑問を読者と共用しようというところにあるからだろう。

宮本は彼自身の民俗学的な調査方法について、「目的の村にいくと、その村を一通りまわって、どういう村であるかを見る。つぎに役場へいって倉庫の中をさがして明治以来の資料をしらべる。つぎにそれをもとにして役場の人達から疑問の点をたしかめる。同様に森林組合や農協をたずねていってしらべる。その間に古文書のあることがわかれば、旧家をたずねて必要なものを書きうつす」やり方を紹介している。このやり方はくまなく歩く量的なやり方から同時にその質的な側面を高めようとした宮本の工夫であったにちがいない。

このような予備調査を踏まえて、代表的と思われる農家を選び、宮本は一つの農家に半日かけて、はじめに資料などから浮かんだ「疑問をなげかけるが、あとはできるだけ自由にはなしてもらって」、要点をフィールドノートに几帳面な字で記録している。多いときには夜も含めて一日に三軒の農家から聞き取りを行い、時には古老だけではなく、主婦や若い者たちにも集まってもらい座談会形式で、参加者から自由にはなしてもらい、そのはなしを記録しているのである。ゆえに、そのはなしには自然さと勢いがある。

宮本の調査方法はむろん膨大な数の人たちにあってみずからつくり上げていったものであろうが、同時に、父から学んだことも大きなヒントとなっていただろう。宮本は『忘れられた日本人』に先立って発表した『民俗学への道』（昭和三〇［一九五五］年）で父善十郎から学んだ「教訓十か条」を紹介している。そのうちの三つを簡略化して紹介しておくと。

（一）汽車では外をよく見よう。田や畑に何が植えられているか。駅に着いたら、人の降り方、服装に気をつけよう。駅の荷受場に何があるか。これでその土地が豊かか、貧しいか、よく働くところかどうかわかる。

（二）新しい場所では高いところから眺めよう。目立つもの、家のあり方や田畑のあり方など。目についたものは行って見てみよう。高いところでみておくと、迷うことはない。

（三）人の見残したものを見よ。そのなかに大事なものがあるはずだ。

宮本常一の「あるく・みる・きく・かく」という歩みと彼の残した膨大な日本社会の記録――著作集――は、従来の民俗学なるものが「見残したもの」のなかで「大事なもの」を探し出そうとした旅の記録ではなかったろうか。宮本は『忘れられた日本人』でつぎのように記している。

「私の一番知りたいことは今日の文化をきずきあげて来た生産者のエネルギーというものが、どういう人間関係や環境の中から生まれ出てきたかということである。」

宮本は、従来の民俗学が対象としてきた人びとに受け継がれてきた民俗的な特徴の記録である民俗誌ではなく、そうした人びとの生活の営みそのものの生活の記録である日本人という民族の生活誌を残そうとした。日本に限らずどの国においても、人びとの生活史とは、モノを作り出す生産者のエネルギーが、そこでの人間関係や人びとの自然とのやり取りのなかで生まれたものであって、それを記録するのが宮本にとって生活誌としての民俗学であったのだ。

宮本は人びとの語ることばそのものを大切にした。彼が「その言葉をまたできるだけこわさないように皆さんに伝えるのが私の仕事の一つかと思っている。……無名にひとしい人たちへの紙碑の一つができるのはうれしい」と『忘れられた日本人』の最後にわざわざ記したのはそのためであったろう。

宮本が『忘れられた日本人』で取り上げようとした主題の一つは、戦後民主主義なるものの普及のなかで、それにそぐわないとされた日本社会のあり方——とりわけ、戦前的・封建的あるいは前近代的とされた実態なるものの——が果たしてそのようなものであったのだろうかという素朴な疑問であったのではないか。

近代化論争のなかで、前近代的あるいは非近代的とされたものにも、「近代的」合理性を内実とするような人びとの暮らしと意識があったのではないか。宮本は東京などしか知らない、あるいは、東京だけにいて輸入学問体系に親しんできた学者たちやいわゆる文化人たちが訪れることもなく、あるいは知ろうとすらしなかった日本の農村や漁村の生活を紹介することによって、日本社会にも地域差があることを丁寧に示そうとした。常一は先進と後進、近代と非近代と単純に割り切ることに対して批判的であったのではないか。

宮本は大阪や京都以西の郷士や百姓などの区別がなかった「村の寄り合い」制度を調べたりしている。たとえば、対馬の場合、領主—藩士—百姓といった公式的—階層的—な関係から離れた村落共同体のなかでは、「階級制度がつよかったようだが、村里内の生活からみると郷士が百姓の小作をしている例も少なくなかったのである。そしてそれは決して対馬だけのことではなかった。そうなると村里の中には村里としての生活があったことがわかる」と指摘する。

むろん、現在と違って、人の流動性は低く、毎日顔を合わせる関係では、論理だけの主張で事がうまくいくわけではなかったろう。必然、そこには少数意見なども取り入れつつ、狭い村里での良好な関係を維持しうる生活の知恵があったのである。この視点は、丸山等、あるいは日本浪漫派の流れを引く保田與重郎等の戦後民主主義批判とは別に、生活を通じての民主主義とは何であるかの問いでもあった。

宮本は農地改革が行われているころに、長野県諏訪地域を訪ねている。そこで、押し付けられた農地改革の生み出した問題が従来の村の寄り合いで培われた古老たちの知恵によって解決されていることに気づいている。その具体的なあり方は、年齢階梯制と隠居制度が強く残った西日本とそれが希薄であった東日本とでは異なった。さらに、こうした調査を通して、宮本は歴史の彼方に消えてしまう多くの無名の偉人を記録した。彼が訪ねた農村には、深い農業知識と技能をもち、周囲の人たちから深く信頼された農民たちがいたのである。宮本はつぎのように述べている。

「こういう人はいつも農民の中心をなしていて農民を裏切らない。村の中にあって村人の指標となる人のタイプに二つのものがある。その一つは村の豪家や役付の家の者が村の実権をにぎっている場合である。今一つは一般農民の中にあって、その思想や生活の方向づけをしている人である。」

戦争末期、こうした農民たちもまた村落生活の維持に借り出され、戦後の農地改革にも巻き込まれていくことになる。宮本は、占領軍の農地改革政策に先立って農林省が取り組んでいた農地解放計画にも関係して、昭和一九［一九四四］年には奈良県や大阪府の地主調査に関わっている。

それだけに、戦後の農地解放が日本の農村や農家経営にどのような影響を及ぼし続けたのか、宮本の戦後の仕事にはつねにこの視点が生き続けたように思える。宮本は学者の世界の外に長くあって、高度成長期の入り口あたりで発表した『忘れられた日本人』で、「学者たちは階層分化をやかましくいう。それも事実であろう。しかし一方で平均運動もおこっている。全国をあるいてみての感想では地域的には階層分化と同じぐらいの比重をしめていると思われるが、このほうは問題にしようとするひとはいない」と嘆いてもいる。

宮本が昭和二〇年代に訪れた広島の小さなミカンの島を、わたしは観察し続けている。宮本はこの小さな島の近くを三〇年ぶりに訪れ、記録を残している。当時は船によってしか広島本土と繋がっていなかったが、橋がかかった。宮本は『空からの民俗学』で、その変化について「橋がかかったことで島は大きくかわりはじめた。まず牧歌的な風景が消えていった。……めずらしくて橋見物の客が多くやって来たのである。この橋にそれほど魅力を感じたのだろうかと不思議なような気がするが、船でなくても島へゆけるということ、しかもそういうことをやってのける人間のえらさのようなものをたたえ、おどろきたい心が民衆の中にはあった。……このように橋がかかって来ると、人はおどろかなくなったばかりでなく、それが景観をこわすものであるという論争さえおころうとしている」と紹介している。

さらに宮本は「広島でどんなにおそくまで遊んでもその夜のうちに家へ帰ることができるようになった」という青年の声を紹介した上で、つぎのように結論づけている。

「だがそれだけでいそがしくなったし、無駄が多くなったともいえる。お金をもうける機会も多くなったが遣う機会も多くなった。たくさん遣うほどの金があってよいではないかともいえるが、思いつきで物を買うことが多い。それを衝動買いという。日本人にはその衝動買いが実に多い。……人を忙しくさせることが文明の最後の目的ではない。ときに静かでおちつきのある調和のとれた生活をすることが文明の目的であるとするなら、今われわれのあるいている道は目的から少しそれはじめているのではないか。そしておどろきをもって見た橋に不調和を感ずるようになっていく中にわれわれは本物を見失わないであるいていこうとするもうひとりの自分を見出すような気がする。」

宮本が亡くなって三〇年余りが過ぎ、この小さな島もまた大きく変わったのである。瀬戸内海の小さな島にはさらに多くの橋がかかったのである。いや、橋だけではない。少子高齢化にもかかわらず、島にはサッカーグランドやテニスコートなどの立派なスポーツ施設が出来上がり、日没の綺麗な風景が楽しめたかつての海岸はコンクリートで埋め尽くされ、駐車場となった。

ナイター設備も完備され、夜でもサッカーや野球、テニスを楽しみ、あるいは車を運転できる若者たちは減り、その対極にある一人暮らしの老人たちは増えた。盆と正月以外の帰省のときを例外として、駐車する車はそう多くなく公共工事の資材置き場になった場所からは、綺麗な夕日はもう望めないし、魚や貝なども素潜りで捕れなくなった。

こうしたなかで、島の観光資源の重要性が叫ばれ、さらに島のイメージを具体化した宿泊設備が計画されたりしている。売り物が自然であれば、海岸の埋め立てを元に戻し、資材置き場化した駐車場をもとの状態に戻し、島の景観を根こそぎ駄目にした運動施設を撤去することかもしれない。ということは、何もせずにそのままで良かったのかもしれないことにもなる。

これは宮本が漁村や農村などの変貌を記録した当時だけではなく、いまも日本各地に繰り返されている論議でもある。他方で、財源が枯渇したことでさまざまな公共施設の建設計画は一時的に冷え込んでいるだけかもしれない。島の立派な施設にはサビが目立ち、ペンキははげ落ちている。

こうしたなかで、宮本常一が『ふるさとの生活』で記録した「ほろびた村」が全国に広がってしまった。ただし、宮本が「村を滅ぼした原因」として指摘したのは、洪水、山くずれ、津波、飢饉であった。いずれも自然災害であった。いまなら、宮本は乱開発を書き加えるであろう。これは人災といってよい。より正確には、人災というよりも制度災害であり、そこには日本の近代化の型が色濃く反映されているのである。

欧州諸国だけではなく、新興国の米国あたりでも地域差があるとはいえ、都市圏周辺でも比較的緑が多く見られる。これは個人の所有物であることに加え、制度的に緑を保全するための公共性が優先されたためである。やや古めかしい言い方をつかえば、日本ブルジョワジーたちの資産——特に土地である——蓄積の低さを物語っている。

山林所有を例外として、日本では個人が広大な土地を保有するゆえに、自然が保全された例は戦後日本社会においてきわめて少なかったのである——だからといって、土地保有税や相続税を大幅に引き下げよといっているのではないし、もう手遅れでもある——。いずれにせよ、日本ではすぐに乱開発が行われ、周囲の環境や景観に関わりなく、マンションや小さな個人住宅が立ち並ぶ。歴史的建造物の隣であろうと、高層マンションが建つ。

もしそれを制度的に困難とさせることが無理であれば、それは個人の自覚に求めるしかない。それがいかに困難であったかということは、宮本が残した同一地域の記録を時系列的に読めば容易に理解できる。この点において、日本の近代化はそのような内面性を人びとに形成させなかったのである。この意味では、近代化を資本主義化に等値させれば、そこには日本的近代化の自画像が存在するのである。

ところで、経済史家の竹内常善は「中小企業史研究の課題と視覚」（竹内常善・安部武司・沢井実編『近代日本における企業家の諸系譜』所収）で、日本の経営者類型とその近代化精神なるものの関連性について、明治維新以降の早い段階から、競争原理の厳しさと垂直的社会移動や農村から都会へという空間的社会移動の激しさが欧米諸国並みに早期に達成されていたことを指摘した上で、これを担った経営者たちの精神性をつぎのように分析する。

「自己の専門性や効率性に阿修羅のごとく埋没できても、世間的には通俗的既成事実を追認するだけの対人意識や体制感覚しかもち合わせない、事なかれ主義を生み出してきた。その一方では、理念も構想も貧困ながら、既成事実の絶妙なる積み上げに没頭する粗野かつ野卑の組織的豪傑も輩出してきた。また、自分の居住する地域の原風景がもっていた豊かさや過酷さを気にすることもなく、ましてその将来的な景観構想の貧困については何の生態反応もしめせないような、そんな経済的『達人』も枚挙に暇ない。端的にいうなら、そうした中小生存欲の権化を大量に生み出してきたのも、わが国工業化の動かしがたい一面だった。」

ここには、日本の近代化――工業化――の二面性がある。農村において伝統という知恵と抑制に縛られることにおいて、伝統――風景も含め――を守る人たちが、日本のバラック造りのような都市へ出てくることで景観などには何の生態反応を示せないような人たちへと変貌する。そこには宮本が日本の農村で見出した古老との連続よりもむしろ破断を感じさせられる。それゆえに、宮本常一はそのような記録にこだわったのかもしれない。それは宮本が強く未来を意識していたからであろう。

概していえば、宮本が日本各地で記録した日本人はいずれも知恵があり未来志向的であり、人格的に魅力あるふつうの人たちである。日本人としての等身大の誇りを感じさせてくれる人たちばかりであり、そこには声を荒げて叫ぶようなナショナリズムの風は吹いていない。

この点について、宮本の『空からの民俗学』に解説文を寄せた香月洋一郎は常一の長男からもらった手紙のエピソードを紹介している。その手紙には、「みな、父の昔の事を聞いていきます。でも僕の知っている『宮本常一』は未来のことしか語らなかった」とあった。

未来志向的であった宮本の著作の読み方については、香月は「自分も含めて、生前の彼を知っているということがどれほど彼を理解していることになるのか。それだってあやしいもんだ。……章や筋をたてて表現することが手に合わなかった宮本の文章は、たとえ一般向けに書かれたものでも、……なにか与えようとする文章ではない。自分の現場に招きいれようとする文章である」と指摘する。

宮本の残した記録は未整理のものも多く、これからも何らかのかたちで刊行されるだろう。それらは香月のいうように、わたしたちがこれからの日本社会の自画像を描くために宮本が歩いた現場へとわたしたちを招いてくれるものになるにちがいない。

小田　実

「作家」小田実は二〇〇二年秋、慶応義塾大学経済学部の学生——正規登録学生のほかに「もぐり」学生や新聞記者などもいたが——を相手に「現代思想」を「講義」している。同大学の飯田裕康教授は、作家小田実を大学講座に招くにあたっての苦労をつぎのように語っている（『生きる術としての哲学——小田実・最後の講義——』）。

「作家を経済学の専門コースのカリキュラムのなかに入れることに、強い抵抗があった。経済学教育と一体何の関係があるのかといった実に偏狭な学問観が、何の恥じらいもなくたたきつけられる。経済学、いや社会科学研究者としての創造力を全く欠如した、研究対象に自らを売り渡したような議論がゆきかった。曲がりなりにも、わが国における経済学研究をリードする大学の研究者のもつ知性の底の浅さ、それどころか研究者自身自らが作り出してしまった『大学における知』のゆきどころのない閉鎖性があからさまになった。小田さんを迎える大学とは、せいぜいこんな程度だった。」

小田は第一回目の講義で学生に向かって「哲学とは何か」という題目から始めて、「西洋のなかで自分に都合のいいものだけをとって始まった」日本の近代化を問題視し、最後に「日本の現代思想」を取り上げ、その危うさを語った。小田は『現場』では、自分で決めなければいけない。判断しなければいけない」現場の思想を重視する。現場の判断条件に欠かせないのは「される側」の思想であって、むろん、「される側」がすべて正しいとはかぎらなくても、小田はこの視点に拘るのである。

「日本人の特徴のひとつに、『される側』の人たちが進んで『する側』の立場で考える、という奇妙なことがあります。私が市民集会でしゃべると、必ず『小田さんの言うとおりにやったら日本国はつぶれます』と立ち上がる人がいる。『あなたは総理大臣か』と言ってやります。何でそのへんの煙草屋のおじさんが、総理大臣の身になって一生懸命考えるのか。なぜ『される側』の人間が、わざわざ『する側』に回るのか。こんな国は日本だけです。」

小田の「される側」の論理は彼自身の戦争体験に深く結びついている。小田は学生に対して昭和二〇［一九四五］年六月の大阪空襲の写真を示しながら、学生につぎのように語りかけた。

「私は、戦争が終わったときに一三歳でした。中学校一年生です。大阪にいたので連日空襲に遭っていました。私は大阪空襲すべての体験者と言っていいと思う。焼け野原も経験しました。……そのとき、私はこの黒煙の地獄のなかにいた。私はここで地獄を体験した。ところが、私は、それまでニュース画面で日本の爆撃機が中国大陸に爆弾を落としているシーンを何度も見ています。そのときには、黒煙の中で中国人がどうしているか、一遍も考えたことはなかった。上から見たらきれいなシーンですし、誇るべき皇軍の戦果です。そして、なかは地獄です。『現場』は、『される側』に立たなければわからない。私ははじめてわかった。」

小田実（一九三二〜二〇〇七）は大阪に生まれた。東京大学で言語学を学び、のちに渡米しハーバート大学に学ぶ。日本への帰途、小田は世界を回り、その体験を『何でも見てやろう』にまとめた。予備校で英語を教えながら、小説を書き始め、市民運動にも関わっていった。小田は終戦時、中学一年生であり、空襲の中を逃げ惑った。

小田は『「問題」としての人生——見えないものを見る視点——』でつぎのように自分の人生を振り返っている。

「私は一九三二（昭和七）年生まれだから、『戦前』の体験もしている。しかし、私は自分を『戦後』の人間だと考えている。毎年八月十五日、私は自分の『誕生日』を祝う。ほんとうの誕生日は六月二日だが、八月十五日は、私が新しい日本の人間として生まれた日だ。そう勝手に規定している。……私の場合、ものの心ついたときから戦争だった。平和の時代を、それがどんなものかも、私は知らなかった。それでは何を考えていたのかということになるのだが、今思い起こしてみてもはっきりしない。私はただ生きていたのではないかと思う。眼のまえで、すべてが崩壊して行く。それを見ながら、私はただ生きていた。」

小田はこの自伝のなかで、どこで戦争を体験するかにより、その人の戦争体験は異なることを指摘している。小田は記録映画などで映像化されステレオタイプ化された「慟哭」し虚脱感に溢れた敗戦時の日本人像に異を唱えた。小田は「私が田舎にいたなら、まだいろんなタテマエを信じることができただろう。……そういうタテマエ（引用者注—「大東亜共栄圏の確立」）は、飢えが来、空襲がつづくなかで、いつのまにか私の心から姿を消していた。……空襲のなかであまた人は死に、彼らの虫ケラのような黒焦げの死体は、三島が夢みた美しい死とははるかにちがったかたちの死をあらわしていた。……田舎に疎開していたなら、私はそのおびただしい『難死』を目撃することはなかったにちがいにない。まだタテマエの幻想の中に生きて行くことができたにちがいない」と述べている。

小田はこの忘れがたい体験を昭和四〇［一九六五］年に発表した『難死』の思想――戦後民主主義・今日の状況と問題――」に書き記した。「難死」とは小田の造語である。日本の知識人は敗戦についてはさまざまな解釈を下した。だが、小田にとって、それは一三歳の少年の時に経験した「難死」という体験であり、そこに積極的な意味など求めることのできない「死」であったのだ。

小田は『難死』の思想」のなかで、「私は幼かったから、保田與重郎などいなかった。高坂正顕も高山岩男もいなかった。……ということは私がそうした知識人的な理念やロマンティシズムの介在なしに、戦争とじかに結びついていたということだろう」と述べ、戦争との関り合いは「自らを戦争に結びつけた」保田等の知識人ではなく、「戦争の渦の中にいた」大衆のなかにいたことだと振り返った。

空襲の中の「火焔のなかにいて、逃げまどった」大衆なるものは、同時に日本の戦争に対して「不平を言いグチをこぼし、といって積極的な反対も抵抗もせず、ときに熱狂的に賛美をした」大衆でもあったのだ。小田は「理念やロマンティシズムによるなかだち」があった知識人に対して、「おおむね無意識的、無意志的、結果的に強力に支持し、また無意識的、無意志的、結果的に被害者となる」大衆には「そうしたなかだち」はなかった。つまり、火焔の下で知識人と大衆を隔てていたものは戦争という現実の「私状況」――私の事情――と「公状況」――公の大義名分――の教理そのものではなかったのか、と小田は問うた。

戦争に駆り出されなかった子供としての小田にとって、死とは映画や新聞で見た「特攻隊員の死のように、たとえば『散華』という名で呼ばれた美しいものでも立派なもの」（＝「公状況にとって有意義な死」）ではなく、「逃げまわっているうちに黒焦げになってしまった、いわば虫ケラどもの死」であった。したがって、八月一五日の敗戦はこの日に公状況に殉じて自害した「右翼の若者たち」の死とはもっともかけ離れた「その前日だったかにあった大阪の大空襲のなかに殺されて行った人たちの死」であった。敗戦が確定しているなかで死んでいった大阪の「おびただしい数の人間が殺された」死とは「もっとも無意味な死ではなかったろうか」と、小田はこの死を「難死」と呼んだのだ。小田はいう。

「『難死』は私の胸に突き刺さる。戦後二十年のあいだ、私はその意味を問いつづけ、その問いかけの上に自分の世界をかたちづくって来たと言える。『難死』に視点を定めたとき、私にはようやくさまざまなことが見え、逆に『散華』をも理解できる道を見出せたように思えた。」

小田は前掲の『「問題」としての人生』で、難死の背後にあった存在としての国家を子供ながらに考えるようになっていったことを回顧している。小田にとって、難死の思想とは「国家論」そのものであった。

小田はいう。「国家が私たちの世話を一向にしてくれなくなった。まず、日本という国家がそうするには、あまりにも無力になっていた。二つめに、だいたい、この日本という国家は、私たち民衆のことなどまるっきりかまわない体質を持っていた。その体質を基本の原理として形成された国家だった。……それだけ（引用者注―生存のための食糧など）の分量すら国が確保できないなら、国民は生活できなくなって、戦争をたたかうどころではない。つまり、戦争をやめなくてはならない。そういう地点まで来てしまった……それでも国は戦争をやめなかった……わが大日本帝国という国家はまったく何もしてくれなかった国家であったという事実」の先に難死があったのだと。

小田は「私たちを生かしてくれているものは私たち自身であって、国家でないことを、私は子供心に日々の体験を通じて体得して行ったように思う。国家は徹底して無力だった。国家なくして人間は生き得ないというたぐいの議論は、私は心底から『否』と否定の叫びを発したくなるのは、何も敗戦時のどんでん返し、あるいはそのあとの闇市時代の体験に基づいているのではない。それ以前に、そういう国家が無となる体験をしていたのだ」と記している。

何もしてくれない国家が国民をなぜ勝ち目のない戦争、というよりも、戦う前に生存することが保障されないなかでなぜ戦争に駆り立てることができたのか。小田にとって、「何もしてくれないくせに、何かをする力を失っているくせに、身勝手に自分の利益をはかる」日本という国家を考えることから、その戦後は始まったといってよいだろう。

戦争末期には、日本人のなかで国家離れが進んでいたゆえに、多くの日本人のなかには占領国家としての米国を受け入れる土壌があったが、小田は国家そのものを疑うようになっていた。

では、無意味な死＝難死は何を意味したのか。広島のあと、長崎にも原爆が投下され、日本は国家の意思としてポツダム宣言(＊)の受諾を伝えた。無条件降伏であったが、天皇制の維持（国体の護持）という条件を付けた。日本の敗戦宣告のわずか一日前の八月一四日、米軍が大阪に大規模な空襲を行い、すぐさま無条件降伏の受諾を迫った。

大阪陸軍工廠のすぐ近くに住んでいた小田の一家は、幸いなことに一トン爆弾の直撃を受けず生き延びた。庭先の粗末な防空壕から出てみた惨状と爆撃機から散布された戦争終結のビラが小田の戦後思想を形成させることになる。

小田はいう。「日本とかアメリカ合州国(ママ)とかの別を超えて、国家という存在に何かしら不信感を抱き始めていた……『日本は駄目になった、いやアメリカだ』というふうには、私の思考は進んでいかなかった。『アメリカ』の代りに、ここで『ソビエト』ということばを使ってみてもいいだろう」と。と同時に、日本の国体思想への深い懐疑がそこにあった。

＊昭和四五［一九四五］年七月二六日、ドイツ東部、ベルリン郊外のポツダムに米国、中華民国、英国、ソ連が参加して、日本に対する降伏条件と敗戦後の処理方針を定めた共同宣言を発表した。このなかで連合国による占領、戦争指導者の排斥、戦争犯罪人の処罰、日本の領土問題、日本の民主化などを定めた。

大空襲のあとに敗戦が来た。小田は『難死の思想』で「敗戦は『公状況』そのものを無意味にし、『大東亜共栄圏の理想』も『天皇陛下のために』も、一日にしてわらうべきものとなった。私は、中学一年生という精神形式のはじめにあたって、ほとんどすべての価値の百八十度転回を経験したのである。『鬼畜米英！』と声高に叫んだ教師がわずかの時日ののちには『民主主義の使途アメリカ』、イギリス紳士のすばらしさについて語った。その経験は、私に『疑う』ことを教えた。すべてのものごとについて、たとえどのような権威をもった存在であろうと、そこに根本的懐疑をもつこと、その経験は私にそれをいまも強いる」ことになったと振り返っている。

だが、小田がこだわった現場での経験を、現場を知らない人たちや世代に伝えることができるのだろうか。現場の思想は時を越えてつぎの世代へと伝えることなど可能だろうか。小田は学校などで教えられた「散華」が実は「難死」であったことをどう伝えようとしたのか。

小田は後に米国留学先の大学図書館でマイクロフィルム化された八月一四日の大阪大空襲の日の新聞に黒

煙が立ち込めた写真を第一面で眼にすることになる。上からは人びとの逃げ惑う姿が見えない写真に自分の姿を見たことで、日本が中国への爆撃写真を見てその戦果を喜んでいた当時の自分と、米国の大阪への爆撃写真で逃げまどった自分を重ね合わせることができたという。加害者であり被害者であることが戦争と国家の関係を知る上で重要であることを、小田はいろいろな作品や評論で繰り返しふれることになる。行為の二面性の思想である。後日、この思想は小田をベトナム反対運動に駆り立てることになる。

小田が『難死』の思想」を発表したのは昭和四〇［一九六五］年であった。このころは東京オリンピック景気が一段落した日本の高度成長の調整期であり、やがてその後五年ほど続く「いざなぎ景気」の入り口の時期であった。小田は「旧秩序、旧世代の復活、戦争を知らぬ世代の誕生が人々のその動きに拍車をかける」ことを予想していた。小田は散華が難死とならず、散華に再び転化させる戦後意識の危うさを感じ取っていた。

なぜなら、公状況が観察者の美意識で「投影」されれば、「特攻隊の眼の澄んだ美しさ、……私を殺して公に殉ずる行為そのものの美しさが『散華』再評価の一つの基礎となった。その美しさは、それを支える『殉教の美学』は、たしかに『散華』を『難死』から、黒焦げの虫ケラの死から区別」されることになるからである。ここでは右も左もなく、しばしば国のためにという美意識だけが評価される。小田は三島由紀夫的世界のロマンティシズムにその事例を求めた。

あるいは、中国文学者の高橋和己や人間魚雷の乗員であった上山春平のように、「散華」を強いた過去の指導者や国民への「いきどおり」から「散華」を忘れ、「私状況」のみを追求する現在の指導者や国民に「いきどおる」ことで「難死」がどこかに忘れ去られることを小田は恐れた。また、林房雄のように、「たとえば、

『大東亜共栄圏の理想』が『アジアの解放、独立』に、『天皇陛下のために』が『国家への忠誠』（引用者注―というように）……すり代え作業が行われ」、公状況の大義名分と「散華」が回復されることに小田はいきどおった。

小田は林房雄が公状況の大義名分的ロマンティシズムをアジアの解放にも向け、「日韓併合をもっぱら日本の立場からのみ書く」と怒りをぶつけたが、「『難死』の思想」を発表した年に日韓基本条約が締結されたことは皮肉でもあった。

小田は私状況にこだわりみせるべき戦後文学が「難死」を忘れ去ったことに不満であった。小田によれば、戦後文学は「二つの大きな欠陥をかかえていた」。その一つは「『私状況』の『公状況』からの分離にばかり注がれたので、彼らの描く『私状況』はもっぱら『公状況』と結びついた部分の『私状況』であって、他の多くの部分が無視されてしまった……世の中が落ちつき、かつての『公状況』の幻想が消え、『私状況』優先の原理が社会に確立されるとともにはっきりとする。そのとき、まず『私小説』の復活があった。……」とされた。

もう一つは、「私状況」と「公状況」とつなげることで存在理由があった戦後文学が、公状況をも破壊したことで私状況までを自己破壊してしまったために、作家のなかには再びマルクス主義のような公状況を求めた者もいた。だが、戦後の「民主主義社会」とは、戦前的全体主義の公状況が私状況を作り出すのではなく、私状況が公状況をつくりだす原理を優先させた社会なのである。小田はつぎのように述べる。

「長いあいだの『公状況』の強制の下で、その下では『難死』の可能性しか持たなかった人々が、『私状況』優先の原理を通してそれを求めたのだという事実を見逃しては大きな誤りだろう。……戦後の日本の社会を解明するには、この『私状況』優先の原理の解明がまず必要であろう。……戦争が終わって『民主主義』が『到来』したとき、人々の心をとらえたのはそれがもつ『私状況』優先の原理だった。『公状況』を生み出す余裕はまだなかった。それは占領軍によってあたえられた。……そのとき、日本人の『私状況』のほうに『公状況』を生み出すだけの力があったとしても、同じものを生み出したかもしれない。……『私状況』優先の原理は、そのとき、『公状況』と矛盾することなく存在し、『難死』的体験、思想にうらうちされて、戦後社会の基礎をつくった。」

これはなにも日本だけではなく、世界の多くの国においても戦争経験の反動としての『私状況』優先の原理がその社会に浸透していったといってよい。こうしたなかで、小田が問題視したのは、戦後社会における新たな公状況とナショナリズムの関係であり、日本のナショナリズムのあり方であった。小田の用語では、米国などの戦勝国ナショナリズムに対する戦敗国ナショナリズムということになる。

日本の戦後の公状況ということでは、それを代表するはずであったストライキ――より具体的には昭和二一［一九四六］年に予定されていた全国一斉スト、いわゆる「二・一スト」――がもろくも民主主義の教師である占領軍によって中止に追い込まれたことで、日本人の多くは再び公状況とは何かを考え始めた。民主主義という公状況を作り出すべき占領軍＝米国は、その後、東西冷戦の中でキューバやベトナムに向かうことになる。こうした米国を支えたのは、小田にいわせれば、「矛盾のない」戦勝国ナショナリズムであり、「自由の擁護」であった。

だが、その後、不思議な構図が登場することになる。つまり、米国の敵であったはずのファシズム指導者が日本社会で「無傷のまま再登場して、かつて彼らが『鬼畜』と断じ、『討て』と命じた『敵』となごやかに談笑している事実であろう」と小田が怒りを込めて書き記した行間から伝わってくるのは、散華＝公状況と難死＝私状況の戦後的関係への過信でもなければ不信でもなく、その関係のもつある種のエネルギーの行き先なのであった。

先にふれた二・一ストライキは賃上げによる生活改善を求めるとともに、吉田内閣の退陣なども求めたものであるが、吉田は明確な経済優先主義＝私状況を優先させることで、占領軍＝米国のもたらした公状況との決別を促した。だが、経済成長による私状況の優先はやがて人びとに新たな公状況を求めさせていくことになる。しばしば、これにかかわる議論は、日本の経済的に豊かとなった私状況は、日本の公状況がもたらしたものではないかという議論に対して、小田はすこし冷静になってものを見たらどうだ、と苛立ちをぶつけている。

小田は私と公の関係について「政治家、企業家などの『実務家』に甘い幻想を懐くことになる。企業の内部に入ってみれば、その成功のかなりの部分がただ運が良かったり、なるようになっただけのことにすぎず……『公状況』的イデオロギーによって一刀両断することも、ロマンティシズムのオブラートに包むこともなく、冷静な眼でみきわめることがいま必要……」と述べ、当時の丸山眞男の戦後民主主義の「虚」に賭けるという「ストイック」な発言にも批判的であった。小田は「難死の思想」の最後で、日本の高度成長という私状況のなかでの公状況の動きをつぎのように分析してみせた。

「今、おそらくもっとも必要なことは、横行し始めた『公状況』に対して、もう一度『私状況』を確立することであろう。『戦勝国ナショナリズム』に対して『戦敗国ナショナリズム』、ロマンティシズムに対してリアリスティックな眼、『砂金』に対して『雑巾』、『散華』に対して『難死』——戦後民主主義は……それが一部の人が言うように、行きすぎたほど十分でなく、また、他の一部の論者が説くごとく、それがすべて『虚妄』ではないということだろう。……過去をふり返って八月十五日に凝縮した時間の点の上におくのではなく、それからの二十年という長い時間、あるいはこれからのさらに長い未来の時間の緩慢なひろがりのなかにおくとき、それは必然的に『難死』と衝突し、また交錯しなければならないのだろうが、……そのとき、『散華』の美しい衣は汚れ、かつての純粋な青年の顔だちはあぶらぎった中年男のそれに変わっているかも知れない。しかし、その男が偉大な歴史の主役でないとは、誰も言えないだろう。」

二〇年後ではなく三〇年後に、小田は阪神淡路大震災でこの視点を復活させた。彼はこの大震災が決して私状況などではなく、人災＝公状況であることを指摘して、被害者への不十分な政府の救済措置に対して異議を唱え、運動を起こす。小田は『被災の思想、難死の思想』を発表し、戦後民主主義なるものを問うた。

晩年の小田はガンに苦しみながらも執筆活動を最後まで続けた。入院治療する少し前に、自宅でテレビカメラに向かい日本の近代化の帰結について語っている。小田は、欧米列強の帝国主義のなかで、アジアの小さな島国の日本が短期間に技術や知識を吸収して独立を維持しようと懸命に努力したが、その後、なぜそれがアジア諸国への侵略に終わってしまったのか、それを思うとたまらなく思うと、ことばをつまらせながら語っている。難死の思想は小田のなかで一生涯を通して、日本の近代化の自画像、とりわけその国家的自画像を描く上で生き続けたのである。

司馬遼太郎

司馬遼太郎（一九二三〜九六）は新島襄の没百年記念のときに京都の同志社大学に招かれ講演を行っている。

この中で、関東軍の戦車隊から本土決戦に備えて日本に帰国したことでシベリヤ抑留を逃れ、戦後生活を大学・宗教担当の記者として京都でスタートさせたことを語っている。

司馬は新島と同志社大学についてふれたあとなどで、自らの作家人生と小説について、なぜ、日本が戦争に突き進み、悲惨な終局を迎えたのか、これを考え始めた二二〜二三歳の自分に手紙(=小説)を書き始め、そしていまもどこかで書き続けているのではないかと自問した。

司馬は社会学者の鶴見俊輔との対談でも自らの経験を語っている(平成八[一九九六]年、朝日新聞『司馬遼太郎の世紀』所収)。

鶴見「司馬さんは戦車兵だったでしょう? 大本営からきたその人に、アメリカ兵が上陸してきて、部隊が南下する。東京から焼け出された難民が中山道づたいに北上して来たら交通整理はどうなるのか、と尋ねたら。その人たちを踏み潰してゆけという答えを得て、びっくりした、という話がありますね。」

（中略）

司馬「栃木県佐野の静かな夏の日に戦争があって、なぜ、こんな馬鹿な国に生まれたんだろうということなんです。ただ、明治は違ったろう。と、あるいは明治以前は違ったろう、と思ったことが、僕のその時の自分への救い、というかな……そういうもんでした。明治以前のことはよくわからないもんですから、四十歳前後の頃から、こうだったんだ、というのを書いているわけです。それは二十二歳の僕へ、まあいわば手紙みたいなもので、やっとわかった、っていうことを書き続けて、大体今、終わりましたですね。」

司馬遼太郎（本名、福田定一）は、大正一二［一九二三］年、大阪市の薬剤師の次男として生まれた。母は奈良県の出身で、司馬は小さい頃、母の実家周辺にあった古墳で弥生時代の土器などを拾い集めたという。司馬の古代への興味の発端はここらあたりにあったろう。中学生のころから読書好きであり、数学嫌いであった司馬は、昭和一六［一九四一］年に数学のない学校を求めて大阪外国語大学蒙古語部に入学した。

だが、昭和一八［一九四三］年には、文科系学生の徴兵猶予停止となり、学校を仮卒業し学徒出陣となり、兵庫県加古川の戦車隊に入営、翌年、満州四平に渡り陸軍戦車学校で実践演習を学び、小隊長となった。本土決戦に備え栃木県佐野へ戻るのは翌年のことであった。

戦後、新聞の文化部記者の福田定一が司馬遼太郎となるのは、『ペルシャの幻術師』で講談社から賞を受けてからである。ペンネームは『史記』の作者の司馬遷からとった。司馬の三〇歳代の作品は、新聞社に勤めながら時代小説を書いている。司馬は知人が編集長を務める宗教系の『中外日報』に一年間ほど連載した、豊臣秀吉暗殺をはかる伊賀忍者を描いた「梟のいる都城」――のちに『梟の城』――が第四二回直木賞を受賞したのは高度成長最中の昭和三五［一九六〇］年のことであった。翌年、司馬は新聞社を退職し、本格的に執筆活動に入った。

司馬はこの前後に小説家になるという決意表明のようなエッセイを雑誌や新聞などに寄稿している。昭和三六［一九六一］年に創刊されたばかりの『大衆文学研究』に、司馬は「大衆と花とお稲荷さん」という文章を寄せた。

「社会科学としての『大衆研究』は成立しうるが、評論としての大衆『文学』の研究は、容易に成立しない。……『大衆文学研究』という雑誌を発刊するというハガキをもらったとき、『えらいことをやりおる』とおもって、ややぼうぜんとした。（中略）『大衆』のココロというものが、まったく浮気で、その場かぎりで、冷淡で、強欲で、気まぐれである。……大衆小説の書き手は、そういう大衆を相手に小説を書く者である。大衆文学とは、そういう大衆のココロを条件とした小説なのだ。……大衆文学研究とは、文学研究よりもむしろ、『大衆トハイカナルモノデアルカ』という、もっとも、〈なんぎ〉〈やっかい〉〈しんどい〉命題を追求するものであるからだ。……こんにちただいまこの時間のこの秒刻における『大衆』のココロを条件にしなければ、大衆文学研究は、雲散霧消する。これほどエライ研究命題は、学会にも評論界にも出現しないといっていい。」

司馬はこの文章のおわりに、「はたして『大衆』とはなにか」と結び、自らの答えを書き残してはいない。ただし、司馬は生涯にわたってこの問いをもち続けたことだけは確かである。同じ年に、司馬は「いつほどか、十二冊ほどの単行本ができた」で始まる「わが小説—梟の城」を『朝日新聞』に寄稿した。司馬はこの文章のなかでつぎのように「わが小説」を分析している。

「それまでは私は、手習いのような小説を書いていたし、それで職業作家になろうとは考えてもみなかった。あまり趣味をもたない私は生涯、勤めながら私だけに通用する書斎小説のようなものをこそこそ書いてゆくつもりだし、それが自分の娯楽だと考えていた。（中略）かれら（引用者注—忍者）は自分の職業をどう思い、どういう執念をもっていたのだろうか、と考えたとき、私は、目がさめるような思いでわれにかえった。かれらは、新聞記者である私自身ではないか。……特ダネをとったところで、物質的になんのむくいもない、無償の功名主義こそ新聞記者という職業人の理想だし同時に現実でもあるが、これから発想して伊賀の伝書などを読むと、かれらの職業心理がよく理解できるような気がしてきた。」

司馬は昭和四〇［一九六五］年に「歴史小説を書くこと――なぜ私は歴史小説を書くか――」を読売新聞に寄稿し、歴史小説と現代小説の違いについてつぎのようにふれてもいる。

「多くの場合、現代小説は、風俗という人間と縁の薄い（しかし、ときに人間といかにも濃いつながりがあるかに錯覚される……）魔物が、人間の問題を魔物にさせることがあるようだ。かといって一面、風俗は小説の重大な要素である読物性をささえる上で、非常に大切なものでもある。が、それにあまり興味のない作者である私など、しょせん、現代小説を書いたところで失敗するのがおちである。人間にとって、その人生は作品である。この立場で、私は小説をかいている。裏返せば、私と同時代の人間を（もしくは私自身を）書く興味をもっていない。理由は、……『現代』では人生が完結していないからだ。……まとまらぬついでに、突然なことをいえば、変動期が必要なんです。すくなくとも私にとっては変動期を舞台に人間のことを考えたり見たりすることに適している。自然、書くことが歴史小説になるのでしょう。」

たしかに、司馬は江戸末期に題材をとって歴史小説を多く書き残した。産経新聞に四年間にわたって連載された『竜馬がゆく』はこのころの代表作品である。こうした作品が、映画化され、あるいはテレビドラマ化されたことで、司馬の名は広く知られることになり、やがて司馬作品は国民文学とも呼ばれるようになった。

この点について、哲学者の梅原猛は、司馬が亡くなった翌月、『週刊朝日』に寄稿した「なぜ日本人は司馬文学を愛したか」（平成八［一九九六］年三月一日）で「司馬遼太郎の文学は国民文学であるといわれる。国民文学とは、その国のあらゆる人、老いも若きも男にも女にも広く愛され、しかもその読者に人生とは何かを教え、生きる勇気を与える文学である。日本の文壇の主流である純文学はとてもこのような国民文学にはなり得ない。……このような国民文学の名に値するものは、やはり主に戦前に活躍した吉川英治であることは間違いない」と論じ、なぜ、司馬作品が日本人に愛されたかについてつぎのように論じた。

「ちょうど戦前の日本人が吉川英治の小説を読んで、忠義、孝行などの徳を教えられたように、戦後の日本人は司馬遼太郎の小説を読んで、道徳に縛られず、自由にしてしかも偉大なことを成し遂げた日本人を知り、生きる勇気を与えられたのである。」

だが、梅原は司馬作品が国民文学として吉川英治をも越えたと説き、その理由について「一つは、その学問と見識である。それは、司馬遼太郎は史料収集の力において世の歴史家をはるかに超えているばかりか、歴史を見る目に一つの見識があることである。……もう一つの点は、司馬遼太郎の日本歴史の見方には必ず外から日本を見るというインターナショナルな目」を挙げた。

たしかに、司馬は吉川英治の歴史小説家――ストーリー・テラー――としての巧みさを継承して時代小説を書き、やがて自分自身の若い頃の疑問に自ら回答を試みたような主題を選んだ作品に取り掛かっていくことになる。と同時に、日本の歴史について多くの対談記録やエッセイを残していった。

司馬が明治維新や日露戦争期のあり方を主題とした『翔ぶが如く』や『坂の上の雲』を執筆している時期に、前述の鶴見俊輔との対談「日本人の狂と死」(『朝日ジャーナル』昭和四六[一九七一]年一月)で、日本人の歴史的特質としての集団性の特徴を訊ねた鶴見の問いかけに対して、つぎのように応じた。

「ぼくは、日本人のもっている民族的な先天性格というようなものにどうしても気をとられる。これまでの歴史で見るかぎり、どうも日本人はテンション民族であって、その部分を引き出すアジテーターが出てくると、現実から平気で遊離しちゃう。大遊離をしたのは太平洋戦争です。四十何カ国と戦う。一国。

こんなばかばかしいことをやった国は世界中にないんで、そういうコップの中で旋回している思想といえば思想、狂気といえば狂気、本来的に思想が狂気かもしれない……いやになって狂気の側にいつでもまわりたくなる。狂気の否定の側は庶民ですわ。商店街であり、農業であり、われわれですわね。……。そういう無気味なところがある民族ですね。庶民はいつも犠牲者ですわ。」

司馬は、この視点を生涯持ち続け、日本の近代化のかたちを問いつづけ、歳を重ねるごとに新聞や雑誌の随筆欄におびただしい量の「自分への手紙」を書き綴った。司馬は庶民が犠牲者であると同時に、他の庶民への加害者へと容易に転嫁する危うさについても述べている。日本のバブル経済期に『文芸春秋』への寄稿随筆「〝雑貨屋〟の帝国主義」（『この国のかたち・一』所収）で、『坂の上の雲』を通じて日露戦争前の日本人の分不相応の大海軍を整備することでなんとか勝利したことを描いたものの、その後の日本社会——したがって政治も——が日露戦争から第二次大戦にかけてのわずか四〇年間に「形相を一変させた」ことの原因を論じた。

司馬はそれを雑貨屋の帝国主義ということばで表現している。わたしは、自分の専門領域の関係もあり、「本職」の経済史家や経済史研究者のこの時期の論文などを多く読んだが、石橋湛山を除いて、この時期の日本資本主義の海外膨張を「雑貨屋の帝国主義」という、日本経済の分不相応の姿を直観的かつ的確にとらえる表現に、いわゆる専門家の頭の固さ——むろん、自分も含め——を思わずにいられない

通常、研究者などが下す帝国主義の定義とは、商品と資本が過剰になった資本主義の段階では、そのはけ口を自国以外に求め、その市場の確保と維持のために軍事力——これもまたその国の経済力に依存する——が使われてきたとみなすものである。資本主義発展において先行した西洋諸国がアジア諸国やアフリカ諸国

などへ進出したのはまさにこの論理であった。しかし、と司馬は論じる。

「しかしその当時の日本は朝鮮を奪ったところで、この段階の日本の産業界に過剰な商品など存在しないのである。朝鮮に対して売ったのは、タオル（それも英国製）とか、日本酒とか、その他の日用雑貨品が主なものであった。タオルやマッチを売るがために他国を侵略する帝国主義がどこにあるだろうか。要するに日露戦争の勝利が、日本国と日本人を調子狂いにさせたとしか思えない。」

軍事的にみても外交的にみても、日露戦争は勝利ではなく日本がようやくのことで休戦に持ち込んだものであった。雑貨資本主義で重工業生産を基礎にした総力戦などを支えることができるものではない。日本の全権代表の小村寿太郎（一八五五〜一九一一）はそれを十分に理解し、講和条約を結んだ。だが、庶民はそれを理解しなかった。司馬は続ける。

「ここに大群衆が登場する。……調子狂いは、ここから始まった。大群衆の叫びは、平和の値段が安すぎるというものであった。……かれらは暴徒化し、……政府はついに戒厳令を布かざるをえなくなったはずであった。私は、この大会を暴動こそ、むこう四十年の魔の季節への出発点ではなかったと考えている。この大群衆の熱気が多量に――蓄電されて、以後の国家的妄動のエネルギーになったように思えてならない。」

もし、日本が帝国主義国としての自覚があったとすれば、朝鮮侵略が「ソロバン勘定としてペイすることなのか、ということをだれも考えなかった」。そして日本は満州へと向かった。司馬はため息をついている。「その商品たるは――昭和十年の段階で――なお人絹と砂糖と雑貨がおもだった。このちゃちな〝帝国主義〟のために国家そのものがほろびることになる。一人のヒットラーも出ずに、大勢でこんなばかな四十年を持った国があるだろうか」と。

大群衆の熱気を吸い込み肥大した参謀本部は統帥権という魔法のような杖を手にして、庶民――大群衆――を戦場に誘い、アジア諸国の庶民を巻き込み、そして自爆したようなかたちで日本は敗戦となった。司馬は多くの対談や随想のなかで参謀本部などが手にした統帥権や軍事的敗北などについて発言し書き、とりわけ日本とソ連軍が衝突した昭和一四［一九三九］年のノモンハン事変については厖大な資料・史料を集め、関係者に取材していた。

司馬は、対談などで自分にとって、「日本軍の死傷七〇パーセント以上という世界戦史にもまれな敗北を喫して停戦した」ノモンハン事変を書くことは怒りで憤死しそうなテーマであり、次世代にこの解明を託すしかないことを述べている。司馬は、前述の「〝雑貨屋〟の帝国主義」のあとにノモンハン事変について「〝統帥権〟の無限性」（同前書）という随想を寄稿している。司馬はいう。

「私は、ついに書くことはないだろうと思うが、ノモンハン事変を、ここ十六、七年来しらべてきた。生き残りの人達にも、ずいぶん会ってきた。当時の参謀本部作戦課長でのちに中将になった人にも会った。このひとは……六時間、陽気にほとんど隙間なく喋られたが、小石ほどの実のあることも言わなかった。わたしは四十年来、こんなにふしぎな人に会ったことがない。わたしはメモ帳に一行も書かなかった。……」

のちに、司馬は戦場で生き残り免職となった元連隊長を訪ねたときの様子を次のように紹介をしてもいる。「うらみはすべて、参謀という魔法の杖のもちぬしにむけられていた。他者からみれば無限にちかい権能をもちつつ何の責任をとらされず、とりもしないというこの存在に対して、しばしば悪魔！　と呼んで絶句された」と。

司馬は多くの手紙――小説、随筆、旅行記、座談集など――を書き、考え、調べ、旅し、感じ、そして書き続けた。「ともかく自分もそのときに生存した昭和前期の国家が何であったかが、四十年考えつづけてもよくわからないのである。よくわからないままに、その国家の行為だったノモンハン事変が書けるはずがない」として、司馬はつぎのように結論ともいえないような文章で閉じている。

「ちゃんとした統治能力をもった国なら、泥沼におちいった日中戦争の最中に、ソ連を相手にノモンハンをやるはずもないし、しかも事変のわずか二年後に同じ〝元亀天正の装備〟のままアメリカを相手に太平洋戦争をやるだろうか。信長ならやらないし、信長でなくても中小企業のオヤジでさえ、このような会社運営をやるはずもない。」

司馬は『文芸春秋』に寄稿したこの随筆の何回かあとの号にも、ノモンハン事変と統帥権のことを論じた余熱があったのか、「機密の中の〝国家〟」(同前書)で日本陸軍参謀本部作成『統帥綱領・統帥参考』に言及して、「昭和十年以後の統帥機関によって、明治人が苦労してつくった近代国家は扼殺されたといっていい。このときに死んだといっていい。私は、日本史は世界でも第一級の歴史だと思っている。ところが昭和十年から二十年までのきわめて非日本的な歴史を光源にして日本史ぜんたいを照射しがちなくせが世間にあるようにおもえてならない。この十年間の非日本的な時代を、もっと厳密に検討してその異質性をえぐりだすべきではないかと思うのである」と指摘する。

このような問いは、司馬と同世代の多くの人が懐き続けた。本書でも取り上げた城山三郎などもこうした世代に属する。城山が対象としたのは現代人――むろん、例外もあるが――であり、司馬が対象としたのは歴史上の人物であったものの、そこには昭和戦前期という「魔法の森」の時代から投影された「なぜ」という問いがつねにあったように思える。城山も司馬も、時代の流れに押し流されつつも愚直なまでに個人の生き方にこだわった人物を描くことにこだわり続けた。

ただし、こうした司馬遼太郎と城山三郎には大きなちがいがある、とわたしには思える。一つは司馬遼太郎が歴史上の人物――エッセイなどで市井の現代人を取り上げたことはあるが――にこだわったのに対し、城山三郎は現代人あるいはまだ歴史上の人にはなりきれていない人物にこだわったことである。

二つめはその視点である。司馬遼太郎はしばしば外国に取材旅行に出かけたが、それは編集者、写真家、通訳などを連れたものであった。それは司馬を取り巻く日常の職業社会をそのまま外国に持ち込んだものであった。必然、そこには外国社会からの視点はあっても、その比重は必ずしも重いものではない。司馬にあったのは、それはあくまで司馬が現地に持ち込んだ日本社会からの外国社会への視点であった。

司馬の外国旅行エッセイ集には、学者や知識人たちが登場しても、ごく普通の市民の肉声が多くは登場してはこない。登場してもそれはそこの学者などを通しての間接的なものだ。城山はこの点において大きく異なる。

城山は三九歳の時と四四歳の時にアメリカ・バス旅行を行っている。わたしも若いころに同じようなことをしたことがあるが、わたしのそれは二一歳の貧乏学生のころであり、四〇歳を超えてアメリカを長距離バスだけで旅行する城山のタフさには驚かされる。城山には『アメリカ細密バス旅行』という紀行文がある。四四歳のときに、城山はサンフランシスコを振り出しに約四か月かけてアメリカをほぼ横断するかたちで、『細密』という言葉を使いたいほど、じっくりアメリカを見たという気」がした旅を行った。

城山は『アメリカを見るにはバスに限る』という思いが強まるばかりである。いや、ひょっとして、人生を考えるためにも、地球というものを実感するためにも、バスでアメリカをさすらうのが良いのではないか、と思っている。」と記している。昨年、わたしも城山の『アメリカ細密バス旅行』を持って、一部の日程を久しぶりにグレーハウンドバスなどで旅行してみた。城山はこの紀行文で、米国内のバス旅行の楽しみを七つ挙げている。その内の一つに、「ふだん着の庶民を知る楽しみ――バス旅行をするのは、老人、黒人、失業者、金のない学生や主婦など、羽振りのよくない人たちが多い」とある。

わたしの場合は、米国東海岸をバス旅行したのだが、最初のバスの車内で英語をしゃべる人は女性ドライバーを除いて誰もいなかった。お世辞にも身なりがよいとはいえないスペイン語をしゃべるヒスパニック系の人たちばかりであった。二回目は学生たち、黒人、そして泥酔状態の白人であった。この意味では、城山が二五年ほど前にみたバスの世界はいまもある。

自ら単独で米国を訪れた城山とは対照的に、主に「アジア担当」の司馬遼太郎が昭和の終わりに米国を訪れたのは、読売新聞社の友人の「アメリカへゆきましょう」という勧めに応じてのことであった。司馬はこの米国旅行をまとめた『アメリカ素描』のあとがきで「最初は乗り気でなかった」と振り返っている。さらに司馬はいう。

「私は歴史小説を書いている。見たこともない室町時代を、さまざまな経過をへて、やがてそこに在るかの如く思えるようにならなければ、小説は書きにくい。さらにいえば、室町時代の京に、いまいきなり行っても、とまどうことがあるまい、という錯覚がなければ、歴史小説というのは、書きにくいものなのである。ありがたいことに、アメリカならば、右のような想念の景色ではなく、行けばそこになまで――

労せず――存在しているのである。このことは歴史小説を考える場合からみればまことに安気で、きもちがよく、歩いていて楽しくもあった。」

だとすれば、別にそれは米国でなくても、欧州諸国でもアジア諸国でも歴史ではなく、現実の姿としてそこになまであるはずである。ただし、米国を旅行する上でしばしば「安気で、きもちがよく、あるいていて楽しく」はないのは、日本人でも着物で行かないかぎり、わたしたちもまた米国のような多人種社会では米国人にみえるのであり、英語――米語――、あるいはスペイン語――場所により――がある程度しゃべれないとそれなりの不便さと緊張を強いられるためである。

司馬が安気であったのは、司馬は通訳を連れ日本の日常を持ち込み、米国で考えることに目的があったからである。とはいえ、司馬にとって「白地図」であった米国を訪れるには決意が要ったという。「このことは、私なりに決意が要った。……結局はゆくことにした。ビジネスマンからは笑われるかもしれないが、このことというのは、たかがアメリカにゆくことなのである」と。それは、司馬が歴史的に理解しうるベトナム、朝鮮、日本ぐらいは別として、米国という「自分にとってわけのわからぬ国にやみくもに出かけるべきではない、と自分に言いきかせてきた」ためとされた。

にもかかわらず、出かけた理由はいかにも司馬らしい。つまり、デトロイトの自動車工場の作業着であったジーンズが「文明材」――司馬の造語で、普遍性があり便利でありだれしも利用したがるもの――として、かつてのソ連の青年ですらはきたがったものが生み出された米国文明への興味であった。司馬は「普遍性があってイカすものを生み出すのが文明であるとすれば、いまの地球上にはアメリカ以外にそういうモノやコト、もしくは思想を生みつづける地域はなさそうである。そう考えはじめると、かすかながら出かける気がおこった」と述べる。

城山も司馬も米国西海岸のカリフォルニア州から東海岸へと旅をしている。城山はバス旅行のこともあり、文字通り大陸横断で中西部や南部を通過している。司馬は中西部を経由せず、飛行機で西から東への移動である。

昨夏、わたしは城山と司馬の米国旅行記を持って米国内を旅行したのだが、二人が実際に歩いた同じ場所を歩いてみて、二人の視点の違いがよく分かったような気がした。司馬は歴史を強く意識した俯瞰を重視し、城山はその歴史に翻弄された個人を等身大でとらえることにこだわった作家であったのではないか。いまではニューヨークや首都ワシントンを訪れても、その中間にあるフィラデルフィアを訪れる日本人観光客は少ないだろう。司馬は訪れ、米国型資本主義を象徴するモニュメント的都市であるととらえている。先にみた雑貨屋の帝国主義と同様に、米国型資本主義を的確に描いている。

司馬はかつての米国重工業を代表した工業都市フィラデルフィアの寂れ方を「アメリカにきておどろいたことのひとつは、機能を失った都市を平然と廃品同然にしていることだった。フィラデルフィア市を見てそう思った」と紹介する。つまり、フィラデルフィアとは米国社会という資本の論理のみが考え、動き、他の感情をもたない論理で捨てられた都市とした。司馬はうち捨てられた工場が廃墟のままに放置された光景をこのようにとらえたのである。

司馬にとって、資本の論理は日本と米国では異なった顔をしているように映った。デラウエア河にそって良港であったフィラデルフィア市は造船業、金属加工業などで栄え、米国製造業の空洞化とともに寂れたのである。わたしはこの街を司馬のこの指摘から二〇年ぶりに訪れてみた。司馬がいうように、日本ならさしずめこうした工場跡地にレジャーランドが建ったり、マンションが建ったりしているのだが、わたしにはフィラデルフィアは停滞したままのように映った。

昔と異なるのは、映画ロッキーの主役の銅像が美術館の横に建ったぐらいである。デラウエア河にそった工場群には以前と同様に活気はなかった。フィラデルフィアから一時間半あまりのかつての鉄鋼の街、ベスレヘム市も訪れてみた。私は若いころにこの街のすぐ近くに住んでいて、ベスレヘムステールから吐き出されるばい煙がリーハイ峡谷に広がっているのをよく目にした。全米第二位の高炉メーカーは二〇〇一年に倒産し、高炉がそのままの残骸を曝している論理は、司馬の指摘どおりである。

一部の倉庫やオフィスビルなどは小さなショッピングセンターや短期大学に変わったが、死んだような高炉は不気味であった。ときおり、ハリウッド映画の撮影現場に使われた以外、朽ちたままである。だが、昨年からラスベガスの開発業者が入り、カジノに生まれ変わる計画が進んでいるとも地元で聞いた――現在、すでにオープンしている――。

司馬のフィラデルフィア米国資本主義論に戻れば、城山三郎であれば、そこでかつて働いていた老人などを登場させるかもしれないが、司馬はデラウエア河の造船所で建造された軍艦は日本海軍のみならずロシア海軍にも提供され、日本海海戦で戦うことになった史実を紹介している。司馬のフィラデルフィア論は後半に日本近代化論となっている。

日本の近代化は、日露戦争というかたちで試練を受けることになったと司馬は論じる。ロシア海軍の二隻はフィラデルフィアの造船所で建造され、日本は「笠置」と「高砂」をフィラデルフィアに発注していたのである。司馬はいまでは忘れられたようなこの逸話を紹介しつつ、「私はおそらく近代主義者なのだろう。

だから近代がもたらしたその段階をよかったと思っている。しかしふしぎなほどの嫌悪の情も、あわせてある。近代がよかったと思う以上、明治維新は是認せざるをえない」と述べた上で、フィラデルフィアで建造された軍艦が衝突した日露戦争のその後についてつぎのように指摘した。

「日本がましな国であったのは、日露戦争までだった。あとは――とくに大正七年のシベリア出兵からは――キツネに酒を飲ませて馬にのせたような国になり、太平洋戦争の敗戦で、キツネの幻想は潰えた。」大阪大空襲が小田実に「難死の思想」を形成させ、戦争と国家とは何かを一生涯にわたって追及させたように、日本の近代化の帰結の一つであった脆弱な品質しか達成できなかった戦車と本土決戦準備で自国民を犠牲とするもう一つの「難死」をもたらそうとした日本の自画像なるものを司馬は米国でも考えていた。

司馬は、読者にとって唐突といえば唐突なのだが――本人の中では論理一貫している――、フィラデルフィア論の最後で米国製戦車と日本製戦車の品質比較なども行っている。両国の比較でいえば、司馬にとって米国とは文化を「文明」化する国として、日本とは文明を「文化」化とする国として、日本の近代化の自画像をつぎのように描いた。

「それらは（引用者注―日本の江戸期以来の職人技術）あくまでも個々の情熱と技倆に依存した〝文化〟であって、法網のように普遍性のある〝文明〟ではない。第二次大戦下のアメリカは、品質管理ということの課題を、お得意の思想として〝文明化したのである。（中略）……品質管理に関するかぎり、アメリカが、いかにも〝文明〟主義的性格（普遍性を偏好する性格）の国らしく開発したこのことが、戦争がおわると、法や監督による規制をすてた。つまり、企業ごとの〝自由〟にまかされた。日本は在来の文化にそれに適応する遺伝体質があったのか、貝が自分のカルシウムで真珠をつくるように、自分自身の〝文化〟にしてしまった。日米のこの差異は大きい。」

日本もまた米国と同様に大きく変化してきた。だが、その半面、日本はその編成原理において頑固な構造をもった遺伝体質をもつ社会であることを、司馬は主張しているようにみえる。『アメリカ素描』のあとがきの最後で、司馬は「なにやら、アメリカへは何十年も行っていたような錯覚がかすかに自分の中にある。が、ひるがえって思いなおすと、旅は前後あわせて四十日にも満たなかったのである」と述べている。司馬にとって、それは近代日本の自画像を求めて米国を歩いた歴史の旅であったからであろう。

終　章　現代日本の自画像

分析と感覚

「近代化」とはそれぞれの国と地域により、またその時期によりさまざまなかたちをとって展開した。近代化の学問的定義が何であれ、それがそれまでの社会を大きく変えたことにおいてそのあり方が問われてきた。近代化を社会変動ととらえれば、まずはその経済的な側面が顕著であった。この文脈では、近代化とは工業化、あるいは工業化が関連の経済活動の変化をもたらしたという意味での産業化でもあった。生産力が低位にとどまっていた自給自足型の農業経済から、機械を使用した工業生産の拡大が市場的交換経済を成立させていった。

圧倒的な工業生産は、その原料とエネルギーの大量消費を生み出しつつその大量消費市場を追い求め、先発工業諸国の対外膨張を促した。西洋において先発的に工業化が進展したことで、東洋においてその波及はいわゆる「ウェスタン・インパクト」として働いた。

そして、双方において、技術と経済規模の相乗効果による工業化という近代化は、政治におけるそれへの対応——法的制度から教育制度の整備まで——と、さらには社会におけるそれへの対応——伝統的精神から近代的精神の強調まで——をもたらした。通常、これらを総称して「近代化」の実質的概念が成立していった。

ただし、こうした見方は鳥瞰的なものであり、地上——人びとの生活——ではそれまでの伝統的価値観と社会構成原理のなかで育った旧世代は近代化がもたらした社会変化への対応に苦しんだ。他方で、新世代からは近代化が生み出したもう一つの側面である機会主義的な行動を優先する動きも生まれた。これは一国のなかでも一様ではなく、農村と都市では異なる対応と変容があった。それゆえに、人びとは自らの判断基準や行動基準を求めようとした。

こうしたなかで、近代化を象徴する上で大きな役割を果たしたのは「見える」モニュメントを残した建築家たちと、「見えない」モニュメントを残した作家たちではなかったろうか。象徴的にいえば、見えるもののなかに見えないものが現れ、見えないもののなかに見えるものが現れた。これも近代化の一側面であった。

作家たちは近代化の時代を記録し、近代化に抗し、あるいは近代化への対応を訴え、あるいは近代化の将来を展望した。本書で扱った作家たちは、もちろん、こうした作品を残した者たちのほんの一部である。だが、一部であっても、彼らもまた自らの感性からそれぞれの自画像を残そうとしたのである。それにしても、明治維新から数えて一四〇年あまり、第二次大戦後から数えても六五年あまり、日本社会は大きく変わったようにも見える。

ここで近代化を支えた経済について取り上げれば、経済学が想定する「ホモエコノミクス（合理的経済人）」なる近代的自画像は、それまでの日本社会の人間像を根本的に変えたのだろうか。作家たちのなかにはそれに平然と異を唱えた人もいるし、また、それを認めたが故にそのような人間像を疎ましく描いた人たちもいた。このホモエコノミクスについて、『岩波経済学辞典（第三版）』はつぎのような解釈を下している。

「経済学はしばしば単純に、しかもときに純粋に、人間の行動の第一動機が経済にあると前提してきた。人間はすべからく、最小費用で最大効果を物質生活において実現しようと必死になる経済人（ホモ－エコノミクス）であると考え、交換はこの動機を効果的に満足させるから取り入れられ、市場とは交換を最大限効果的に実行できるから生まれたのだと説明される。」

経済学辞典は、「経済学」における人間の自画像をこのように概括した上で、この前提そのものに異議をとなえたのが「経済人類学」であったと紹介する。では、経済人類学とは何か。

同辞典は、経済人類学の方法論を「人間を動かす動機はつねに経済にあるというわけではなく、……そこには経済的動機だけでなく、呪術的、宗教的、政治的などなど、さまざまな動機が複合して絡まり合っているという立場をとる。……市場交換をとりあげる場合でも、そこに慣行、倫理、法、秩序維持機構を見いだす一方、他方では冒険心（企業家精神、アニマル－スピリット）、射倖心、張り合い、虚飾、うわさ、目眩ましにも注目する」ことによって、個人や集団の経済行動などを明らかにすることであるとする。

経済人類学的方法論ということであれば、本書でとりあげた経済学分野に属する石橋湛山や内田義彦、経済小説のパイオニアと呼ばれてきた城山三郎にしても、こうした視点は当たり前のものとして彼らの作品――あるいは論文にしても――も貫徹している。

経済人類学は、経済と人類との間の相互作用が何であるかを分析することにおいてその学問領域を拡大させてきたことを考えれば、多くの作家たちは経済人類学者たる資格を有するといってよいのではないか。彼らは作品を通じて近代化を貫く経済と、近代化される側の人類として日本人の間にある日本社会の自画像を描こうとしたのである。小説というかたちで感覚的に描かれたものであれ、あるいは評論というかたちで書かれたものであれ、そこには感覚と分析との間の活発な相互作用があったのである。

わたしは作家たちの近代化への、あるいは近代日本への感覚的分析をできるだけ、分析的感覚として現代日本をとらえる装置として再構成しようとしたのである。そして、彼らもまた自らの感覚と分析を結びつける領域を作品のなかで求めようとしたのである。

感覚と分析

感覚と分析、さらにはこの先にある分析と感覚は、その方向性において作家ごとに異なる。感覚から入ることにおいて秀でた作家もいれば、分析から入ることで秀でた作家たちもいた。ただし、本書で取り上げた社会科学者は感覚から分析へと進みうる能力において、輸入学問の家元となってきた学会などの狭い世界の主流派とは大いに異なった。異なったという意味で、彼等は学者というよりも作家であった。

また、感覚ということでは、本書で視覚という感覚に支えられた映画作品などを取り上げるべきであったろう。本書で取り上げた作家たちが生きた時代の映画作品についてもすこしふれておく。

日本映画史では、明治後半の記録映画や無声映画を経て、大正後期から昭和期に多くの商業映画が製作され、大衆娯楽としての地位が確立されていった。こうした映画作品には、大衆小説の映像化というかたちでの映画作品のほかに、映画監督——しばしばシナリオライターであった——が時代を映すテーマとしてとりあげた主題もあった。その一つは映画タイトルに具体的に明示されなかったとしても、日本社会の近代化に関わるものであった。

では、なぜ、近代化というこの種のテーマが、いわばその対極にあるような歌舞伎という伝統的な芸術手法を利用した「時代もの」のかたちをとったのであろうか。佐藤忠雄は『日本映画史（増補版）』でその背景を「社会の近代化とはこの（引用者注―封建時代の）マナーの体系が大きく変化することであったから、歌舞伎では近代化をすすめてからの日本の社会の人間関係を表現することができず、歌舞伎は発展を止めた古典劇として固定化された」と指摘する。

要するに、歌舞伎などは日本の近代化のなかで発展が止まったことで結果として古典化したのである。だが、その手法などは映画の中の時代劇――一部は新劇という流れを形成した――となり、いわゆる現代劇と並んで日本映画の二本柱として継承された、と佐藤はみている。わたしは佐藤の分析視点は慧眼であると思う。

いわゆる近代合理主義的なホモエコノミクス的な生き方を貫徹させることのできない日本社会―表面的には近代化されているようにみえるが――の非合理主義的な人間関係が、やくざの世界や古い下町の人間関係に置き換えられた。そして、それがときに歌舞伎的手法による時代劇のかたちで描かれたのである。それがときに現代劇で映像化されたとしても、そこにある人間関係はまさに時代劇的設定なのであった。

むろん、こんなテーマが「近代化に苦しむ日本人と日本社会の姿など」というような小難しい映画タイトルで上映されたわけではなかった。映画は娯楽として定着したのであって、日本映画の中心もまた娯楽であった。その黎明期や初期の発展期においてその担い手は、本書で扱った作家のような高学歴者ではなく、むしろ低学歴で独学者であった。彼らが監督やシナリオライターとして活躍できる場がそこに提供されていたのである。

とはいえ、昭和初期のマルクス主義の影響を受けた高学歴の知識青年たちがやがて、日本映画にも関わるようになっていった。これは同時に、従来の大衆演劇的な映画市場だけではなく、知識層の厚みを増した市場の成立にも呼応した面もあったのである。これは単にマルクス主義などいわゆる左翼思想とかいうよりも、社会が抱える問題をとらえようとするリアリズム映画と従来の娯楽映画の並立というかたちで現在まで引き継がれている。

その後、日本映画は戦時下での戦意高揚を直接目的とした統制映画となっていった。統制ということでは、敗戦後も日本映画は占領軍による映画検閲を経験した。戦中が戦意高揚の「全体主義」啓蒙映画とすれば、戦後は「民主主義」啓蒙映画という時代がそこにあった。(*)

＊佐藤忠雄は、日本の「戦争宣伝映画」の特徴について、「アメリカの戦争宣伝映画では、ナチスにしろ日本にしろ敵がどんなに悪い連中かということを強調して敵愾心を煽ることが第一であり、次には味方の強いヒーローをこの悪い敵をこてんぱんにやっつけて快哉を叫ぶことになる。アメリカ映画にかぎらず、どこの映画でも戦争宣伝映画というものはだいたいそんなものである。ところが日本の戦争宣伝映画では、敵の憎ったらしさということが殆ど描かれないばあいが多く、むしろ戦場における兵士の苦労ばかりが描かれる」と述べている。佐藤忠雄『日本映画史（増補版）』第二巻、岩波書店、二〇〇六年。

では、その後の日本映画はどのように日本社会の変化をとらえ、何を感覚的に訴えようとしたのだろうか。映画産業ということでは、米国占領が終わる昭和二〇年代後半から映画館は増え続け、昭和三〇年代半ばにはその数は全国で七〇〇〇館を超え、観客動員数は年間一二億人近くとなっていた。その後、テレビが登場して日本映画が岐路に立たされたことを考えると、まさにこの時期は日本映画の黄金期であり、実にさまざまな映画が東宝や松竹などの大企業の大量生産によって市場に送り出された。

とりわけ、一九六〇年代の高度経済成長期の映画作品にはある種の明るさと無邪気さがあった。だが、一九七〇年代は従来の娯楽ではなく、水俣病など社会問題を直視したような記録映画が登場した時代であると同時に、映画不況の始まりであった。

一九七〇年代のはじまり、つまり昭和四五年はそれまで好調であった日活の経営危機のテレビ報道で始まったのは象徴的であった。衰退したその後の日活は、次世代にとってロマンポルノ路線の会社としてのイメージしか残っていないかもしれない。

七〇年代の日本映画界全体でみれば、青春映画ややくざ映画も撮られる一方で、戦前社会や戦争を取り上げた映画も登場するなど、そのテーマは多様化していた。この背景には、敗戦から二〇年を経験した戦後日本社会の自画像が模索されていたのではあるまいか。この年の一一月、三島由紀夫は、消えゆく戦前の自画像に抗議するようなかたちで、陸上自衛隊にクーデターを呼びかけ自決している。

敗戦後三〇年近くが経過して変わりゆく日本社会のなかで、日本映画の担い手たちにも戦後日本のあるべき自画像を映像化しにくいある種の焦りもあったのかもしれない。敗戦時に生まれた世代も成人となり、戦前あるいは戦中を経験した世代の感覚とそれを分析しようとした知識人層たちの共有体験が感覚としては次世代に継承されず、風化され始めていた。戦前社会や戦争体験は映画のなかのつくられた映像に視覚化されても感覚化されることはない。

林房雄、亀井勝一郎や保田與重郎らが描こうとした近代日本の自画像、河上徹太郎、本多秋五、吉田健一や江藤淳が掘り起こそうとしたこうした自画像の背後にある思想様式、長谷川如是閑、辻潤、石橋湛山や城山三郎が追い求めようとした近代日本社会の自由主義的側面、丸山眞男、竹内好、伊藤整や加藤周一が世界の中での日本の近代化像、内田義彦、宮本常一、小田実、司馬遼太郎が描こうとした日本の自画像そのものの具体性などが、現在においてどのような軌跡をとどめうるのか。

この時期に日本映画の多様な作品が生み出された割には、わずか一〇数年前の勢いを取り戻せるような作品は登場せず、それゆえにさらに多様な作品が登場したような時空がそこにあった。この傾向は、映画だけではなく、小説や評論などにおいても、作家と社会との関係性が何であるのかという問いを浮上させるのである。つまり、作家たちが近代化のあるべき姿を求め、ときに現実の近代化に抗したイメージそのものが、次世代とは大いに異なってきていたのである。

こうしたなかで、たとえば、丸山眞男や竹内好などを強く意識する政治学者の米原謙は、『日本的「近代」への問い――思想史としての戦後政治――』で世代間の時代感覚――ゼネレーション・ギャップ――をつぎのようにとらえる。

「かれらの影響力は一九五〇年代に頂点を迎えた。その後六〇年安保や大衆社会の到来によって新世代の批判にさらされたが、なおその影響力は六〇年末ぐらいまで続いた。七〇年代に入ってその影響力が急速に衰えたのにはいくつかの要因がある。直接のきっかけとなったのは六〇年代末の大学闘争であるが、経済の高度成長に伴う社会的環境の変化がその背景にあった。七〇年に入ると欧米のポスト・モダンの議論が盛んに紹介され、それをステップに登場した八〇年代の新保守主義によって『近代主義者』の議論は集中砲火を浴びることになった。」

しかし、集中砲火を浴びせた側にポスト近代日本の明確な自画像があったかというと、お世辞にもあったとは必ずしもいえなかったのではあるまいか。ポスト・モダン派が描いたポスト・モダン像は、ここで取り上げた作家たち——もちろん、すべての作家たちではないが——が批判してやまなかった欧米から借用された理論の延長線にある仮の自画像であって、日本社会そのものに内在する感覚的なものをのたうちまわって分析した結果のそれではなかったのではないか。

米原がいうように、ここで取り上げた作家たちのいわゆる「戦後思想はまだ十分にアカデミックな研究対象となりきれていない」のである。欧米からの借用理論という分析と、日本社会そのものに内在する近代なるものの、反近代なるもの、非近代なるものの感覚との関係が十分に言語化されていないのではないか。本書でとりあげた作家たちの多くはそれを敗戦によって感じたが、それを分析概念にまで昇華させ、次世代にまで伝えることができたのだろうか。

作家と社会

近代日本の自画像といった場合、自画像は日本に生まれ、日本に育った作家たちの感性が描き出すものと、たとえば、外国にうまれ日本に育った作家たち、あるいは日本に生まれ外国で育った作家たちの作品を比較すべきであったとも思う。

自画像とはつまるところ自我像でもあるからである。異なる出自をもつ作家たちの自我像の延長線にある自画像とは一体どのようなものであるのだろうか。日本と日本以外の社会を同時に知る者の作品に内在する視点は重要なのである。(*)

*彫刻であれば、イサム・ノグチがもつメッセージなどがその具体例となろう。とはいえ、わたしの能力では探し

出すことができなかった。わたしの今後の課題として残った。イサム・ノグチについては、つぎの拙著を参照。寺岡寛『資本と時間―資本論を読みなおす―』信山社、二〇〇〇年。

小説家などにこだわらなければ、スタンフォード大学教授を努めた文化人類学者のベフ・ハルミの視点はわたしたちにとってきわめて示唆的である。ベフは日系二世として米国で生まれ、六歳で日本へ帰国、戦前と戦中を日本で過ごし、敗戦の二年後に米国へ帰国し文化人類学を専攻した。

ベフ・ハルミ（別府春海）は、『イデオロギーとしての日本文化論』で、日米越境者の目を通して、「社会科学というものは全然個人を離れた客観的なものでない」と指摘した上で、社会科学者としての自らの精神形成をつぎのように述べている。

「二つの出発点がありました。一つは、戦争中に私たち世代のものが受けた日本の国粋的な国家主義、軍国主義の教育、そしてその後の私の色々な体験です。もう一つは非常に個人的なことなんですが、私は六歳のときにアメリカから母親に連れられて来まして、母親はすぐアメリカに帰ります。私は兄とこちらに取り残され、叔父のところにあずけられました。……私は一九三六年に日本に来ました。軍国主義というものを鵜呑みに受けたのです。ところが戦争が終わりますと、日本が正しいと教えられていたこと、天皇崇拝とか、『鬼畜米英』というような言葉もありましたが、それがまったく嘘だと教えられます。ですから、自分の信じていたことが足元から覆されてしまいました。」

軍国少年のベフにとって戦争中の天皇崇拝や軍国主義がまったく嘘で間違っているとされ、今度は米国から「民主主義」の考え方が正しいと教えられることになった日本から、「民主主義」の家元である米国へと帰った。ベフは「アメリカへ帰ったら、アメリカの社会、学校、政治体制というものは全部民主主義、個人主義に基づいている」ことを実感することになったという。米国占領下の日本では、今度は民主主義の重要性を教えられ帰国した日系米国人ベフは、日本では民主主義などは「上すべりのもので地についていない」と感じたという。この落差が彼を文化人類学へと押し出した。

ベフは前掲書の増補版の「あとがき」で、戦前の天皇崇拝に深く関わった軍国主義の国から戦後の民主主義の国にとなった日本と昭和天皇の死についてつぎのような感想を記している。

「日本の国内では一九八九年一月七日の昭和天皇の死去は日本の現代史のなかで大きな意味をもった。第二次大戦の傷が完全に癒えないうちに高度経済成長という『かさぶた』で傷をかくしてしまった。昭和天皇の死はそのかさぶたをはがし、その下の膿を一度にはき出させた感がある。膿の出たあと、平成天皇の時代になり、『戦後』は別の意味をもつようになるだろう。」

ベフは「膿を一度に吐きださせた感がある」といったのは、昭和天皇の死に際してその戦争責任を再度問う動きなどが日本の内外で出てきたことを指している。この昭和天皇（一九〇一～八九）は昭和六三［一九八八］年九月一九日に吐血した。その病状の一進一退が毎日報道されたことで、日本人の多くが昭和天皇を身近に感じると同時に、その昭和という時代の前後——戦前の戦争と戦後の平和——との関係についてさまざまに考えたにちがいない。

日本国内では、この年の一二月七日、長崎市で主要紙が長崎市長の発言を大きくとりあげた。この発言というのは、長崎市議会で共産党議員の一人が、長崎市が設けた天皇健康回復祈願の記帳所設置と天皇の戦争責任について市長の見解を質したことへの本島等の応答である。

本島は大正一一［一九二二］年生まれで、京都大学工学部に学び、軍隊を経験し、戦後は教師、社会党へ入党後、自民党の県会議員を経て、昭和五四［一九七九］年より長崎市長を務めていた。本島は、議場と議会のあとでの新聞記者会見で天皇の戦争責任に関連した発言を行った。

本島の議場での「……天皇の戦争責任はあるとおもいます。……」という発言。議会後の新聞記者からインタビューに対して語った「天皇が、重臣らの上奏に応じて、終戦をもっと早く決断していれば、沖縄戦も、広島、長崎の原爆投下もなかったのは……」という発言。各誌はこれらの発言を大きく取り上げたことで、この発言をめぐって市議会内外の波紋を呼んだ。

本島は自民党長崎県連顧問を解任され、「右翼」の該当宣伝車が続々と長崎に詰めかけ長崎市役所を取り巻いた。新聞社だけではなく、本島のもとへも賛否両論の意見——市長のもとへは小学生から年配者までの人たちの七〇〇〇通以上の手紙などが届いたという——が寄せられた。

翌年の一月七日、天皇の「崩御」は各誌トップで取り上げられた。このほぼ一年後の平成二［一九九〇］年の一月一八日、「右翼」団体の幹部が車に乗り込もうとした本島市長を至近距離から撃った。幸いにして市長は一命をとりとめ、つぎの年の市長選挙で四期目の当選を果した。

だが、五期目をめざした市長選挙では、自民党推薦候補となった伊藤一長に敗れた。この一二年後の市長選挙中に、今度はその伊藤が射殺されたことには偶然以上の何かがあるのだろうか。二人の長崎市長への狙撃は長崎市民にとって一〇年前の悲劇を再び思い出させたに違いない。

ベフ教授は、昭和天皇が亡くなり、日本のあいまいな戦後体制の「かさぶた」が取れ、平成天皇の新たな時代となり、タブーとしての日本のナショナリズム＝天皇制イデオロギー論の活発な議論を期待した。だが、日本の主要新聞の報道からみるかぎり、天皇の病気の一進一退が新聞に毎日詳細すぎるほどに報道されたわりには、戦後体制と天皇との関係についての新聞社の見解はなにごともなかったようでもあった。

もちろん、その後、本島狙撃事件はこの問題を再度浮上させた。だが、新聞報道では、言論の自由や自由な言論への暴力的介入の問題点だけが原則的に否定されたものの、天皇の戦争発言をめぐる本島発言そのものへの見解は必ずしも明確なものでなかったのではないだろうか。

それからかなりの年月がすでに経過し、平成の世もやがて二〇年を迎えようとしている。ベフの期待どおりに活発な議論が進展したのかどうかは問われてよい。

ベフが戦前、米国に生まれ日本で育った越境者であったなら、シカゴ大学などで日本文学を研究してきたノーマー・フィールドは戦後、日本に生まれ、米国で育ったもうひとりの越境者である。昭和天皇の亡くなった時期の日本に滞在していたフィールド教授は、本島市長狙撃事件に言及しつつ、天皇の逝く日本の「あいまい」なあり方を『天皇の逝く国』で記録した。

日本人としてのフィールドは、天皇制に対する日本人の精神構造を理解しつつも、外人=米国人として天皇逝去報道に関してある種のもどかしさを感じざるをえなかったという。彼女はつぎのように記している。

「天皇の逝去を報じるジャーナリストたちは、依然としていわゆる『菊のタブー』の呪縛にかかっていた。これは天皇家の紋章にちなんだ呼び方で、一九六〇年代、右翼が不敬罪を言いたてて著作家や出版社を攻撃したいくつかの事件を通じて形成されたタブーである。ヒロヒトの病気と死を語るジャーナリズムの言語は一貫して、そのタブーがなお命脈を保っていることを示していた。」

そして、本島市長の天皇に関する発言に対する狙撃事件とその背後にある日本社会のおどろおどろしさについて、フィールドは本島元市長への直接インタビューも踏まえた上で、昭和天皇の新聞報道の論調についてふれる。

「ヒロヒト死後の最初の論調は申し合わせたように、彼が最初から平和を愛する立憲君主であったという描き方をした。……戦後の時代には、最初は生存の必要が、つぎには復興の要求がすべてに優先し、それらは中国革命と朝鮮戦争勃発にともなうアメリカ側の安全利害によって強められ、その後は高度成長への猪突猛進がはじまって、これすべてがヒロヒトの戦争責任の問題を棚上げするのに役立ち、ついにはタブーにしてしまった。……それでも戦争責任の問題は『自粛』の芯のところで膿んで疼いていた。そして人口四五万人の小都市の市長が全国の注目を浴び、国際的人物にさえなったのは、彼がその芯の傷みに切り込んだからだった。」

フィールドは、『天皇の逝く国』に「この一年間、久しぶりで日本で過ごしてみて、なんと窮屈なところかと改めて思いました……日本でいちばん勇気の要る行為というのは、座が白けるようなことを、そうと知って言うことですね。……その意味で市長は、まずいときに、いちばんまずいことを言われたわけですね」と、本島本人に戦争責任発言の本意を率直すぎるぐらい率直に聞いている。本島はつぎのように答えている。

「自分の考えていることを言っただけなのにね。ところがあの反響。すさまじい騒ぎになってしまった。でもね、孤影悄然、一人孤塁を守るって思ったら、じっさいはそうじゃないもの。それでもねえ、困ったことに、ほら、これは天皇制と昭和期についての新しい本ですけどね。全国の人びとがわたしを支持して立ち上がったのは、言論の自由を守りたかったからだ、という見方をしている。だがそういうことじゃない。ぼくは天皇の責任を言ったんだよ。新聞の社説はこの問題を取り上げるときはいつも、言論の自由についてしか言わない。」

フィールドは本島へのインタビューの最後で、「天皇についちゃ、もう発言をしませんよ……攻撃に遭うのはもうごめんだもの。それに選挙された公僕であるかぎり、わたしは憲法を支持する義務がある。つまり象徴天皇をね」との発言を引き出している。が、同時に、「八月の記念の月がはじまると、本島市長はほとんど舞台に出ずっぱりになった。政治家としてはただ一人、朝鮮と朝鮮人への陳謝を日本政府に求める意見広告に、名まえを乗せている。もう黙ることにすると約束したのにお構いなく、新天皇が最初の記者会見で戦争のことに触れなかったことは残念だと、「発言する」姿勢にもふれている。

天皇制に関しては、本書でとりあげた作家たちは積極的に、あるいはそれがたとえ明示的でないにしても、なんらかのかたちで取り上げている。反面、彼らの後の世代においては、ベフやフィールドのように、あるいは本書の作家たちのように天皇制の問題を近代日本の自画像との関係でとらえる感覚が失われてしまっている。

政治学者の片山杜秀は『近代日本の右翼思想』でこの種の感覚の時間的ずれを近代日本の自画像における右翼思想と左翼思想という点にかかわらせて、つぎのように指摘する。

「日本近代における右翼的なものは、近代文明の進展の前に失われてゆく美しい農村とか、麗しい日本語の響きとか、何を持ち出してきても、いつも、それらを天皇に結びつけてしまった。……『好ましからざる現在』の代表者である天皇が、『好ましい過去』の代表者でもあるという、現在と過去が癒着した迷宮に必ず迷い込み、失われた過去と現在ありのままとがまぜこぜになり、分かちがたくなってしまう。それが日本近代の右翼思想の姿だったと思う。……神代から天皇のいることになっている日本では、天皇と何も関係のない過去のイメージを探すのはとてもむずかしいことである。そんな理論的かつ実践的な苦労をするくらいなら、最初から左翼になった方が楽だ。」

わたしは保田與重郎や戦後を生きることができなかった蓮田義明を思い浮かべて片山の主張を首肯しうるが、同時に、最初から左翼になれず保田等に惹かれていった一九六〇～七〇年代の若者世代の精神性はどこにあったのだろうかと思わざるをえない。

この点に関しては、「(引用者注―日露戦争後に) 日本の伝統というものが、倫理道徳から細かな生活習慣に至るまで急速に蒸散してしまう。精神的に根なし草になった近代人らしい近代人が大挙して生まれ、日本の近代は精神的に本当に近代らしくなってくるのである」という片山の指摘は、日露戦争後すでに一〇〇年近く経過した現在の日本においても、最初から左翼になれなかった人の楽さを同時に言い表しているように思える。

この傾向の先には、一見ナショナリズム高揚運動にみえる「新しい歴史教科書をつくる会」などもあるのではないだろうか。もっとも、そこには、不思議なぐらい、片山の主張するような天皇制に深くかかわったような日本の伝統的右翼の痕跡が見えてはこない。

近代と超克

わたしが本書でこだわった鍵概念は「戦後」と「近代化」であった。戦前の日本社会にとって、その大きな転機となったのは明治三七[一九〇四]年の日露戦争であった。近代化が何であれ、日露戦争での「勝利」――これにはいろいろな解釈があるが、当時の多くの日本人はそのように解釈した――が近代化の成果とされたのである。反面、その戦後において、日本は欧米やアジアとの距離感を大きく見誤った。そのおよそ四〇年後に日本は、第二の戦後を敗戦というかたちで迎えることになった。

それからいまはさらに六〇年以上を経過して、戦前と戦後という分水嶺がはっきりしなくなった。戦前に生を受け、敗戦で大きな価値転換を経験し、この分水嶺から戦後日本社会の自画像を描こうとした作家たちは、わたしが本書を書いている時点でいえば、加藤周一を除いてすでにこの世を去った——同氏はその後、二〇〇八年末に亡くなった——。そして、敗戦時に生まれた人たちも、いまは還暦を超えた。

そうしたなかで、この分水嶺を深く意識してきた社会層は減り、戦後を戦後として意識することの少ない社会層が増えた。いまや、「戦後」という経験と概念は、とりわけ、若者層にとってどのような有効性をもちつづけているのだろうか。戦前を経験しない、あるいは戦前を経験した社会層に囲まれた経験をもたない人たちにとって、直接感覚としては、戦後はもはや存在しない。あるのは戦後という概念だけになる。

だが、戦後生まれが多くを占めた日本社会で、戦前という時間が継承されなくなってしまったのだろうか。長谷川如是閑は昭和二八［一九五三］年発表の「明治を思う」で、時代感覚という時間のいわば慣性力についてふれている。明治維新が時代の分水嶺とされた、如是閑の子ども時代、親たちは自分たちを「旧弊人」と呼んでいたことを回顧している。こうした親たちに育てられた自分たちが完全に過去と切り離された時間存在として育ったかというと、新時代の「新しい教養」と同時に無意識に旧弊の教養を継承しているのであると如是閑は主張する。すなわち、

「明治人には、極めて近代的の、また外国的の教養を持った人でも、知識としてではない、経験としての歴史を身につけたものが多かった。……明治人には、知識としては過去を知らない人でも、自分の五体や心理がつい前の時代と縁がないような人はなかったようだ。今の人が明治時代を知らぬというのは、そう

いう過去のものを五体からすっかり振り落としているということである。これは恐らく、その人たちの育った時代は、……明治時代の形態が、子供の直観に訴えるほどの近代的典型にまで形態づけられていなかったせいではなかろうか。」

如是閑の指摘のように、過去の時間はつねに現在の時間へ五体や心理として継承されるのである。重要なのはその継承のされ方と何が継承されていくのかである。如是閑は昭和二〇年代後半の「明治を思う」の冒頭で、昭和戦前期、大正期を通り越して「明治に還れ」と、一見、時代錯誤ともとられかねないような主張を行った。

この評論の結論部分でも「一刻も早く、もう一つうしろの『明治に還れ』」と述べている。「明治に還れ」は如是閑の持論でもあった。日本は「教育教養」や制度など明治初期のアングロサクソン流からドイツ流に転換したことで、江戸期からあった生活人としての健全な思考性や実践性が失われたことが敗戦を招いたと如是閑はみた。この意味で「昭和時代の、——近代的の同時に神代的——、フェティシズム時代を抹消して、明治の実践的ポジティヴィズムに立った発展時代に直接につながるのである」と長谷川如是閑は強く主張したのである。

わたしは、この主張がすべて正しいとは思わない。だが、歴史教科者の活字のすがたに押し込められた日本の戦前が、わたしたちの眼前の現実として戦後社会に何をもたらしてきたのだろうか。

わたしは本書で取り上げた作家たちの感覚——作品——を通じてこのようなことを感じ、論じてみたかった。すくなくとも、蓮田義明は別として、本書の作家たちはその生を終えるまで日本の戦後社会の何たるか——彼らが戦前社会を論じていたとしても——を問い続けたのである。(*)

＊興味あるのは敗戦を経験しなかった諸国においてどうであったのかという点である。とりわけ、国内の物的損害がなかったような米国では戦後社会という感覚と視点はそう大きくはないのではないだろうか。もちろん、年代層にもよるが、米国人に戦後と問いかけた場合、それは朝鮮戦争後であり、ベトナム戦争後であり、湾岸戦争後である。これは戦争とは国外で戦うものであるという米国人の無意識感覚に依るものでもある。米国人のいわゆる戦後意識については、つぎの文献を参照。生井英考『負けた戦争の記録―歴史のなかのベトナム戦争―』三省堂、二〇〇〇年。

さて、もう一つの鍵概念である「近代化」である。この近代化を先にみた「戦後」という時間軸からとらえるとその交差領域に多くの作家を見出しうる。この代表選手には丸山眞男や竹内好などがいる。二人に共通するのは戦前と戦後においてその近代化に対する考え方に変化があったことである。この変化をもたらしたのは日本の敗戦であった。小熊英二は『〈民主〉と〈愛国〉――戦後日本のナショナリズムと公共性――』でこの点に次のようにふれている。

「丸山は戦後には近代化を説いたが、戦前の一九三六年には『近代』を批判する論文を書いている。……いうまでもなく、丸山を変化させた要因の一つは、戦争のなかで日本の近代化の底の浅さを痛感させられたことだった。彼はこの論考（引用者注―「近代的思惟」）で、『我が国に於て近代的思惟は『超克』どころか、真に獲得されたことすらない』と主張している。そしてもう一つの要因は、戦中の言論への反発だった。ここで『超克』という言葉が使われているのは、戦中の知識人たちの流行語となっていた『近代の超克』への皮肉だった。」

だが、丸山も含めた彼の世代の多く――彼よりも年配世代もだが――が、太平洋戦争の開始をもって西洋

（＝近代）を超克できたと感じていたことは彼自身も認めている。したがってこれは自己批判であり、戦後になっても超克すべき対象であった「近代」とは何かを改めて問わざるをえなかったのである。

他方、竹内好も保田與重郎に連なる日本浪漫派の「反」近代主義を強く意識して、戦前の「近代の超克」座談会を引き合いに出して日本の近代化を論じたのはすでに紹介したとおりである。竹内も太平洋戦争に近代の超克を感じた。この座談会には、本書で取り上げた作家では林房雄、亀井勝一郎、河上徹太郎が参加していた。

河上は座談会の司会役を務めた。彼は第一日目の冒頭で「近代の超克」ということばについてつぎのように発言した。

「十二月八日以来、吾々の感情といふものは、茲でピタツと一つの型の決まりみたいなものを見せて居る。これはどうにも言葉では言へない。つまりそれを僕は『近代の超克』といふのですけれども、……つまりこの座談会の進行は、最初に西洋の『近代』といふものが問題になると思ふのです。それから、その影響の下にある日本といふ所へ結びついて来る。そこから日本本来の姿――本来といっても、必ずしも古いといふ意味ぢゃない、現代の日本の姿、さういふ所に導いていかれる。」

昭和一六［一九四一］年の米国との開戦がピタッとくるようなことばが「近代の超克」であるとすれば、米国に代表される西洋が近代であり、それを超克しようとしたのが太平洋戦争であることになる。そこにはすでに長期化していた中国との戦争がいまになってみれば不思議なくらいほとんど問われていない。近代の超克論の根元にあるのはあくまでも米国との戦争なのである。

日本思想史の研究者である子安宣邦は、『「近代の超克」とは何か』で、この座談会を取り上げ、河上らの参加者が「近代の超克」ということばで「宣戦になぜかくも感動したのか」を論じている。

子安は古書市で偶然見つけ出した経済学者の住谷悦治（一八九五～八七）の『大東亜共栄圏植民地論』（昭和一七[一九四二]年刊）のなかで、戦後は平和主義の有力な発言者となった住谷ですら、この開戦を満州事変以後において「恐懼感激に堪へぬ」と記した文章に出会うとともに、住谷が感激した短歌の作者に戦前と戦後のある種の断絶を感じたことを記している。たとえば、戦後、東京大学総長を務めた政治学者の南原繁（一八八九～一九七四）の二首である。

南の洋に大き御軍進むとき富士が嶺白く光りてしづもる
ひたぶるの命たぎちて突き進む皇軍のまへにＡＢＣＤ陣空し

戦後の民主主義イデオロギーの論客の姿が強烈な住谷や南原の発言や文章からすれば、子安だけにとどまらず多くの人は意外な感をもつだろう。子安は、こうした短歌などを紹介したのは、こうした戦後を代表するようになった日本の知識人の戦前発言を暴露するためではなく、「一二月八日の開戦の報道は、ほとんどの日本人を大きな感動の渦のなかに置いたという事実」をいま一度、現代のわたしたちも思い起こしておくべきだとして、こうした短歌などを紹介したのである。

それは住谷や南原だけではなく、外交評論家の清沢洌（一八九〇～一九四五）が太平洋戦争開戦後の昭和一七[一九四二]年から政治家や学者などの戦中発言を記録した『暗黒日記』に、豊富な事例を見出すことができる。重要であるのは、子安が指摘するように、日本の多くの知識人が英米との開戦に明治以来の近代化という肩の荷を下ろしたようなホッとした感じを持ったという紹介である。

座談会の第一日目の最後で、河上が「実感としての近代というものの」感想を出席者に求めている。たとえば、文芸評論家で戦後は日本ペンクラブの会長も務めた中村光夫（一九一一～八八）は、「今まで西洋の『近代』といふものは兎に角日本人の目に何か非常に偉いやうに映った。無条件に秀れたものに映ったといふことが明治以来あったと思ふのです」と応じている。このような近代なるものへの感じは多かれ少なかれ他の出席者にも共通していた。

竹内好が、忘れられていたような戦前のこの座談会について、昭和三四［一九五九］年に取り上げたのは、『近代の超克』は、事件として過ぎ去っている。しかし思想としては過ぎ去っていない」と感じていたからである。子安が竹内がこのように主張してからおよそ半世紀たって、「近代の超克」座談会を取り上げたのは、竹内の主張のようにそれが思想としてはいまも再生しうるのであって、過ぎ去っていないと感じているからであろう。子安は「近代の超克」とは戦前ではなく戦後昭和期を通しての日本人の自己理解の昭和イデオロギーであったとつぎのように分析する。

「『近代の超克』論が日本人の歴史における自己理解の言説を構成するのは戦前・戦中の昭和前期だけではない。昭和における日本の戦争の思想的な決着をめぐる問題を引きずる戦後世界で、ヨーロッパ近代と自立するアジアという地政学的な枠組みで日本の自己理解が問われるとき、『近代の超克』論は戦後世界に再生する。」

「近代の超克」というイデオロギーははたして昭和期だけの昭和イデオロギーであろうか。それは現在もまたいろいろなかたちで繰り返し再生しうるものではないだろうか。とりわけグローバル化の一層の進展の叫ばれるなかで、わたしたちが日本の自画像を描くときに、中国や韓国との対比を持ち出したり、さらにはアジアを持ち出したりするときに、竹内好、そして子安宣邦が再確認したように、わたしたちは近代の超克というイデオロギーを容易に再生させてしまう可能性を否定はできない。

あとがき

わたしが本書で取り上げた作家たちの作品を読み始めたきっかけは、きわめて実利的な目的であった。それは趣味としての読書ではなく、職業として、より正確には経済政策分野の研究者としての読書であった。わが国の中小企業政策史、とりわけ、中小工業政策などに取り組んでいるなかで、その一つの重要な時期であった明治後半から大正期の政策文書や関連研究書などを読むようになった。

政府関連の資料や文献からだけは、当時の心象風景を思い浮かべることなどは不可能のことであった。どうしたら、当時の人びとの感覚で、当時の社会感覚と政策との関係を追うことができるのか。政府文書からのみの接近に限界と疲れを感じ始めていた。

そうしたなかで、わたしの貧しい文学的教養のなかで学生時代に読んだ異なる作家のいろいろな作品を研究の合間に読み始めてみた。読み始めてみたものの、私の手に負えず途中で投げ出したこともあった。時の経過とともに、手段と目的が見事なまでに逆転して、その作家たちの全作品を読みふけってしまったこともあった。それでも、わたしの文学的在庫はきわめて限られたものである。

さまざまな作家の目を通して日本の近代化の自画像を知りたくなったのは、はしがきでもふれたように、中小企業政策であろうと、産業政策であろうと、わが国の政策体系は「近代化」を軸に展開してきたのであって、その内実が知りたくなったからだ。中小企業政策では、第二次大戦後においても中小企業の「近代化」をめざした「中小企業近代化促進法」が制定されたのである。これは大企業などにおいては、すでに近代化めである。

が達成されたものの、遅れた存在とみられた中小企業では未だ近代化が十分ではないと認識されていたがた

こうしてみれば、近代化とはわたしのまわりにもあったし、そしていまもあるのである。それはつねに異なることばで語られても、その内実は近代化というかたちなのである。ここにいう近代化の日本社会的解釈では、それはあるべきモデルにすこしでも、できれば完全に接近しようという意識の政策化のことでもある。これが日本の場合、竹内好等が指摘したように、モデルというかたちで米国が選ばれたり、フランスやドイツや英国が選ばれたりした。そこでは、隣国の韓国や中国などが選択されたことは明治維新以来そう多くなかったのである。

この傾向は日本の近代化思想の何たるかを如実に語ってもいる。モデルが変われば、当然、近代化の何たるかは変わるのである。だが、近代化のモデルを求め近代化を図るという思考は変わるものではない。この変わることはないという点において、日本での近代化志向は一つの思想であるかもしれない。

日本の近代化志向の自画像とその周辺の事象をいろいろな作家を通して、わたしなりに描いてみたものの、どこまで描くことができたのかを振り返ると内心忸怩たるところがいまもある。

文学部があり、日本文学を専攻する研究者が一定数いる大学にいる幸運を利用して、書庫から古い雑誌や本などを借り出させる特権をこれほどありがたく思ったことはそうなかった。大学とは便利なところである。と同時に、こうしたテーマを選んだことで、いままで図書館の書庫といえば経済学や経営学などの蔵書がある一角しか徘徊したことのない自分の狭さを思い知った良い機会となった。

わたしは昨年の夏前に本書の前半を粗いかたちで書きあげ、若い時代を過ごしたアメリカ東海岸の小さな

街に住む高齢となった友人に会いに行った。これが最後の機会と思い、フィラデルフィアや郊外に滞在して夏を過ごした。

久しぶりに米国のかつての旧都フィラデルフィアを訪れてみた。四〇年近く前に訪れた市内中心地は高層ビルが増えたものの、「自由の鐘」や米国の独立宣言が起草されたインディペンデンスホールはまだそこにあった。ただし、その前には新しく憲法センターなる建物が建っていた。

入ってみた。そこには米国憲法の起草に関わった建父たち、憲法擁護に尽くした人たち、エピソードに富んだ大統領たちと憲法との関わりなどの分かりやすい展示があった。また、中央のホールでは役者が実際に憲法制定までのはなしや憲法とは何かを語り、それが映像などとうまく組み合わさり、子供から大人まで退屈せずに憲法とは何か、三権分立とは何か、米国民にとって守られる権利とは何かが理解できる演出空間となっていた。

第一六代大統領アブラハム・リンカーン（一八〇九〜六五）の身に着けていたベストや手袋などの展示とともに彼の憲法への考え方なども示されていた。リンカーンといえば、一八六三年一一月、彼が南北戦争の激戦地となったゲティスバーグの戦没者墓地で行った演説の「人民の、人民による、人民のための政府」という一節を思い浮かべる。

これは英国から独立を果たした米国の近代化思想そのものであった。憲法センターの壁に掲げられた米国憲法を象徴する「われわれ、人民」（We, the people）というスローガンはまさにこのリンカーンの演説にも体現されていた。わたしはこの一節を読みながら、日本の近代化とは「官僚の、官僚による、官僚のための政府」ではないかと思った。

第五章などでもふれたが、日本の近代化とはまさに「官僚の、官僚による、官僚のための近代化」であり、決してそれは「普通の人たちの、普通の人たちによる、普通の人たちのための近代化」ではなかったところに、日本の近代化の自画像があったような気がした。そして、いまも、この構造は頑固なまでに日本の社会の骨組みを形作っているのではないかと思っている。日本の近代化はほど遠いのである。

二〇〇九年七月

寺岡　寛

人物関連年表

[明治初年から]

明治八[一八七五]年　長谷川如是閑、東京に生まれる（〜一九六九年）
＊柳田國男、野口米次郎など

自由民権運動高まる、反政府運動取締り、新聞紙条例、讒謗律、江華島事件、日朝修好条規、廃刀令と反対の士族反乱、秩禄処分、地租改正反対一揆、秋月の乱や萩の乱など、西南戦争、パリ万国博覧会、東京大学設置、大久保利通暗殺、高島炭鉱争議、沖縄県設置、専修学校（専修大学）、東京法律学校（法政大学）、明治法律学校（明治大学）、工場払下げ概則、岩倉具視の憲法起草方針発表、軍人勅諭、上野動物園・博物館開館、板垣退助事件、第一回内国絵画共進会開催、東京専門学校（早稲田大学）、伊藤博文の憲法調査渡欧、鹿鳴館、大阪毎日新聞など新聞の発刊、福沢諭吉『文明論之概略』、植木枝盛『民権自由論』「日本国憲法案」起草、翻訳文学の興隆、中江兆民訳『ルソー民約訳解』、かな文字運動、田口卯吉『支邦開化小史』、近代詩の登場、政治小説の登場

[明治一〇年代〜]

明治一七[一八八四]年　石橋湛山、山梨県に生まれる（〜一九七三年）、辻潤、東京に生まれる（〜一九四四年）
＊白柳秀湖、長谷川伸、竹久夢二など

華族令、自由党解党、加波山事件、秩父事件、太政官制の廃止と内閣制度、松方デフレ、帝国大学令、第一回内国勧業博覧会、国会開設建白書、金銀複本位制、国会期成同盟、政府工場の民間払い下げ、集会条例、各種憲法

案起草、日本銀行条例、朝鮮甲事件、天津条約、市制町村制、帝国憲法、条約改正挫折、民法・商法制定、教育勅語、第一回帝国議会、朝鮮出兵、日清戦争、孫文等の興中会（ハワイ）設立、日清講和会議、三国干渉、ハワイ移民問題深刻化、台湾総督府条例、八幡製鉄所操業開始、日清通商条約、大隈内閣（初の政党内閣）、京都大学創立、社会主義研究会結成、木下尚江・幸徳秋水等の普通選挙期成同盟設立、米騒動、治安警察法、軍部大臣現役武官制、清に義和団制圧派兵、金本位制、片山潜・幸徳秋水等の社会民主党結成、足尾鉱毒事件、日英同盟、フェノロサの日本美術調査、森鷗外のドイツ留学、尾崎紅葉等の硯友社、坪内逍遥『小説神髄』、徳富蘇峰『国民之友』創刊、中江兆民『三酔人経綸問答集』、三宅雪嶺等の政教社設立、森鷗外の『舞姫』論争、『万朝報』創刊、島崎藤村・北村透谷等の『文学界』創刊、北村透谷自殺、戦争文学・軍歌の流行、報知新聞創刊、『太陽』創刊、『東洋経済新報』創刊、『新小説』創刊、片山潜『労働世界』創刊、井上円了等『日本人』創刊、『中央公論』創刊、『ホトトギス』創刊、「金色夜叉」連載、『実業の日本』創刊、徳富蘆花「不如帰」連載、内村鑑三『東京独立雑誌』創刊、横山源之助『日本ノ下層社会』、『明星』創刊、漱石の英国流学、福沢諭吉没

［明治三〇年代央～］

明治三五［一九〇二］年　河上徹太郎、長崎県に生まれる（～一九八〇年）

＊中野重治、小林秀雄、河盛好蔵など

日英同盟、八甲田山事件、普通選挙法案の衆議院提出、呉海軍工廠で争議、中学校令・私立学校令、普選運動、治安警察法、義和団事件、黒竜会発足、田中正造の天皇直訴、地租増徴、海軍拡張計画、詩から散文への動き

明治三六［一九〇三］年　林房雄、大分県に生まれる（～一九七五年）

＊中島健蔵、草野心平、山本周五郎、中野好夫、小林多喜二、今日出海、神西清、林芙美子

教科書国定化、頭山満等の対露同志会結成、幸徳秋水等の平民社結成、東京帝大七博士の対露強硬策、東京路面

電車の営業、幸徳秋水・堺利彦『平民新聞』（週刊）創刊、非戦論争、一高生の藤村操「巌頭之感」

明治三七〔一九〇四〕年　蓮田善明、熊本県に生まれる（〜一九四五年）

＊唐木順三、武田麟太郎、桑原武夫、藤沢恒夫、瀬沼茂樹、丹羽文雄、船橋聖一、堀辰雄など

ロシアに宣戦布告（日露戦争）、日韓議定書調印、第一次日韓協約調印、平民新聞の発禁と結社禁止、小学校で国定教科書使用開始、与謝野晶子の「君死にたまふことなかれ」論議

明治三八〔一九〇五〕年　伊藤整、北海道に生まれる（〜一九六九年）

＊臼井吉見、石川達三、円地文子、平林たい子など

日本軍旅順要塞占領、上海で米国移民制限に反対運動、日本海海戦、第二回日英同盟調印、新橋・下関直通急行列車開通、日露講和条約、朝鮮総督府設置、日比谷焼打事件、第二次日韓協約調印、日本社会党第一回全国大会、東京市電値上げ反対運動、鉄道国有法、関東都督府官制公布、呉海軍工廠で争議、鉄道国有化法、南満州鉄道設立、『婦人画報』創刊、夏目漱石「吾輩は猫である」連載、象徴詩の隆盛、『早稲田文学』創刊、『婦人世界』創刊、『日本少年』創刊、『社会主義研究』創刊、文芸協会結成、島崎藤村『破壊』、夏目漱石の木曜会

〔明治四〇年代〜〕

明治四〇〔一九〇七〕年　亀井勝一郎、北海道に生まれる（〜一九六六年）、宮本常一、山口県に生まれる（〜一九八一年）

＊山岡壮八、火野葦平、高見順、中原中也、平野謙、井上靖など

足尾銅山暴動　日仏協約、第三次日韓協約、第二回ハーグ国際平和会議開催（韓国皇帝の日韓協約無効）、日本社会党の結成禁止、第一回日露協約調印、片山潜等の平民協会設立禁止、乃木希典の学習院院長就任、『日刊平民新聞』創刊、三宅雪嶺『日本及日本人創刊』、夏目漱石の朝日新聞入社、口語自由詩運動

明治四一［一九〇八］年　本多秋五（～二〇〇一年）、愛知県に生まれる
＊田中澄江、宮本顕治など
清で対日ボイコット運動、移民に関する日米紳士協約、別子銅山煙害反対運動、ブラジル移民開始、戊申詔書、荒畑寒村の赤旗事件、高平・ルート協定、日本モスリン争議、新聞紙条例廃止と新聞紙法、伊藤博文韓国で暗殺、『早稲田文学』で自然主義文学論の特集、『実業少年』創刊、『婦人之友』創刊、文部省「臨時仮名遣調査委員会」設置、『スバル』創刊、永井荷風『ふらんす物語』発禁、双葉亭四迷の帰途での客死、朝日新聞に文芸欄創刊

明治四三［一九一〇］年　保田與重郎　奈良県に生まれる（～一九八一年）、竹内好、長野県に生まれる（～一九七七年）
＊埴谷雄高、石上玄一郎など
第二回日露協約、韓国併合、大逆事件で幸徳秋水など処刑、関税自主権、普選法の衆議院通過、工場法公布、普通選挙同盟会解散、第三回日英同盟、片山潜等の社会党結成（禁止）、中国辛亥革命、『雄弁』創刊、『白樺』創刊、柳田國男『遠野物語』、『三田文学』創刊、堺利彦の売文社開業、北原白秋『思ひ出』、平塚らいてう等の『青鞜』創刊

明治四五［一九一二］年　吉田健一、東京に生まれる（大正元年～一九七七年）
＊檀一雄、武田泰淳、源氏鶏太、福田恆存など
南京臨時政府成立、孫文の中華民国成立宣言、溥儀退位、袁世凱の臨時大総統就任、陸仁天皇没し大正に改元、呉海軍工廠で争議、鈴木文治の有愛会発足、第一回憲政擁護大会、大正政変、『演劇評論』創刊、石川啄木没、タイタニック号沈没、大杉栄・荒畑寒村等の『近代思想』創刊

[大正年代〜]

大正二[一九一三]年　内田義彦、愛知県に生まれる（〜一九八九年）
＊荒正人、田中英光、杉浦明平、織田作之助など
南京事件で対華強硬論、憲政擁護運動の高まり、陸海軍省官制改正交付、テイラーの能率運動始まる、「新しい女」論争、石山賢吉の『ダイヤモンド』社創業、大杉栄・荒畑寒村等のサンディカリズム研究会結成、『生活と芸術』創刊
大正三[一九一四]年　丸山眞男、大阪府に生まれる（〜一九九六年）
＊木下順二、北条民雄、佐々木基一など
シーメンス事件、第一次大戦勃発、株式暴落、生糸相場暴落、袁世凱に対華二一ヵ条要求、吉野作造の憲政論文、満蒙独立運動、中国への西原借款、金本位制の事実上の停止、ロシア革命、石井ランシング協定、シベリア出兵、米騒動、朝日新聞の「白虹貫日」問題、月刊『平民新聞』創刊、夏目漱石「私の個人主義」講演、『少年倶楽部』創刊、「新思潮」（第三次）創刊、『国民文学』創刊、伊藤野枝が『青鞜』編集、情痴文学の流行、吉野作造と上杉慎吉の論争、『婦人公論』創刊、『新思潮』（第四次）創刊、労働文学、夏目漱石没、印象批評論争、『赤い鳥』創刊、武者小路実篤の新しき村運動、『新思潮』（第五次）創刊、魯迅『狂人日記』
大正八[一九一九]年　加藤周一、東京に生まれる（〜二〇〇八年）
＊水上勉、大西巨人、金子兜太、金達寿など
パリ講和会議、普選要求運動、三一運動（朝鮮）、五四運動（中国）、東大森戸事件、八幡製鉄争議、株価暴落、国際連盟発足、日本初のメーデー、日本社会主義同盟結、宮中某重大事件、ワシントン軍縮会議、日本労働総同盟創立、安田善次郎と原敬の暗殺、統一普選法案否決、普選デモ、美濃部達吉の東大での憲法第二講座、破産

法・和議法の公布、内務省都市計画局設置へ、紡績業界操業短縮、金融不安、シベリア撤兵声明、日本共産党の非合法結成（コミンテルン日本支部）、営業税全廃デモ、改造社創業、大原社会問題研究所創立、高畠素之『国家社会主義』創刊、『我等』、『解放』、『改造』創刊、『キネマ旬報』創刊、大内兵衛・森戸辰男の新聞誌法違反で起訴、大川周明・北一輝等の猶存社結成、『新青年』創刊、通俗小説の流行、小説家協会設立、『種蒔く人』創刊、魯迅「阿Q正伝」、週刊誌の創刊、大隈重信没、山県有朋没

大正一二［一九二三］年　司馬遼太郎、大阪に生まれる（〜一九九六年）

＊池波正太郎、田村隆一、遠藤周作、佐藤愛子、谷川雁など

中国の反日運動広がる、石井・ランシング協定破棄、小作制度調査会設置、関東大震災、支払猶予令、寄生地主制のピーク、「国民精神策興に関する詔書」発布、虎ノ門事件、小作調停法、孫文来日「大アジア主義」講演、婦人参政権獲得期成同盟会結成、日ソ国交回復、普選法改正公布、治安維持法、北一輝『日本改造法案大綱』、『文芸春秋』創刊、『白樺』終刊、有島武郎の死、大杉栄・伊藤野枝の虐殺、『社会主義研究』、『マルクス主義』創刊、築地小劇場創立、『文芸戦線』の創刊、『文芸時代』の創刊、同人雑誌の興隆、『キング』創刊、二十一日会（大衆作家）の発足、文芸家協会設立、「円本」時代

［昭和年代〜］

昭和二［一九二七］年　城山三郎、愛知県に生まれる（〜二〇〇七年）

＊石牟礼道子、辻井喬、北杜夫、吉村昭、小川国夫、藤沢周平など

将介石の軍事グーデタ、金融恐慌、鈴木商店破綻、台湾銀行休業、コミンテルン日本委員会テーゼ発表、最初の普通選挙、張作霖事件、治安維持法改正、井上財政、金解禁、産業合理化政策、世界恐慌、ロンドン海軍軍縮会議、統帥権干犯問題、浜口首相狙撃事件、昭和恐慌、軍部三月事件、満州事変、金輸出再禁止、文庫本の刊行開

始、『太陽』終刊、日本左翼文芸家総連合創立、ナップの全日本無産者芸術団体協議会へ再組織、『戦旗』の創刊、『女人芸術』の創刊、『詩と詩論』創刊、『童話運動』創刊、折口信夫等の民俗学会設立、芸術的価値論争、『白痴群』の創刊、探偵小説ブーム、林房雄検挙（共産党への資金提供）、新興芸術派の結成、『作品』の創刊、田河水泡ののらくろ二等卒の『少年倶楽部』連載、大衆文学の流行、コップ（日本プロレタリア文化連盟の略）の結成

昭和七［一九三二］年　小田実、大阪に生まれる（〜二〇〇七年）

＊桶谷秀昭、平岩弓枝、石原慎太郎、五木寛之など

桜田門事件、上海事変、井上蔵相暗殺、満州国の建国宣言、馬占山の抗日継続宣言、五・一五事件、日満議定書調印と満州国承認、内務省の国民自力更生運動、リットン調査団報告書、中ソ国交回復、大日本国防婦人会結成、伊藤整等の『新文芸時代』創刊、『プロレタリア文学』創刊、コップへの弾圧、新心理主義の台頭、戸坂潤等の『唯物論研究』創刊、『コギト』創刊

昭和八［一九三三］年　江藤淳、東京に生まれる（〜一九九九年）

＊藤本義一、生島治郎、渡辺淳一、半村良など

ヒトラー独首相に、米国のニューディール政策、国際連盟脱退、美濃部達吉の天皇機関説攻撃、二・二六事件、日独防共協定、西安事件、南京占領、国家総動員法、ノモンハン事件、ドイツのポーランド攻撃（第二次世界大戦始まる）、大政翼賛会、ハワイ真珠湾攻撃、小林多喜二の虐殺、長谷川如是閑・三木清等の学芸自由同盟結成、『四季』の創刊、『文学界』の発足、宮本百合子検挙、ナルプの解体決議、「シェストフ的不安」の流行、転向文学の登場、『日本浪漫派』の創刊、日本浪漫派論争、芥川賞と直木賞などの創設、純粋小説論争、日本ペン倶楽部結成、思想と実生活論争、『人民文庫』の創刊、文化勲章制定、林房雄・佐藤春夫等の新日本文化の会結成、帝国芸術院創設、作家の従軍、「生活の探求」論争、第二次人民戦線事件（大内兵衛・有沢広己等の検挙）、戦争文学の興隆、三木清等の評論家協会設立、谷崎潤一郎訳『源氏物語』、国策文学の氾濫、出版統制、京大滝川事件、

大政翼賛会発会、ニュース映画の映画館での強制上映、情報局による総合雑誌への執筆禁止者の内示、文部省教学局の「臣民の道」刊行、満州文芸家協会設立、文学者の徴用、日本文学報告会、「近代の超克」座談会、第一回大東亜文学者大会、谷崎潤一郎『細雪』の掲載禁止、雑誌名の英語名禁止、『中央公論』や『改造』の編集者検挙（横浜事件）、雑誌の統廃合進む、『日本文学者』（同人誌などの統合）の創刊

参考文献

【あ】

朝日新聞社編『司馬遼太郎の世紀』朝日新聞社、一九九六年
飯田泰三・山領健二編『長谷川如是閑評論集』岩波書店、一九八九年
いいだもも『二一世紀の〈いま・ここ〉―梅本克己の生涯と思想的遺産―』こぶし書房、二〇〇三年
五十嵐恵邦『敗戦の記録―身体・文化・物語　一九四五―一九七〇―』中央公論新社、二〇〇七年
石橋湛山『石橋湛山評論集』岩波書店、一九八四年
同『湛山回想』岩波書店、一九八五年
伊藤整『近代日本人の発想の諸形式』岩波書店、一九八一年
同『日本文壇史（一）～（一八）』講談社、一九九八年
同『若い詩人の肖像』岩波書店、一九九八年
同『改訂・文学入門』講談社、二〇〇四年
同『小説の認識』岩波書店、二〇〇六年
同『小説の方法』岩波書店、二〇〇六年
磯貝英夫『資料集成・日本近代文学史』右文書院、一九六八年
内田義彦『資本論の世界』岩波書店、一九六六年
同『ことばと社会科学』藤原書店、二〇〇〇年
同『「日本」を考える』藤原書店、二〇〇一年

生方敏郎『明治大正見聞史』中央公論社、一九七八年
大門正克『近代日本と農村社会—農民世界の変容と国家—』日本経済評論社、一九九四年
小熊英二『〈民主〉と〈愛国〉—戦後日本のナショナリズムと公共性—』新曜社、二〇〇二年
太田哲男『大正デモクラシーの思想水脈』同時代社、一九八七年
奥野建男『日本文学史—近代から現代へ—』中央公論社、一九七〇年
桶谷秀昭編『保田與重郎—日本浪漫派・みやらびあはれ—』日本図書センター、一九九九年
小田切進『日本の名作—近代小説六二篇—』中央公論社、一九七四年
同『日本近代文学年表』小学館、一九九三年
小田実『「問題」としての人生—見えないものを見る視点—』講談社、一九八四年
同『西宮から日本、世界を見る』話の特集、一九九三年
同（飯田裕康・高草木光一編）『生きる術としての哲学—小田実・最後の講義—』岩波書店、二〇〇七年
同『中流の復興』ＮＨＫ出版、二〇〇七年

【か】

片山杜秀『近代日本の右翼思想』講談社、二〇〇七年
加藤周一『羊の歌—わが回想—』岩波書店、一九六八年
同『日本人とは何か』講談社、一九七六年
同『日本文学史序説（上・下）』筑摩書房、一九九九年
同『わたしにとっての二〇世紀』岩波書店、二〇〇〇年
同『常識と非常識』かもがわ書店、二〇〇三年
同『二〇世紀の自画像』筑摩書房、二〇〇五年

同『日本文学史序説・補講』かもがわ出版、二〇〇六年
同『日本文化における時間と空間』岩波書店、二〇〇七年
川口浩編『日本の経済思想世界―「一九世紀」の企業者・政策者・知識人―』日本経済評論社、二〇〇四年
川西政明『小説の終焉』岩波書店、二〇〇四年
河原和枝『子ども観の近代―「赤い鳥」と「童心」の理想―』中央公論新社、一九九八年
小西甚一『日本文学史』講談社、一九九三年
小谷野敦『夏目漱石を江戸から読む―新しい女と古い男―』中央公論新社、一九九五年
子安宣邦『「近代の超克」とは何か』青土社、二〇〇八年

【さ】

佐藤卓巳『「キング」の時代―国民大衆雑誌の公共性―』岩波書店、二〇〇二年
佐藤忠男『長谷川伸論』中央公論社、一九七八年
同『日本映画史（増補版）』岩波書店、二〇〇六年
佐藤、バーバラ編『日常生活の誕生―戦間期日本の文化変容―』柏書房、二〇〇七年
佐藤義亮・野間清治・岩波茂雄『出版巨人物語』書肆心水、二〇〇五年
佐野真一『宮本常一のまなざし』みずのわ出版、二〇〇三年
杉野要吉『中野重治―国旗・わが文学的自伝―』日本図書センター、一九九八年
瀬沼茂樹『日本文壇史（一九）〜（二四）』講談社、一九九六年
ジャンセン、マリウス編（細谷千博編訳）『日本における近代化の問題』岩波書店、一九六八年
孫歌『竹内好という問い』岩波書店、二〇〇五年

【た】

竹内常善・阿部武司・沢井実編『近代日本における企業家の諸系譜』大阪大学出版会、一九九六年
竹内好『竹内好全集』筑摩書房、一九八一年
玉木研二『ドキュメント・占領の秋―一九四五年―』藤原書店、二〇〇五年
筒井清忠『昭和十年代の陸軍と政治―軍部大臣現役武官制の虚像と実像―』岩波書店、二〇〇七年
鶴見俊輔・『思想の科学』五十年史の会『「思想の科学」五十年―源流から未来へ―』思想の科学社、二〇〇五年
鄭大均『韓国のナショナリズム』岩波書店、二〇〇三年
富江直子『救貧のなかの日本近代―生存の義務―』ミネルヴァ書房、二〇〇七年
富永健一『日本の近代化と社会変動―チュービンゲン講義―』講談社、一九九〇年

【な】

長沢道雄『大正時代―現代を読み解く大正の事件簿―』光人社、二〇〇五年
成田龍一『加藤時次郎』不二出版、一九八三年
同『「大菩薩峠」論』、青土社、二〇〇六年

【は】

バーシェイ、アンドリュー（宮本盛太郎監訳）『南原繁と長谷川如是閑―国家と知識人・丸山眞男の二人の師―』ミネルヴァ書房、一九九五年
同（山田鋭夫訳）『近代日本の社会科学―丸山眞男と宇野弘蔵の射程―』ＮＴＴ出版、二〇〇七年
原田敬一『日清・日露戦争』岩波書店、二〇〇七年
日野龍夫『江戸人とユートピア』岩波書店、二〇〇四年
フィールド、ノーマ（大島かおり訳）『天皇の逝く国で』みすず書房、一九九四年

ベフ、ハルミ『イデオロギーとしての日本文化論（増補新版）』思想の科学社、一九九七年

【ま】

真木悠介『時間の比較社会学』岩波書店、二〇〇三年
松尾尊兊編『石橋湛山評論集』岩波書店、一九八四年
松沢弘陽・植手通有編『丸山眞男・回顧談』（上・下）岩波書店、二〇〇六年
松本健一『竹内好「日本のアジア主義」精読』岩波書店、二〇〇〇年
同『竹内好論』岩波書店、二〇〇五年
丸川哲史・鈴木将久編『竹内好セレクションⅠ—日本への／からのまなざし—』日本経済評論社、二〇〇六年
同『竹内好セレクションⅡ—アジアへの／からのまなざし—』日本経済評論社、二〇〇六年
丸谷才一『日本文学史早分かり』講談社、二〇〇四年
丸山眞男『丸山眞男集』岩波書店、一九九五年〜九六年
同『丸山眞男座談』一〜九、岩波書店、一九九八年
マンハイム、カール（高橋徹・徳永恂訳）『イデオロギーとユートピア』中央公論新社、二〇〇六年
三谷太一郎『新版・大正デモクラシー論—吉野作造の時代—』東京大学出版会、一九九五年
三和良一『戦間期日本の経済政策史的研究』東京大学出版会、二〇〇三年
三好行雄編『漱石文明論集』岩波書店、一九八六年
宮本常一『民俗学の旅』岩波書店、一九九三年
同『忘れられた日本人』岩波書店、一九九五年
同『農漁村採訪録』（Ⅰ）〜（Ⅴ）周防大島文化交流センター、二〇〇五〜〇六年
村松貞次郎『日本近代建築の歴史』岩波書店、二〇〇五年

【や】
ヤウス、ハンス（轡田収訳）「挑発としての文学史」岩波書店、二〇〇一年
山口定『ファシズム』岩波書店、二〇〇六年
米原謙『日本的「近代」への問い―思想史としての戦後政治―』新評論、一九九五年
【ら】
リップマン、ウォルター（河崎吉紀訳）『幻の公衆』柏書房、二〇〇七年

人名・事項索引

【著者紹介】

寺岡　寛（てらおか・ひろし）

1951年　神戸市生まれ
中京大学経営学部教授、経済学博士

〈主著〉

『アメリカの中小企業政策』信山社、1990年
『アメリカ中小企業論』信山社、1994年、増補版、1997年
『中小企業論』（共著）八千代出版、1996年
『日本の中小企業政策』有斐閣、1997年
『日本型中小企業——試練と再定義の時代——』信山社、1998年
『日本経済の歩みとかたち——成熟と変革への構図——』信山社、1999年
『中小企業政策の日本的構図——日本の戦前・戦中・戦後——』有斐閣、2000年
『中小企業と政策構想——日本の政策論理をめぐって——』信山社、2001年
『日本の政策構想——制度選択の政治経済論——』信山社、2002年
『中小企業の社会学——もうひとつの日本社会論——』信山社、2002年
『スモールビジネスの経営学——もうひとつのマネジメント論——』信山社、2003年
『中小企業政策論——政策・対象・制度——』信山社、2003年
『企業と政策——理論と実践のパラダイム転換——』（共著）ミネルヴァ書房、2003年
『アメリカ経済論』（共著）ミネルヴァ書房、2004年
『通史・日本経済学——経済民俗学の試み——』信山社、2004年
『中小企業の政策学——豊かな中小企業像を求めて——』信山社、2005年
『比較経済社会学——フィンランドモデルと日本モデル——』信山社、2006年
『スモールビジネスの技術学——Engineering & Economics——』信山社、2007年
『起業教育論——起業教育プログラムの実践——』信山社、2007年
『逆説の経営学—成功・失敗・革新—』税務経理協会、2007年
『資本と時間—資本論を読みなおす—』信山社、2007年
『経営学の逆説—経営論とイデオロギー—』税務経理協会、2008年
Economic Development and Innovation: An Introduction to the History of Small and Medium-sized Enterprises and Public Policy for SME Development in Japan, JICA., 1998
Small and Medium-sized Enterprise Policy in Japan: Vision and Strategy for the Development of SMEs, JICA, 2004

近代日本の自画像——作家たちの社会認識

2009年（平成21年）8月15日　第1版第1刷発行

著　者　寺　岡　　寛
発行者　今　井　　貴
　　　　渡　辺　左　近
発行所　信山社出版株式会社
〒113-0033　東京都文京区本郷6-2-9-102
電　話　03（3818）1019
FAX　03（3818）0344

printed in Japan

印刷・製本／松澤印刷・大三製本

ISBN978-4-7972-2624-9　C3333